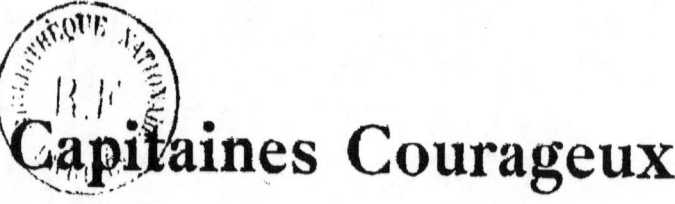

Capitaines Courageux

RUDYARD KIPLING

❦ ❦ ❦

Capitaines Courageux

UNE HISTOIRE
DU BANC DE TERRE-NEUVE

Traduit de l'Anglais par

L. Fabulet

Paris

Librairie Hachette et Cie

79, Boulevard St-Germain

1906

CAPITAINES COURAGEUX

UNE HISTOIRE DU BANC DE TERRE-NEUVE

I

LA porte du fumoir exposée au vent venait de rester ouverte au brouillard de l'Atlantique Nord, comme le grand paquebot continuait de rouler et tanguer, en sifflant pour avertir la flottille de pêche.

« Ce petit Cheyne, c'est la peste du bord, dit, en fermant la porte d'un coup de poing, un passager en pardessus velu et frisé. On n'en a nul besoin ici. Il est par trop impertinent ! »

Un Allemand à cheveux blancs avança la main pour prendre un sandwich et grommela entre ses dents :

« C'est une esbèce que che gonnais. L'Amérique en est bleine de tout bareils. Che fous tis que vous tefriez gomprendre les bouts de corde gratis tans fotre tarif.

— Peuh ! Il n'est pas mauvais au fond. Il est plutôt à plaindre qu'autre chose, dit d'une voix trainante un habitant de New York, lequel gisait

❦ 1 ❦

étendu de tout son long sur les coussins, au-dessous de la claire-voie humide. On l'a toujours remarqué de tous côtés, d'hôtel en hôtel, depuis sa sortie de nourrice. Je causais avec sa mère ce matin. C'est une femme charmante, mais qui n'a aucune prétention à le diriger. Il va en Europe achever son éducation.

— Education qui n'est pas encore commencée (c'était un habitant de Philadelphie pelotonné dans un coin). Ce gamin a deux cents dollars d'argent de poche par mois, m'a-t-il dit. Et il n'a pas seize ans.

— Les gemins de ver, son bère, n'est-ce bas ? dit l'Allemand.

— Oui, cela et les mines, et les bois de charpente, et les bateaux. Bâti une résidence à San Diego, le vieux ; une autre à Los Angeles ; possède une demi-douzaine de chemins de fer, la moitié des coupes sur le versant du Pacifique, et laisse sa femme dépenser l'argent, continua l'habitant de Philadelphie d'un ton languissant. L'Ouest ne lui convient pas, dit-elle. Elle se traîne un peu de côté et d'autre avec le gamin et ses nerfs, cherchant à découvrir ce qui pourra l'amuser, *lui*, j'imagine. Floride, Adirondacks, Lakewood, Hot Springs, New York, et on recommence. Il ne vaut guère mieux pour le moment qu'un chasseur d'hôtel de second ordre. Quand il en aura fini de l'Europe, ce sera un saint objet d'horreur.

— Mais, et le vieux, il n'y veille donc pas ? dit une voix sortant du fond de l'ulster frisé.

❦ 2 ❦

— Le vieux entasse les écus. Il demande à n'être pas dérangé, j'imagine. Il découvrira son erreur dans quelques années d'ici. C'est une pitié, car il y a un tas de bonnes choses dans le gamin si on pouvait y atteindre.

— Un bout de corde, un bout de corde! » grogna l'Allemand.

La porte claqua encore une fois, et, svelte, élancé, un garçon de peut-être quinze ans, une cigarette à demi-fumée tombant au coin de la bouche, se pencha à l'intérieur par-dessus le haut marchepied. Son teint jaune et pâteux ne parlait guère en faveur de quelqu'un de son âge, et son regard offrait un mélange d'irrésolution, de bravade et de très mauvais chic. Il était habillé d'un veston cerise, de knickerbockers, de bas rouges et de souliers de cycliste, avec une casquette de flanelle rouge sur la nuque. Après avoir sifflé entre ses dents en lorgnant la compagnie, il dit à haute et éclatante voix :

« Dites donc, on n'y voit goutte dehors. On peut entendre les bateaux de pêche beugler tout autour de nous. Hein, épatant si nous en culbutions un?

— Fermez la porte, Harvey, dit le New Yorkais. Fermez la porte et restez dehors. On n'a nul besoin de vous ici.

— Qui est-ce qui prétend m'empêcher de faire ce qui me plaît? répondit-il d'un ton délibéré. Est-ce vous qui avez payé mon passage, mister Martin? J'imagine que j'ai autant de droit, ici, que n'importe qui? »

Il ramassa des dés sur un jeu de jacquet, et se mit à les jeter, main droite contre main gauche.

« Dites donc, messieurs, il fait salement triste, ici. Si nous organisions une partie de poker entre nous ? »

Il ne reçut pas de réponse. Alors, il lança une bouffée de fumée, balança ses jambes et joua du tambour sur la table avec des doigts plutôt sales. Puis il tira de sa poche une liasse de billets (billets de cinq dollars) comme pour en faire le compte.

« Comment se porte votre maman, cet après-midi? demanda quelqu'un. Je ne l'ai pas vue au lunch.

— Elle est dans sa cabine, je suppose. Elle est presque tout le temps malade sur l'océan. Je vais donner à la femme de chambre quinze dollars pour veiller sur elle. Je ne descends que quand je ne peux pas faire autrement. Cela me rend tout chose de passer devant cet office du sommelier. Dame, c'est la première fois que je vais sur l'océan.

— Oh! inutile de vous excuser, Harvey.

— Qui parle de s'excuser? C'est la première fois que je traverse l'océan, messieurs, et sauf le premier jour, je n'ai pas été de ça malade. *Non,* monsieur ! »

Il frappa un coup de poing triomphant, et continua à faire le compte des billets.

« Oh! vous êtes, certes, une machine de grand prix, avec la marque de fabrique fort apparente, bâilla le Philadelphien. Vous deviendrez un titre

de gloire pour votre pays si vous n'y prenez
garde.

— Je le sais. Je suis Américain, et c'est tout
dire. Je vais le leur montrer en mettant pied à
terre en Europe. Pouf! Ma cigarette est éteinte.
Je ne peux pas fumer le mélange que vend le
steward. Un de ces messieurs n'aurait-il pas sur
lui une vraie cigarette turque? »

Le mécanicien en chef entra un instant, rouge,
souriant, et tout mouillé.

« Dites donc, Mac, cria Harvey d'un ton réjoui,
comment ça roule-t-il?

— Tout à fait comme à l'ordinaire, fut-il
répondu d'un ton grave. Les jeunes sont toujours
aussi polis envers leurs aînés, et leurs aînés toujours prêts à apprécier cette politesse. »

Un rire étouffé partit d'un des coins. L'Allemand ouvrit son étui à cigares et tendit à Harvey
un cigare noir et décharné.

« Foilà la fraie merfeille à fumer, mon cheune
ami, dit-il. Fous allez l'essayer ? Oui? Oh, alors,
fous serez si heureux après. »

Harvey alluma d'un geste fanfaron le peu
attrayant objet : il se sentait monter d'un degré
l'échelle sociale.

« Il en faudrait plus que ça pour me mettre la
quille en l'air, dit-il, ignorant qu'il allumait cet
article terrible, un *Wheelingstogie.*

— Quant à cela, nous allons le foir pientôt,
dit l'Allemand. Où sommes-nous en ce moment,
M. Mactonald?

✶ 5 ✶

— Là, tout juste, ou à peu près, monsieur Schaefer, dit le mécanicien en indiquant un point sur la carte. Nous serons sur le Grand-Banc ce soir ; mais, en thèse générale, nous sommes dès maintenant au beau milieu de la flottille de pêche. Nous avons rasé trois doris et presque scalpé un Français de son bout-dehors depuis midi, et vous pouvez dire qu'on marche à l'étroit.

— Il fous blait, mon cigare, hein ? demanda l'Allemand, comme les yeux de Harvey s'emplissaient de larmes.

— Épatant, un bouquet ! répondit-il entre ses dents serrées. Je crois que nous avons ralenti un peu, n'est-ce pas ? Je vais jeter un coup de pied dehors pour voir ce que dit le loch.

— Che le ferais si ch'étais de fous, dit l'Allemand. »

Harvey s'en alla en chancelant sur les ponts humides jusqu'à la lisse la plus proche. Il se sentait très malheureux ; mais il vit le steward du pont en train d'amarrer des chaises ensemble, et, comme il s'était vanté devant cet homme de n'avoir jamais le mal de mer, son orgueil le fit aller tout au bout du pont, passé le salon des secondes, à l'arrière, lequel se terminait en dos de tortue. Le pont était désert, et il se traîna tout à l'extrémité, près du mât de pavillon. Là, il se plia en deux dans tout l'abandon de l'agonie, car le Wheelingstogie se joignait à la houle et à la vibration de l'hélice pour lui arracher l'âme. Il lui sembla que sa tête enflait ; des étincelles lui dansèrent devant les yeux; son corps lui parut diminuer de poids, pendant que ses talons flottaient au gré du vent. Il perdait connaissance sous l'effet du mal de mer, et un coup de roulis le souleva par-dessus la lisse jusque sur le rebord uni du dos de tortue. Alors une grosse vague mélancolique et grise sortit du brouillard en se balançant, prit pour ainsi dire Harvey sous le bras, et l'entraîna au loin dans la direction du vent. La grande verte se referma sur lui, et il s'en alla tranquillement dormir...

Il fut réveillé par le bruit d'une de ces cornes avec lesquelles on annonce le dîner, comme on avait coutume d'en faire retentir dans une école d'été où il avait jadis pris des leçons dans les Adirondacks. Peu à peu il se rappela qu'il était Harvey Cheyne, mort noyé en plein océan; mais il se sentait trop faible pour lier deux idées. Ses narines s'emplissaient d'une odeur nouvelle; une sorte d'humidité visqueuse lui faisait courir des frissons du haut en bas du dos, et il était trempé d'eau salée à ne savoir où se mettre. Quand il ouvrit les yeux, il s'aperçut qu'il était encore à la surface de la mer, car elle courait autour de lui en montagnes d'argent, qu'il gisait étendu sur un monceau de poisson à moitié mort, et que son regard se trouvait arrêté sur un large dos humain revêtu d'un jersey bleu.

« Rien de bon, pensa le gamin. Je suis mort, pour sûr, et voici une âme en peine. »

Il gémit, et le personnage tourna la tête, montrant une paire de petits anneaux d'or perdus dans des boucles de cheveux noirs.

« Ah! ah! çà commence à aller mieux maintenant? dit-il. Restez couché comme ça tranquille, nous filons plus vite ainsi. »

D'une brusque secousse des avirons, il présenta l'avant du bateau vacillant à une mer sans écume, qui ne soulevait ses vingt bons pieds d'eau que pour les faire glisser de l'autre côté en un limpide abîme. Mais l'ascension de cette montagne n'interrompit pas la conversation du jersey bleu.

« D'la bonne ouvrage, dites donc, que de vous avoir attrapé. Oui-da? De la meilleure encore, dites-donc, que votre bateau ne m'ait pas attrapé, moi. Comment êtes-vous tombé?

— J'étais malade, dit Harvey, malade, et je n'ai pu l'empêcher.

— Juste au moment où je souffle dans ma corne et où votre bateau embarde un peu, je vous vois glisser dans l'océan. Oui-da? Je vous crois haché menu comme boëtte par l'hélice, mais vous dérivez, dérivez vers moi, et je fais de vous un beau coup de filet; ainsi, vous ne mourrez pas pour cette fois.

— Où suis-je? dit Harvey, qui ne pouvait s'imaginer être là précisément bien en vie.

— Vous êtes avec moi dans le doris — c'est Manuel qu'on m'appelle — et je viens de la goélette *We're Here* de Gloucester. J'habite Gloucester. Nous atteignons tout à l'heure la soupe. Oui-da? »

Il semblait avoir deux paires de mains et une tête de bronze, car, non content de souffler dans une grosse conque, il lui fallait nécessairement se tenir debout, en s'inclinant suivant l'inclinaison du doris à fond plat, et envoyer son appel grinçant et guttural à travers le brouillard. Combien de temps cette conversation dura-t-elle, Harvey ne put s'en souvenir, car il gisait étendu sur le dos, terrifié à l'aspect des houles fumantes. Il s'imagina entendre un coup de canon, l'appel d'une corne et des cris. Quelque chose de plus gros que le doris, mais tout aussi mobile, se dessina bord à bord. Plusieurs voix parlèrent à la fois; il fut descendu dans un trou noir qui tanguait, où des hommes vêtus de « cirés » lui donnèrent un breuvage chaud et lui enlevèrent ses habits. Et il s'endormit.

Quand il s'éveilla, il écouta s'il n'entendait pas le premier coup de cloche du déjeuner sur le steamer, et s'étonna que sa cabine fût devenue si petite. Comme il se retournait, son regard plongea dans une sorte d'étroit caveau triangulaire, éclairé d'une lampe pendue à une énorme poutre carrée. Une table à trois coins courait, à portée de la main, de l'angle que formaient les parois de la proue au mât de misaine. A l'extrême bout, derrière un poêle de Plymouth qui avait du service, était assis un garçon d'à peu près son âge, dans le visage plat et rouge duquel clignotaient deux yeux gris. Ce garçon était vêtu d'un jersey bleu et de hautes bottes de caoutchouc. Plusieurs paires de chaussures de même sorte, une vieille casquette, quelques chaussettes de laine hors d'usage gisaient sur le plancher, et des cirés noirs et jaunes se balançaient de droite et de gauche le long des couchettes. L'endroit était aussi bondé d'odeurs qu'une balle l'est de coton. Les cirés avaient un bouquet à eux particulièrement épais, qui faisait comme un fond aux relents de poisson frit, de graisse brûlée, de peinture, de poivre et de tabac éventé; et le tout était repris par une odeur ambiante de bateau et d'eau salée. Harvey s'aperçut avec dégoût qu'il n'y avait pas de draps sur ce qui lui servait de lit. Il était étendu sur un morceau de toile à matelas sombre plein de pièces et de bosses. En outre, le mouvement du bateau n'était pas celui d'un steamer. Ce bateau ne glissait ni ne roulait, mais se démenait plutôt sottement et sans motif, comme un poulain au bout d'un licou. Des bruits d'eau couraient tout contre l'oreille de Harvey, et les poutres craquaient et se plaignaient autour de lui. Tout cela le fit gémir désespérément et penser à sa mère.

« Ça va mieux? dit le garçon en grimaçant un sourire. Un peu de café, hein? »

Il en apporta plein une tasse de fer-blanc, qu'il sucra avec de la mélasse.

« Il n'y a pas de lait? » demanda Harvey, en faisant du regard le tour de la double et sombre rangée de couchettes, comme s'il s'attendait à trouver là une vache.

« Ah bien, non! dit le garçon. Et il n'y en aura vraisemblablement pas jusqu'aux environs de la mi-septembre. C'est pas du mauvais café. C'est moi qui l'ai fait. »

Harvey but en silence, et l'autre lui tendit une assiette pleine de morceaux croquants de porc frit, qu'il dévora avidement.

« J'ai fait sécher vos effets. Je pense qu'ils ont rétréci un brin. Ils ne sont guère à notre mode, aucun d'eux. Retournez-vous pour voir si vous n'avez pas de mal. »

Harvey s'étira dans toutes les directions, sans pouvoir se rendre compte d'aucun dommage.

« Y a du bon, dit le garçon d'un ton cordial. Mettez-vous d'aplomb et allez sur le pont. Papa veut vous voir. Je suis son fils — Dan, qu'on m'appelle — et je suis l'aide de cuisine et tout le reste à bord qui semble trop sale pour les hommes. Il n'y a pas d'autre mousse que moi, ici, depuis que Otto a passé par-dessus bord : ce n'était qu'un Suédois, et encore il avait vingt ans. Comment avez-vous fait pour tomber par calme plat?

— Ce n'était pas du calme, répliqua Harvey d'un ton maussade. C'était de la tempête, et j'avais le mal de mer. Je pense que j'ai dû rouler par-dessus la lisse.

— Y a eu un peu de houle comme d'ordinaire hier et pendant la nuit, reprit le garçon. Mais si c'est ça l'idée que vous vous faites d'une tempête... (*il siffla*) vous en verrez d'autres avant d'avoir fini. Vite! papa attend. »

Comme maints autres infortunés jeunes gens, Harvey n'avait en toute sa vie jamais reçu le moindre ordre direct, sans qu'il fût accompagné de longues et parfois larmoyantes explications sur les avantages de l'obéissance et sur les motifs de la requête. Mrs Cheyne vivait dans la crainte de lui briser l'âme, ce qui était peut-être la raison pour laquelle elle-même côtoyait les bords de la prostration nerveuse. Il ne pouvait comprendre qu'il eût à se presser pour le bon plaisir de qui que ce fût, et le déclara.

« Votre papa peut bien descendre ici, s'il est si pressé de me parler. Je veux qu'il me ramène tout droit à New York. On le paiera. »

Dan ouvrit de grands yeux, car, par sa taille et sa beauté, la plaisanterie produisait sur lui l'effet d'un nouveau jour levant.

« Dites donc, papa, cria-t-il par l'écoutille du gaillard d'avant, il dit que vous pouvez bien vous amener en bas pour le voir, si vous êtes pressé de le faire! Vous entendez, papa? »

La réponse arriva sur un ton de voix si profond, que Harvey n'en avait jamais entendu de semblable sortir d'une poitrine humaine.

« Assez plaisanté, Dan; envoie-le-moi. »

Dan se mit à rire sous cape, et jeta à Harvey ses souliers de bicyclette tout déjetés. Il y avait, dans l'accent de la voix venue du pont, quelque chose qui fit que le jeune garçon dissimula sa rage et se consola à la pensée de dévoiler graduellement, pendant le voyage de retour, l'histoire

de son opulence et de celle de son père. Ce sauvetage ferait certainement de lui pour la vie un héros
parmi ses amis. Il se hissa sur le pont par une
échelle perpendiculaire, et gagna, en trébuchant
sur une douzaine d'obstacles, l'arrière où un petit
homme de taille ramassée, complètement rasé, à
sourcils gris, était assis sur une marche qui donnait accès au gaillard.

La houle était tombée pendant la nuit, laissant
une longue mer d'huile que tachetaient autour de
l'horizon les voiles d'une douzaine de bateaux de
pêche. Entre eux se voyaient de petites éclaboussures noires, qui n'étaient autres que les doris en
train de pêcher. La goélette, une voile de cape
triangulaire au grand mât, jouait avec aisance
sur son ancre, et, sauf l'homme près du toit de la
cabine — « le rouf », comme on l'appelle — elle
était déserte.

« Bonjour, bonsoir devrais-je dire. Vous
avez fait presque le tour du cadran, jeune
homme. »

Ce fut le salut.

« Bonjour », dit Harvey.

Il n'aimait pas s'entendre appeler « jeune
homme »; et, comme quelqu'un qu'on vient de
sauver de la mort, il s'attendait à de la sympathie. Sa mère souffrait toutes les agonies chaque
fois qu'il avait seulement les pieds humides, mais
ce marin ne semblait guère ému.

« Voyons maintenant votre histoire. Il faut
convenir que c'est providentiel pour tout le monde.

Quel peut bien être votre nom? D'où venez-vous (nous soupçonnons que c'est de New York), et où alliez-vous (nous soupçonnons que c'est en Europe)? »

Harvey donna son nom, le nom du steamer, et fit de l'accident un bref récit, qu'il entortilla de la demande d'être reconduit immédiatement à New York, où son père paierait le prix qu'il faudrait.

« Hum, dit l'homme au menton rasé, sans que la fin du discours de Harvey eût paru l'émouvoir. Je ne peux pas dire que nous pensions rien de bien fameux d'un homme, ni même d'un jeune garçon, qui tombe par-dessus bord d'un paquebot comme celui-là par le calme plat. Encore moins s'il donne pour excuse qu'il avait le mal de mer.

— Excuse! s'écria Harvey. Croyez-vous que c'est pour plaisanter que je suis tombé par-dessus bord dans votre sale petit bachot?

— N'étant pas au courant de ce que peuvent être vos idées en matière de plaisanterie, je ne saurais me prononcer, jeune homme. Mais à votre place je n'insulterais pas le bateau qui, la Providence aidant, a été l'instrument de votre salut. En premier lieu, c'est un sacrilège. En second lieu, cela me gêne dans mes sentiments : je suis Disko Troop, du *We're Here* de Gloucester, lequel vous ne semblez pas bien connaître.

— Je ne vous connais pas, et peu m'importe, dit Harvey. Je vous suis assez reconnaissant de m'avoir sauvé et de tout le reste, cela va sans dire; mais je tiens à vous faire comprendre que plus vous vous hâterez de me ramener à New York, mieux vous serez payé.

— Ce qui veut dire... comment? »

Troop redressa la broussaille de son sourcil sur un œil bleu aussi doux que méfiant.

« En dollards et cents, dit Harvey, ravi à l'idée de produire de l'effet. En beaux dollars et cents. (Il plongea sa main dans sa poche, et bomba légèrement la poitrine, ce qui était sa façon de se montrer grand seigneur.) Vous avez fait la meilleure journée de votre vie, le jour où vous m'avez repêché. Je suis le fils unique de Harvey Cheyne.

— Votre père a de la chance, dit sèchement Disko.

— Et si vous ne savez pas qui est Harvey Cheyne, vous ne savez pas grand'chose, voilà tout. Maintenant, demi-tour à la goélette, et dépêchons. »

Harvey avait dans l'idée que la plus grande partie de l'Amérique n'était pleine que de gens en train de discuter et d'envier les dollars de son père.

« Y s'peut que j'le fasse, comme y s'peut que j'le fasse pas. Prenez-moi un ris dans ce bedon là, mon jeune ami. Ce sont mes vivres qu'il y a dedans. »

Harvey entendit Dan éclater de rire, Dan qui soi-disant était occupé autour du mât de misaine, et le sang lui afflua au visage.

« On paiera pour cela aussi, dit-il. Quand pensez-vous que nous serons à New York?

— Je n'ai rien à faire avec New York. Pas plus qu'avec Boston. Il se peut que nous voyions Eastern Point dans les environs de septembre, et votre papa... je suis vraiment fâché de ne pas avoir entendu parler de lu¹... peut me donner dix dollars, d'après tous vos discours. Comme il peut fort bien ne pas le faire.

— Dix dollars! Allons donc, mais regardez, je... »

Harvey fouilla dans sa poche pour y prendre la liasse de billets. Tout ce qu'il en tira fut un paquet de cigarettes imprégné d'eau.

« Pas cours légal, et mauvais pour les poumons. Jetez ça par-dessus bord, jeune homme, et voyez encore!

— On m'a volé! s'écria Harvey d'un ton de colère.

— Il vous faudra attendre de voir votre papa, alors, pour me récompenser?

— Cent trente-quatre dollars... tous volés, dit Harvey, en fourrageant avec rage dans ses poches. Rendez-les-moi. »

Un changement curieux s'opéra dans les traits rudes du vieux Troop.

« Qu'est-ce que vous pouviez bien faire, à votre âge, de cent trente-quatre dollars, jeune homme?

— C'était une partie de mon argent de poche pour un mois! »

Cela, pensait Harvey, c'était le coup renversant, et il l'était... indirectement.

« Oh! oh! Cent trente-quatre dollars, rien qu'une partie de son argent de poche... et pour un mois seulement. Vous ne vous rappelez pas avoir heurté quelque chose quand vous êtes tombé par-dessus bord, hein? vous être fêlé la tête contre une écoutille, admettons? Le vieux Hasken de l'*East Wind* (Troop semblait se parler à lui-même) trébucha sur un panneau et alla donner de la tête contre le grand mât... et dur. Trois semaines environ après, le vieux Hasken voulait que l'*East Wind* fût un vaisseau cuirassé pour la destruction du commerce, et en conséquence il déclara la guerre à Sable Island, sous prétexte que c'était aux Anglais et que les hauts-fonds s'étendaient trop loin. Ils le cousirent dans un lit-sac, la tête et les pieds seuls passant, pour le reste de la campagne, et maintenant il est à la maison, dans l'Essex, à jouer avec de petites poupées en chiffons. »

Harvey écumait de rage, mais Troop continua en manière de consolation :

« Nous vous plaignons. Nous vous plaignons beaucoup... et si jeune! Nous ferions mieux de ne plus parler d'argent, je pense.

— Bien entendu que vous ne voudriez plus en parler. Vous l'avez volé.

— Si ça vous fait plaisir. Nous l'avons volé si cela peut être de quelque consolation pour vous. Maintenant, pour ce qui est de retour, en admettant que nous puissions vous ramener — ce que nous ne pouvons pas — vous n'êtes guère en état de rentrer chez vous ; et, quant à nous, si nous sommes venus sur le Banc, c'est pour gagner notre vie. Nous autres, nous ne voyons pas la moitié de cent dollars dans un mois, sans qu'il soit question d'argent de poche ; et, la chance aidant, nous ne toucherons terre quelque part que dans les premières semaines de septembre.

— Mais... mais nous sommes en ce moment en mai, et je ne peux pas rester ici à rien faire simplement parce que vous éprouvez le besoin de pêcher. Je *ne peux pas*, entendez-vous !

— Vrai et juste ; juste et vrai. Personne ne vous demande de ne rien faire. Il y a un tas de choses que vous pouvez faire, puisque Otto a passé par-dessus bord et s'est noyé. Je soupçonne qu'il a lâché prise dans un coup de vent qui nous assaillit là. En tout cas, il n'est pas revenu pour dire non. Vous, vous voilà arrivé, c'est clair et net, d'une façon providentielle pour tout le monde. Je soupçonne, toutefois, que vous ne savez pas faire grand'chose. Est-ce vrai ?

— Je peux vous la faire gaie pour vous et votre équipage quand nous serons à terre, dit Harvey avec un signe de tête sournois, en murmurant de vagues menaces à propos de « piraterie », auxquelles Troop sourit presque... pas tout à fait.

— Sauf causer. J'oubliais cela. On ne vous demande pas de causer plus que vous n'en avez envie, à bord du *We're Here*. Tenez l'œil ouvert, aidez Dan à faire ce qu'on lui demande, et ainsi

de suite, et je vous donnerai — vous ne les
valez pas, mais je les donnerai — dix dollars et
demi par mois : c'est-à-dire trente-cinq dollars à
la fin de la campagne. Un peu de travail vous
éclaircira les idées, et vous pourrez ensuite nous
dire ce que vous voudrez sur votre papa, votre
maman et votre argent.

— Elle est sur le steamer, dit Harvey, ses yeux
s'emplissant de larmes. Ramenez-moi tout de
suite à New York.

— Pauvre femme... pauvre femme! Quand elle
vous retrouvera, elle oubliera tout, cependant.
Nous sommes huit sur le *We're Here*, et si nous
revenions maintenant, il y a plus d'un millier
de milles, nous perdrions la saison. En admettant que j'y consente, les hommes ne le voudraient
pas.

— Mais mon père arrangerait tout.

— Il tâcherait. Je ne doute pas qu'il tâcherait,
dit Troop, mais la pêche de toute une saison,
c'est le pain de huit hommes; et votre santé sera
meilleure quand vous le verrez à l'automne.
Allez à l'avant aider Dan. C'est dix dollars et
demi par mois, comme j'ai dit, et naturellement,
les vivres, comme tout le monde.

— Voulez-vous dire que je doive nettoyer les
pots et les casseroles et un tas de choses? dit
Harvey.

— Et d'autres choses encore. Il n'y a pas à
pousser les hauts cris, mon jeune ami.

— Je ne le ferai pas. Mon père vous donnera

assez pour acheter ce sale petit chaudron de pêche (Harvey frappa du pied sur le pont) et dix fois plus, si vous me ramenez sain et sauf à New York ; et... et .. vous avez déjà de moi cent trente dollars, en tout cas.

— Comment? dit Troop, ses traits de bronze subitement assombris.

— Comment? Vous savez bien comment, bien assez. Et pour comble, vous voulez que je me livre à un travail domestique (Harvey était très fier de cet adjectif) jusqu'à l'automne. Je vous déclare que *non*. Vous entendez? »

Troop regarda quelque temps l'extrémité du grand mât d'un air de profond intérêt, pendant que Harvey haranguait furieusement tout autour de lui.

« Silence, dit-il enfin. Je suis en train de peser dans ma tête les responsabilités. C'est affaire de jugement. »

Dan s'avança furtivement et saisit Harvey par le coude.

« N'essayez plus de vos petits moyens avec papa, dit-il. Vous l'avez appelé voleur deux fois de trop, et il n'accepte cela d'aucun vivant.

— Je ne veux pas ! » cria Harvey presque en hurlant, sans prendre garde à l'avis.

Tranquille, Troop méditait.

« Je vais vous paraître un homme plutôt pas commode, dit-il enfin, en abaissant son regard sur Harvey. Je ne vous blâme pas, pas le moins du monde, jeune homme, pas plus que vous ne devriez me blâmer, moi, quand vous vous faites

de la bile. Etes-vous sûr de bien me comprendre?
Dix dollars et demi comme second mousse sur la
goélette... et tous les vivres... pour vous apprendre
le métier, et, en plus, pour le bien de votre
santé. Oui ou non?

— Non! dit Harvey. Ramenez-moi à New
York, ou bien j'aurai soin que vous... »

Il ne se rappela pas d'une façon exacte ce qui
suivit. Il était étendu dans les dalots, tenant son
nez qui saignait, tandis que Troop le contemplait
avec sérénité.

« Dan, dit celui-ci à son fils, je n'étais pas
contre ce jeune homme quand je l'ai vu tout
d'abord, parce qu'il faut se tenir en garde contre
les jugements précipités. Ne te laisse jamais éga-
rer par des jugements précipités, Dan. Maintenant, je suis fâché pour lui, car il est clair qu'il a
du trouble dans la caboche. Il n'est pas responsable des insultes qu'il m'a lancées, pas plus que
de ses autres histoires, pas plus que d'avoir sauté
par-dessus bord, ce que je suis à moitié convaincu
qu'il a fait. Sois doux avec lui, Dan, ou tu en
recevras deux fois autant. Ces petites hémorra-
gies-là éclaircissent la cervelle. Qu'on lave ça. »

Troop descendit avec gravité dans la cabine où
lui et les hommes plus âgés avaient leurs couchettes, laissant Dan consoler l'infortuné héritier
de trente millions de dollars.

❀

II

JE vous avais averti, dit Dan, pendant que les
gouttes se succédaient lourdes et pressées sur
le plancher sombre et passé à l'huile. Papa n'est
pas le moins du monde emporté, mais vous l'avez
joliment mérité. Bah! est-ce qu'il y a du bon
sens à prendre les choses comme ça. (Les épaules
de Harvey allaient et venaient dans des spasmes
de sanglots sans larmes.) Je connais cet effet-là.
La première fois que papa me corrigea, ce fut
aussi la dernière, c'était à ma première campagne.
On se sent tout chose et tout abandonné. Je connais ça.

— Oh! oui, gémit Harvey. Cet homme a perdu
la tête, ou il est ivre, et... et je ne peux rien faire.

— Ne dites pas ça de papa, dit Dan tout bas.
Il est l'ennemi de toute espèce d'alcool, et... eh
bien! oui, il m'a dit que c'était vous, le toqué.
Qu'est-ce qui au monde a bien pu vous le faire
traiter de voleur? C'est mon père. »

Harvey s'assit sur son séant, s'essuya le nez,
et raconta l'histoire de la liasse de billets man-
quante.

« Je ne suis pas fou, dit-il en terminant. Seulement votre père n'a jamais vu plus d'un billet de cinq dollars à la fois, et mon père, à moi, pourrait, une fois la semaine, sans en manquer une, acheter ce bateau sans marchander.

— Vous ne savez pas ce que vaut le *We're Here*. Votre père doit en avoir, une pile d'argent. Comment l'a-t-il gagné? Papa prétend que les fous ne sont pas fichus de mettre de la suite dans leurs histoires. Allons, vas-y.

— Dans les mines d'or et autres choses dans l'Ouest.

— J'ai lu de ces machines-là. Et c'est dans l'Ouest qu'il fait ça? Voyage-t-il, armé d'un pistolet, sur un poney dressé, comme au cirque? On appelle ça l'Ouest sauvage, et j'ai entendu dire que leurs éperons et leurs brides étaient en argent massif.

— Vous n'êtes qu'une cruche! dit Harvey, amusé malgré lui. Mon père n'a nul besoin de poneys. Quand il veut se déplacer, il prend son car.

— Comment? Un « lobster-car » [1]?

— Non. Son propre car privé, naturellement. Vous n'avez jamais de votre vie vu un car privé?

— Slatin Beeman, il en a un, dit Dan avec circonspection. Je l'ai vu au Dépôt de l'Union, à Boston, avec trois nègres en train de lui passer le goret sur l'écoutille. (Dan voulait dire en train

1. *Lobster-car*, fourgon destiné au transport des homards.

de nettoyer les glaces.) Mais Slatin Beeman possède presque tous les chemins de fer de Long Island, à ce qu'on dit ; et on prétend qu'il a acheté presque la moitié de New Hampshire et fait courir autour une ligne de défense, et qu'il l'a rempli de lions, de tigres, d'ours, de buffles, de crocodiles, et de toutes sortes de bêtes pareilles. Slatin Beeman, c'est un millionnaire. Je l'ai vu, son car, oui.

— Eh bien ! mon père est ce qu'on appelle un multimillionnaire ; et il a deux cars privés. L'un s'appelle à cause de moi le « Harvey », et l'autre, à cause de ma mère, le « Constance ».

— Jurez-le. Papa ne me laisse jamais jurer ; mais je pense que vous, vous en avez le droit. Avant de continuer, je veux que vous me disiez que vous voulez mourir si vous mentez.

— Naturellement, dit Harvey.

— Ça ne suffit pas. Dites : « Je veux mourir si je ne dis pas la vérité. »

— Je veux mourir ici même, dit Harvey, si j'ai dit la moindre chose qui ne soit l'exacte vérité.

— Les cent trente-quatre dollars et tout ? dit Dan. Je vous ai entendu parler à papa, et je m'attendais presque à vous voir avalé, tout comme Jonas. »

Harvey protesta, le rouge au visage. Dan était à sa manière un jeune personnage fort avisé, et dix minutes de questions le convainquirent que Harvey ne mentait pas... pas beaucoup. En outre, il s'était lié par le plus terrible serment qui soit à la connaissance des jeunes garçons, et il était encore là, assis plein de vie, dans les dalots, le bout du nez rougi, en train de raconter merveilles sur merveilles.

« Mâtin! » dit enfin Dan avec toute la conviction dont il était capable, lorsque Harvey eut terminé l'inventaire du car baptisé en son honneur.

Puis un sourire de malin plaisir s'épanouit sur sa large face.

« Je vous crois, Harvey. Papa, pour une fois dans sa vie, s'est mis dedans.

— Oh! oui, pour sûr, dit Harvey qui méditait une prompte revanche.

— Il sera furieux jusqu'au fond de l'âme. Papa déteste précisément se tromper dans ses jugements. »

Dan s'appuya en arrière en se tapant sur la cuisse.

« Oh! Harvey, ne gâtez pas, en continuant, une si belle affaire.

— Je n'ai pas envie de me voir assommé de nouveau. Et je n'entends pas être en reste avec lui, cependant.

— Je n'ai jamais entendu dire que personne ait été quitte avec papa. Mais pour sûr il vous assommerait encore. Plus il s'est trompé, plus il le ferait. Mais des mines d'or... et des pistolets...

— Je n'ai pas dit un mot à propos de pistolets, interrompit Harvey, car il avait juré.

— C'est vrai; vous n'en avez jamais parlé. Deux cars privés, alors, un baptisé de votre nom, et l'autre, du sien, à elle; et deux cents dollars d'argent de poche par mois, tout cela assommé dans les dalots pour n'avoir pas voulu travailler à dix dollars et demi par mois! C'est le plus chic coup de filet de la saison. »

Il partit en rires silencieux.

« Alors, j'avais raison? dit Harvey qui crut avoir trouvé une sympathie.

— Vous aviez tort, le plus grand de tous les torts. Tenez-vous solidement et allez-y tête baissée à côté de moi, ou vous écoperez et j'écoperai pour la peine de vous soutenir. Papa me donne toujours le double de travail parce que je suis son fils, et il déteste la race des favoris. Je pense bien que vous êtes plutôt furieux contre lui. Je l'ai été plus d'une fois. Mais papa est un homme fort juste; toute la flottille le dit.

— Ça vous paraît de la justice, ça, dites donc? Et Harvey désigna son nez outragé.

— Ce n'est rien. Ça vous tire le trop-plein du sang. Papa l'a fait pour votre santé. Mais, je ne peux pourtant pas avoir de rapports avec un homme qui pense que moi ou papa ou n'importe qui du *We're Here* est un voleur. Nous n'avons rien de commun avec la foule qui grouille au bout du quai, quand le diable y serait. Nous sommes des pêcheurs, et nous naviguons ensemble depuis six ans et plus. Tâchez, vous, de ne pas vous tromper là-dessus. Je vous ai dit que papa ne me laissait pas jurer. Il appelle cela de vains serments et me flanque des taloches; mais si je pouvais dire ce que vous avez dit à propos de votre papa et de tout ce qu'il possède, je le dirais bien à propos de vos billets. Je ne sais pas ce qu'il y avait dans vos poches quand j'ai fait sécher vos frusques, car je n'ai pas été y regarder; mais je pourrais dire, en me servant exactement des mêmes mots que ceux dont vous venez de vous servir, que ni moi ni papa. . et il n'y a que nous deux qui ayons touché à vous après qu'on vous eut apporté à bord... ne savons rien à propos de l'argent. Je vous en donne ma parole. Alors? »

Le saignement de nez avait probablement éclairci les idées de Harvey, et peut-être la solitude de la mer y était-elle pour quelque chose.

« C'est bien, » fit-il.

Puis il baissa les yeux, d'un air contrit.

« Il me semble que, pour un type qu'on vient de sauver de l'eau, je ne me suis pas montré plus que ça reconnaissant, Dan.

— Bah! vous étiez sens dessus dessous, et vous ne saviez plus ce que vous disiez, dit Dan. En tout cas, il n'y a eu que papa et moi à bord pour le voir. Le cuisinier, ça ne compte pas.

— J'aurais pu tout aussi bien penser que j'avais perdu tout bonnement les billets, se dit à demi Harvey en lui-même, au lieu de traiter de voleurs tous ceux que je voyais. Où est votre père?

— Dans la cabine. Qu'est-ce que vous lui voulez encore?

— Vous allez voir, » dit Harvey.

Il se dirigea à grandes enjambées, et plutôt comme un homme ivre, car sa tête bourdonnait encore, vers l'escalier de la cabine où la petite horloge du bateau était accrochée bien en vue de la roue. Troop, dans la cabine peinte en chocolat et jaune, était occupé autour d'un carnet et d'un énorme crayon noir qu'il suçait ferme de temps à autre.

« Je n'ai pas bien agi, dit Harvey, surpris de sa propre humilité.

— Qu'est-ce qu'il y a encore? dit le patron. Vous êtes tombé sur Dan, hein?

— Non; c'est à propos de vous.

— Je suis ici pour écouter.

— Voici, je... je suis venu pour remettre les choses au point, dit Harvey très vite. Quand on se trouve sauvé de l'eau... »

Sa gorge s'étrangla.

« Eh! eh! Vous ferez encore un homme si vous prenez ce chemin-là.

— On ne devrait pas commencer par insulter les gens.

— Juste et vrai, vrai et juste, dit Troop en esquissant un pâle sourire.

— Je suis donc venu vous dire que je suis bien fâché. »

Un autre gros étranglement.

Troop se leva lentement du coffre où il était assis, et tendit une main longue de onze pouces.

« Je devinais que cela vous ferait des tas de bien, et ça montre que je ne me suis pas trompé dans mes jugements. (Un éclat de rire étouffé parvint du pont à son oreille.) Je me trompe rarement dans mes jugements. »

La main de onze pouces se referma sur celle de Harvey, au point de l'engourdir jusqu'au coude.

« Nous donnerons un peu plus de nerf à cela avant de vous quitter, jeune homme, et, quoi qu'il ait pu arriver, je n'en pense pas plus de mal de vous pour ça. Vous n'étiez pas tout à fait responsable. Faites bien votre affaire, et vous n'attraperez pas de mal.

— Vous voilà tout blanc, dit Dan, comme Harvey regagnait le pont.

— Je ne le sens pas, dit-il, rouge jusqu'au bout des oreilles.

— Ce n'est pas cela que je voulais dire. J'ai entendu les paroles de papa. Quand il reconnaît qu'il ne pense pas de mal d'un homme, c'est qu'il se livre. Il déteste aussi se tromper dans ses jugements. Oh ! mais, une fois que papa s'est fait une opinion, il abaisserait plutôt ses couleurs devant un Anglais que d'en changer. Je suis content que tout soit arrangé et que ça marche bien. Papa a raison quand il dit qu'il ne peut vous ramener. C'est toute notre vie que nous gagnons ici, à la pêche. Les hommes vont être de retour dans une demi-heure, aussi vite que des requins à la vue d'une baleine morte.

— Pour quoi faire ? demanda Harvey.

— Pour souper, sans doute. Est-ce que votre

estomac ne vous le dit pas ? Vous avez des tas de choses à apprendre.

— Je le crois que j'en ai », dit Harvey d'un ton amer, en regardant l'embrouillement de cordages et de poulies au-dessus de sa tête.

« C'est un bijou, dit Dan avec enthousiasme, se méprenant sur la nature de son regard. Attendez voir que notre grand'voile soit tendue, et qu'elle file vers la maison, notre goélette, avec tout son sel employé. En tout cas, il y a du travail d'ici là. »

Il désigna l'ombre du grand panneau ouvert entre les deux mâts.

« Pour quoi est-ce faire ? C'est tout vide, dit Harvey.

— Il faut que nous remplissions cela, vous, moi et quelques autres. C'est là que va le poisson.

— Vivant ? demanda Harvey.

— Mais non. Ils sont plutôt tant soit peu morts... et aplatis... et salés. Il y a trente tonnes de sel dans la soute ; et nous n'avons guère fait jusqu'alors que couvrir notre fardage[1].

— Mais où est le poisson ?

— Dans la mer, dit-on ; dans les bateaux, souhaite-t-on, répliqua Dan, citant un proverbe de pêcheur. Vous en aviez quarante avec vous quand vous êtes arrivé la nuit passée. »

Il désigna une sorte de parc en bois juste en face du gaillard d'arrière.

« Vous et moi, il faudra que nous inondions cela

---

1. *Fardage :* lit de fagots qu'on met à fond de cale pour garantir la marchandise de l'humidité.

à flots quand ils n'y seront plus. Dieu veuille que nous ayons les parcs pleins ce soir ! J'ai vu le bateau enfoncer d'un demi-pied sous le poisson attendant qu'on le nettoie, et nous restions debout aux tables jusqu'à ce que nous nous entaillions nous-mêmes au lieu des morues, tant nous avions sommeil. Oui, les voilà qui reviennent. »

Dan regarda par-dessus les pavois peu élevés une demi-douzaine de doris en train de nager vers eux sur la mer luisante et soyeuse.

« Je n'ai jamais vu la mer d'aussi bas, dit Harvey. C'est superbe. »

Le soleil descendu à l'horizon couvrait l'eau de pourpre et de rose, allumait des lumières d'or au dos des longues houles, et en pommelait les creux d'ombres bleues et vertes. Il semblait que chacune des goëlettes en vue tirât à elle ses doris par d'invisibles fils, et les petites figurines noires, dans les bateaux minuscules, se courbaient sur les avirons comme des jouets mécaniques.

« Ils ont tapé dur, dit Dan entre ses yeux à demi fermés. Manuel n'aurait pas de place pour un poisson de plus. Il rase l'eau comme une feuille de nénuphar en eau dormante, pas vrai ?

— Lequel est Manuel ? Je me demande comment vous pouvez les reconnaître tout là-bas, comme vous faites.

— Le dernier bateau au sud. C'est lui qui vous a trouvé la nuit passée, dit Dan en brandissant le doigt. Manuel nage à la mode des Portugais ; vous ne pouvez pas manquer de le reconnaître. A l'est de lui — il vaut cent fois mieux qu'il ne nage — se trouve Pensylvanie. On dirait qu'il est chargé de « saleratus[1] ». A l'est encore — regardez comme ils s'en viennent gentiment sur la même ligne — celui avec les épaules bossues, c'est Long Jack. C'est un homme du Galway[2], qui habite South Boston, où ils demeurent pour la plupart, et presque tous ces hommes du Galway sont de bonnes recrues pour un bateau. Au nord, plus loin, là-bas — vous allez l'entendre se mettre à chanter dans un instant — c'est Tom Platt. Il a été matelot sur le vieux vaisseau l'*Ohio*, le premier de notre flotte, dit-il, pour doubler le cap Horn. Il ne parle guère jamais d'autre chose, sauf quand il chante ; mais il a une veine épatante à la pêche, Là! Qu'est-ce que je vous disais? »

Un mugissement qui pouvait passer pour mélodieux s'en vint du doris au nord en glissant sur l'eau. Harvey entendit quelque chose ayant trait aux mains et aux pieds glacés de quelqu'un, et puis :

Bring forth the chart, the doleful chart,
See where the mountings meet!
The clouds are thick around their heads.
The mists around their feet[3].

1. Le « saleratus » est une sorte de levain qu'on emploie en Amérique pour faire lever la pâte. C'est une matière fort lourde.

2. Galway, province d'Irlande.

3.   Montrez la carte, la triste carte[*],
Pour voir où ces monts se rencontrent !
Les nuages sont épais autour de leur têtes,
Les brouillards autour de leurs pieds.

[*] Vieille chanson américaine.

« Plein bateau, dit Dan en éclatant de rire. S'il nous envoie « O Capting ! », alors, c'est plein à couler. »

Le mugissement continua :

> *And naow to thee, O Capting !*
> *Most earnestly I pray,*
> *That they shall never bury me*
> *In church or cloister gray*[1].

« Coup double pour Tom Platt. Il vous racontera demain tout ce qui concerne le vieil *Ohio*, Vous voyez ce doris bleu derrière lui ? C'est mon oncle... le propre frère de papa... et s'il y a quelque mauvais sort lâché sur le Banc, vous êtes sûr qu'il tombera sur l'oncle Salters. Regardez comme il nage en prenant garde. Je parierais mon gage et ma part qu'il est le seul homme à avoir été piqué aujourd'hui..., et il l'a été solidement.

— Qu'est-ce qui a pu le piquer ? demanda Harvey, qui commençait à s'intéresser.

— Des fraises, surtout. Parfois des citrons et des concombres [2]. Oui, il a été piqué jusqu'aux coudes. Cet homme-là a une chance vraiment renversante. Maintenant, nous allons nous mettre aux palans pour les hisser à bord. C'est vrai, ce que vous m'avez dit, que vous n'avez jamais fait

---

1.   Maintenant, ô capitaine,
        Je te prie ardemment
        Qu'on ne m'enterre jamais
        Dans l'église ou le cloître gris.

2. Noms que les marins donnent à certaines plantes marines véné-neuses qui affectent l'apparence de ces fruits.

un brin de travail de votre vie ? On doit se paraître plutôt drôle, n'est-ce pas ?

— Je vais essayer de travailler n'importe comment, répliqua bravement Harvey. Seulement, tout cela est absolument nouveau.

— Attrape ce palan, alors ! Derrière toi ! »

Harvey empoigna un cordage et un long crochet de fer qui pendaient à l'un des étais du grand mât, tandis que Dan en tirait un autre attaché à quelque chose qu'il appelait une « balancine », au moment où Manuel accostait dans son doris chargé.

Le Portugais eut un radieux sourire, que plus tard Harvey apprit à bien connaître, et, à l'aide d'une fourche à manche court, se mit à jeter le poisson dans le parc sur le pont.

« Deux cent trente et un ! cria-t-il.

— Donne-lui le croc, » dit Dan.

Et Harvey passa le croc aux mains de Manuel. Celui-ci le fit glisser dans une boucle de corde à la proue du doris, saisit le palan de Dan, l'accrocha au taquet d'arrière et grimpa dans la goélette.

« Tire ! » cria Dan.

Et Harvey tira, étonné de s'apercevoir de la facilité avec laquelle le doris s'enlevait.

« Tiens bon, il ne niche pas dans les barres de hune ! » dit Dan en riant.

Et Harvey tint bon, car le bateau se trouvait en l'air au-dessus de sa tête.

« Amène, et de côté ! » cria Dan.

Et comme Harvey amenait, Dan détourna la

légère embarcation jusqu'à ce qu'elle vînt toucher doucement le pont, derrière le grand mât.

« Ils ne pèsent rien à vide. Tu as assez bien enlevé ça pour un passager. Y a plus de chiendent quand y a de la mer.

— Ah! ah! dit Manuel en tendant une main brune. Ça va mieux en ce moment. A cette heure-ci, hier soir, c'était le poisson qui cherchait à vous prendre. Maintenant, c'est vous qui cherchez à prendre le poisson.... Oui-da?

— Je... je vous suis à jamais reconnaissant, » balbutia Harvey.

Et sa main malencontreuse glissa encore une fois furtivement à sa poche ; mais il se rappela qu'il n'avait pas d'argent à offrir. Quand il eut fait plus ample connaissance avec Manuel, rien qu'à l'idée de l'erreur qu'il aurait pu commettre, il se sentait, au fond de sa couchette, envahir par de cuisantes et pénibles rougeurs.

« Il n'y a pas de reconnaissance à m'en avoir! dit Manuel. Comment vous aurais-je laissé ainsi aller à la dérive tout autour du Banc? Maintenant, vous voilà pêcheur... Oui-da? Ouh! Auh! »

Il pencha le buste en avant, puis en arrière avec des mouvements raides pour chasser les crampes.

« Je n'ai pas nettoyé le bateau aujourd'hui. Trop à faire. Ça mordait dur. Danny, mon garçon, nettoie pour moi. »

Harvey s'avança sur-le-champ. Voilà quelque

chose qu'il pouvait faire pour l'homme qui lui avait sauvé la vie.

Dan lui jeta un faubert, et il se pencha sur le doris pour en chasser les matières visqueuses, gauchement, mais plein de bonne volonté.

« Enlève les bancs, ils glissent dans leurs rainures, dit Dan. Donne-leur un coup de faubert et pose-les dans le fond. Ne laisse jamais un banc jouer. Il se peut que quelque jour tu en aies rudement besoin. Voici Long Jack. »

Un torrent étincelant de poisson passa d'un doris, le long du bord, dans le parc.

« Manuel, prends le palan. Je vais fixer les tables. Harvey, débarrasse-nous du bateau de Manuel. Celui de Long Jack s'emboîte dedans. »

Harvey leva les yeux de dessus son nettoyage pour apercevoir le fond d'un doris juste au-dessus de sa tête.

« Exactement comme un jeu de patience indien, n'est-ce pas ? » dit Dan, comme le bateau en question tombait dans l'autre.

« Il y prend autant de goût qu'un canard à l'eau, » dit Long Jack, un homme du Galway, à menton grisonnant, dont la lèvre supérieure avançait, tandis qu'il faisait aller et venir le torse exactement comme Manuel avait fait.

On entendait par l'écoutille Disko grogner dans la cabine, et le bruit qu'il faisait en suçant son crayon parvenait jusqu'à eux.

« Cent quarante-neuf et demi... que Dieu te damne, Discobolus ! dit Long Jack. Je me tue à remplir tes poches. Cela ne fait rien, c'est une fichue pêche. Le Portugais m'a enfoncé. »

Un glissement sourd. Et c'était un autre doris qui accostait, et encore du poisson qui tombait dans le parc.

« Deux cents trois. Voyons le passager ! »

Celui qui parlait était encore plus fort que l'homme du Galway, et son visage présentait la particularité d'être barré en biais, de l'œil gauche au coin droit de la bouche, par une balafre pourpre.

Ne voyant pas autre chose à faire, Harvey nettoyait avec son faubert chaque doris quand il descendait, enlevait les bancs et les couchait au fond du bateau.

« Il a vite attrapé le mouvement, dit l'homme à la balafre, lequel était Tom Platt, en le considérant avec attention. Il y a deux façons de faire les choses. L'une, à la mode des pêcheurs... n'importe par quel bout d'abord et un nœud de voilier pour couronner le tout... et l'autre...

— Comme nous faisions sur le vieil *Ohio !* interrompit Dan, en traversant rapidement le groupe des hommes avec une longue planche pourvue de pieds. Otez-vous de là, Tom Platt, et laissez-moi fixer les tables. »

Il pressa l'une des extrémités de la planche entre deux coches dans les bordages, chassa le montant d'un coup de pied, et baissa la tête juste à temps pour éviter la tape que lui envoyait l'homme du vaisseau.

« Et voilà aussi ce qu'on faisait sur l'*Ohio*, Danny. Tu vois ? dit Tom Platt, en riant.

— J'imagine alors qu'ils louchaient, car elle n'est pas arrivée à son adresse, et je sais bien qui est-ce qui va trouver ses bottes sur la pomme du grand mât, s'il ne nous laisse pas tranquilles. Halez de l'avant ! Je suis pressé, est-ce que vous ne voyez pas ?

— Danny, tu passes ta journée à dormir couché sur le câble, dit Long Jack. Tu es le comble même de l'impudence, et je suis persuadé qu'en une semaine tu vas corrompre notre subrécargue.

— Il s'appelle Harvey, dit Dan, en brandissant deux couteaux de forme étrange, et il vaudra cinq de n'importe quels chercheurs de clovisses de South Boston avant qu'il soit longtemps. »

Il disposa les couteaux avec grâce sur la table, pencha la tête et en admira l'effet.

« Je crois, moi, que cela fait quarante-deux, dit une voix grêle de l'autre côté du bord. »

Tout le monde partit à rire, tandis qu'une autre voix répondait :

« Alors, pour une fois ma chance a tourné, car j'en ai quarante-cinq, quoique je sois piqué à ne savoir où me mettre.

— Quarante-deux *ou* quarante-cinq. J'ai perdu le compte exact, dit la voix grêle.

— C'est Pen et l'oncle Salters qui comptent leur pêche. Regardez-les donc.

— Venez, venez ! rugit Long Jack. Il fait mouillé là-bas dehors, mes enfants.

— Quarante-deux, » dis-tu.

C'était l'oncle Salters.

« Je vais recompter, alors, » répliqua la voix avec douceur.

Les deux doris se balançaient côte à côte et venaient cogner contre le flanc de la goélette.

« Patience de Jérusalem ! jura l'oncle Salters, en reculant dans l'eau qui clapota avec bruit. Qu'est-ce qui prend.à un cultivateur comme toi d'aller fiche le pied dans un bateau, je me le demande ! Tu m'as presque défoncé d'un bout à l'autre.

— J'en suis fâché, monsieur Salters. Je suis venu à la mer pour cause de dyspepsie ner-veuse. Vous me l'avez conseillé, je crois.

— Allez vous noyer dans le Trou de Baleine, toi et ta dyspepsie nerveuse ! rugit l'oncle Sal-ters, un gros petit pot à tabac. Tu marches encore sur mes brisées. As-tu dit quarante-deux ou quarante-cinq ?

— J'ai oublié, monsieur Salters. Comptons.

— Je ne vois pas comment cela pourrait faire quarante-cinq.

— C'est moi qui en ai quarante-cinq, dit l'oncle Salters. Compte avec soin, Pen. »

Disko Troop sortit de la cabine.

« Salters, maintenant jette ton poisson tout de suite, dit-il d'un ton d'autorité.

— Ne gâtez pas la pêche, papa, murmura Dan. Ils ne font tous les deux que commencer.

— Mère de Délice ! Il les enfourche un à un,

hurla Long Jack, comme l'oncle Salters se mettait laborieusement au travail, et que dans l'autre
doris le petit homme comptait une rangée de
coches sur le plat-bord.

— C'est la pêche de l'autre semaine, » dit-il, en
levant un regard plaintif, l'index resté où il en
était.

Manuel poussa Dan du coude. Celui-ci s'élança
sur le palan, et, se penchant aux trois quarts par-
dessus bord, glissa le crochet dans la patte arrière,
tandis que Manuel maintenait solidement le doris
par l'avant.

Les autres tirèrent gentiment et amenèrent le
bateau, homme, poisson, et tout.

« Un, deux, quatre... neuf, dit Tom Platt, en
faisant le compte d'un œil exercé. Quarante-sept.
Pen, c'est à toi! »

Dan laissa filer le palan et fit glisser l'homme
de son bateau sur le pont parmi le torrent de
son poisson.

« Tiens bon! rugit l'oncle Salters en train de
tournoyer contre le bord. Tiens bon, je me suis
'embrouillé un brin dans mon compte. »

Il n'eut pas le temps de protester, fut hissé à
bord et traité comme « Pensylvania ».

« Quarante et un, dit Tom Platt. Battu par un
cultivateur, Salters. Toi, encore, un marin pareil!

— Le compte n'est pas juste, dit-il, en dégrin-
golant hors du parc ; et je suis cousu de piqûres. »

Ses grosses mains étaient enflées et marbrées
de rouge et de blanc.

« Il y a, je crois bien, des gens qui iraient trouver des fonds de fraises, même s'il leur fallait plonger pour ça, » dit Dan, en s'adressant à la lune qui venait de se lever.

« Il y en d'autres, dit l'oncle Salters, qui se nourrissent du suc de la terre en dormant, et qui blaguent leur propre sang.

— A table ! A table ! » cria du gaillard d'avant une voix que Harvey n'avait pas encore entendue.

Disko Troop, Tom Platt, Long Jack et Salters, sur ce mot, gagnèrent l'avant. Little Pen se pencha sur son tourniquet carré de haute mer et sur les lignes à morue embrouillées. Manuel se coucha de tout son long sur le pont, et Dan disparut dans la cale, où Harvey l'entendit taper sur des barils avec un marteau.

« C'est le sel, dit-il en revenant. Aussitôt que nous aurons soupé, nous nous mettrons à la toilette du poisson. Tu jetteras à papa. Tom Platt et lui arriment ensemble, et tu vas les entendre discuter. Nous sommes la seconde bordée, toi, moi, Manuel et Pen... la jeunesse et la beauté du bateau.

— En voilà, un avantage, dit Harvey. J'ai faim.

— Ils auront fini dans une minute. Hum ? Ça sent bon, ce soir. Papa embarque un bon cuisinier, même si cela doit lui causer de l'ennui avec son frère. Il y a bonne pêche aujourd'hui, hein ? (Il désigna du doigt les parcs où les morues mon-

taient en hautes piles.) Manuel, combien avais-tu
d'eau ?

— Vingt-cinq brasses, répondit le Portugais
d'une voix endormie. Elles mordent bien et vite.
Un de ces jours, je vous montrerai, Harvey. »

La lune entreprit sa course sur la mer tranquille avant que les aînés fussent revenus à l'arrière. Le cuisinier n'eut pas besoin de crier :
« Seconde bordée ! » Dan et Manuel furent en
bas de l'écoutille et à table avant que Tom Platt,
le dernier et le plus circonspect des aînés en
question, eût fini de s'essuyer la bouche du revers
de sa main. Harvey suivit Pen, et s'assit devant
une gamelle de fer-blanc, remplie de langues et
de vessies de morue, mélangées de morceaux de
lard et de pommes de terre frites, une tranche de
pain chaud et du café noir et fort. Tout affamés
qu'ils fussent, ils attendirent que « Pensylvania »
eût dit d'un ton solennel le bénédicité. Puis ils
s'enfournèrent la nourriture en silence, jusqu'au
moment où Dan, reprenant haleine sur sa tasse
d'étain, demanda à Harvey comment ça allait.

« Je suis bourré, mais il y a encore tout juste
place pour un autre morceau. »

Le cuisinier était un nègre énorme, d'un noir
de jais ; et, différent de tous ceux que Harvey
avait rencontrés, ne parlait pas, se contentant
de sourire et d'inviter d'un geste muet à y
revenir.

« Tu vois, Harvey, dit Dan, en tapant avec sa
fourchette sur la table, c'est bien comme je te l'ai

dit. Les jeunes et beaux garçons... comme moi, Pensy, toi et Manuel... nous sommes la seconde bordée, et nous mangeons quand la première bordée a fini. Eux, c'est le vieux poisson, tous rapiats et grincheux ; aussi ont-ils besoin de se réconforter le ventre ; c'est pour cela qu'ils viennent les premiers, ce qu'ils ne méritent pas. Est-ce vrai, docteur ? »

Le cuisinier fit signe que oui.

« Est-ce qu'il ne peut pas parler ? demanda tout bas Harvey.

— Assez pour s'en tirer. Pas beaucoup des choses de notre métier. Sa langue maternelle est plutôt drôle... Il vient de l'intérieur de Cap Breton, oui, là où les cultivateurs parlent l'écossais du cru. Cap Breton est plein de nègres dont les parents se sont réfugiés là durant notre guerre, et ils parlent comme les cultivateurs... tout en charabia.

— Ce n'est pas de l'écossais, dit Pensylvania. C'est du gaélique, d'après ce que j'ai lu dans un livre.

— Pen lit tout le temps. Presque tout ce qu'il dit est comme ça... sauf quand il s'agit de compter le poisson... hein ?

— Est-ce que ton père les laisse ainsi dire combien ils ont pris de poisson... sans vérifier ? demanda Harvey.

— Pourquoi ? Mais oui. Qu'est-ce ça signifierait d'aller mentir pour quelques misérables morues. »

Always more and never less,
Every time we come to dress [1].....

rugit Long Jack par l'écoutille.

Et la seconde bordée se rua en haut sur-le-champ.

L'ombre des mâts et du gréement, avec la voile de cape qu'on ne ferlait jamais, roulait de droite et de gauche dans le clair de lune sur le pont que soulevait la vague ; et le poisson empilé à l'arrière luisait comme un monceau d'argent fluide. On entendait des piétinements et des roulements sourds dans la cale où Disko et Tom Platt se démenaient parmi les coffres à sel. Dan passa une fourche à Harvey et le conduisit à l'extrémité de la table primitive, où l'oncle Salters jouait impatiemment du tambour avec le manche d'un couteau. Un baquet d'eau salée reposait à ses pieds.

« Tu jetteras à papa et à Tom Platt par le panneau, et tu prendras garde que l'oncle Salters ne te fasse sauter l'œil, dit Dan, en disparaissant à bout de bras dans la cale. Je passerai le sel d'en bas. »

Pen et Manuel, dans le parc, se tenaient enfoncés jusqu'aux genoux parmi la morue, brandissant des couteaux ouverts. Long Jack, un panier à ses pieds, des mitaines aux mains, se tenait en face de l'oncle Salters à la table, et Harvey contemplait la fourche et le baquet.

---

1.   Toujours plus et jamais moins.
           Chaque fois que nous venons faire la toilette.

« Hi ! » cria Manuel, en se baissant sur le poisson et en ramenant une morue, un doigt passé sous l'ouïe de l'animal et l'autre dans son œil.

Il l'étendit sur le rebord du casier; la lame du couteau jeta un éclair accompagné d'un bruit de déchirement, et le poisson fendu de la gorge à la queue, avec une entaille de chaque côté du cou, tomba aux pieds de Long Jack.

« Hi ! » fit Long Jack, en faisant de sa main, recouverte d'une mitaine, une sorte de cuiller.

Le foie de la morue tomba dans le panier. Une autre torsion et la main de nouveau en cuiller envoyèrent au diable tête et issues, et le poisson vidé glissa aux mains de l'oncle Salters, qui renifla d'un air farouche. Encore un déchirement, la grande arête vola par-dessus le pavois, et le poisson, sans tête, sans boyaux, grand ouvert, tomba dans le baquet avec un « flop », en envoyant de l'eau salée jusque dans la bouche de Harvey, béante d'étonnement. Après le premier cri, les hommes gardèrent le silence. Les morues se promenaient comme si elles eussent été encore en vie, et longtemps avant que Harvey fût revenu de son étonnement devant la merveilleuse dextérité du tout, son baquet était plein.

« Jette ! » grogna l'oncle Salters, sans tourner la tête.

Et Harvey lança le poisson par deux et trois à la fois en bas de l'écoutille.

« Hi ! Lance-les à la brassée, cria Dan. Ne les éparpille pas comme cela. L'oncle Salters est le meilleur fendeur de toute la flottille. Regarde si l'on ne dirait pas qu'il feuillette un livre. »

De fait, on eût presque dit que le brave oncle était en train, pour tuer le temps, de couper les pages d'une revue. Le corps de Manuel, le buste tout courbaturé, gardait l'immobilité d'une statue dont seuls les bras s'ouvraient et se refermaient sans discontinuer sur le poisson. Little Pen s'escrimait vaillamment, mais il n'était pas difficile de voir qu'il manquait de force. Une fois ou deux, Manuel trouva le temps de l'aider sans rompre la chaîne du travail. Une autre fois, le même Manuel poussa un hurlement ; il s'était accroché le doigt à l'hameçon d'un Français. Ces hameçons sont fabriqués avec un métal mou, qui permet de les recourber de nouveau lorsqu'ils ont servi ; mais il arrive très souvent que la morue se sauve avec pour se faire prendre ailleurs, et c'est un des nombreux motifs pour lesquels les bateaux de Gloucester détestent les Français.

En bas, le râpement du sel brut dont on frottait la chair crue résonnait comme le grincement d'une meule, accompagnement soutenu au « cliknik » des couteaux dans le parc, au « crac » et au « plouf » des têtes arrachées, des foies tombant et des issues dispersées, au « caraaah » du couteau de l'oncle Salters retirant l'arête, et au « flop » de la chute des corps, grands ouverts et encore humides, dans le baquet.

Au bout d'une heure, Harvey aurait donné tout

au monde pour se reposer; car la morue fraîche
et humide pèse plus lourd qu'on ne pense, et le
dos lui faisait mal à force de jeter, de jeter sans
repos. Mais il sentait pour la première fois de sa
vie qu'il faisait partie d'une équipe d'hommes au
travail, en tirait de l'orgueil et s'obstinait à
poursuivre la tâche.

« Un couteau, holà ! » finit par crier l'oncle
Salters.

Pen se plia en deux, prêt à rendre l'âme parmi
le poisson; Manuel se courba en arrière et en
avant pour s'assouplir, et Long Jack s'appuya sur
le bordage. Le cuisinier apparut, sans plus de
bruit qu'une ombre noire, ramassa un tas d'arêtes
et de têtes, et se retira.

« Des issues pour déjeuner, et de la soupe de
têtes, dit Long Jack avec un claquement de
lèvres.

— Un couteau, holà ! répéta l'oncle Salters en
brandissant l'arme plate et recourbée du fendeur.

— Regarde à tes pieds, Harvey ! » cria Dan
d'en bas.

Harvey vit une demi-douzaine de couteaux
fichés sur un taquet dans la bordure du panneau.
Il les distribua à la ronde en reprenant ceux qui
étaient émoussés.

« De l'eau ! dit Disko Troop.

— Le charnier ¹ est à l'avant et l'écuelle à côté.
Vite, Harvey, » dit Dan.

1. On appelle « charnier » le baril qui sert de réservoir à eau
sur le pont, et que l'on approvisionne à la citerne du bord.

Un instant après, il était de retour avec une pleine écuelle d'eau éventée et brunâtre, un vrai nectar, qui délia la langue à Disko et à Tom Platt.

« C'est de la morue, dit Disko. Ce ne sont pas des figues de Damas, Tom Platt, encore moins de l'argent en barre. Je n'ai pas manqué de te le dire chaque fois depuis que nous naviguons ensemble.

— Quelque chose comme sept campagnes, répliqua Tom Platt tranquillement. N'empêche qu'un bon arrimage est un bon arrimage, et il y a bonne et mauvaise manière d'arrimer, même du lest. Si tu avais jamais vu quatre cents tonnes de fer rangées dans l'...

— Hi ! »

Sur un hurlement de Manuel, le travail reprit et ne s'arrêta plus jusqu'à ce que le parc fût vide. Dès que le dernier poisson fut en bas, Disko Troop gagna la cabine avec son frère en louvoyant vers l'arrière ; Manuel et Long Jack se dirigèrent vers l'avant ; Tom Platt seul attendit le temps qu'il fallait pour reglisser le panneau en place avant de disparaître à son tour. Une demi-minute après, Harvey entendait la cabine retentir de ronflements sonores et, bouche bée, il ouvrait de grands yeux sur Dan et sur Pen.

« Cela a marché un peu mieux, cette fois, Danny, dit Pen, les paupières lourdes de sommeil. Mais je crois qu'il est de mon devoir d'aider au nettoyage.

— Je ne voudrais pas pour mille quintaux de poisson avoir ta conscience, dit Dan. Rentre, Pen. Ce n'est pas à toi à faire l'ouvrage d'un mousse. Tire un seau d'eau, Harvey. Eh ! Pen, avant d'aller dormir, jette cela dans la fascière. Peux-tu rester éveillé jusque-là ? »

Pen souleva le lourd panier de foies de poisson qu'il vida dans un tonneau dont le couvercle à charnières était amarré au gaillard d'arrière ; puis lui aussi disparut dans la cabine.

« Après la toilette, ce sont les mousses qui font le nettoyage, sur le *We're Here*, et qui prennent le premier quart en temps de calme. »

Dan inonda énergiquement le parc, démonta la table, la dressa pour la faire sécher au clair de lune, passa les lames ensanglantées des couteaux au travers d'un bouchon d'étoupe, et se mit à les aiguiser sur une toute petite meule, tandis que Harvey, sur ses indications, jetait par-dessus bord issues et arêtes.

Au premier « plouf », une ombre d'un blanc d'argent se leva droit comme flèche sur l'eau d'huile, et poussa un soupir sifflant et prophétique. Harvey recula d'horreur en laissant échapper un cri, tandis que Dan se contentait de rire.

« C'est un épaulard, dit-il. Il demande des têtes de poisson. Ils se dressent comme cela sur le bout de leur queue quand ils ont faim. N'est-ce pas que son haleine sent le sépulcre ? »

Une horrible puanteur de poisson pourri remplit l'air comme la colonne de blancheur s'enfonçait, et l'eau s'agita en gros bouillons huileux.

« Est-ce que tu n'avais jamais encore vu d'épaulard debout sur sa queue ? Tu en verras par centaines avant d'avoir fini. Dis donc, c'est bon d'avoir encore un mousse à bord. Otto était trop vieux, et, de plus, c'était un Suédois. Lui et moi nous nous battions énormément. Cela m'aurait été égal, si du moins il avait eu dans la tête un langage de chrétien. Tu as sommeil ?

— Je dors tout debout, répondit Harvey en laissant tomber sa tête en avant.

— On ne doit pas dormir quand on fait le quart. Réveille-toi et va voir ni notre feu de mouillage brille et s'il éclaire bien. Tu es de quart à l'heure qu'il est, Harvey.

— Peuh ! Qu'est-ce qui pourrait nous arriver ? Il fait clair comme en plein jour. Ou-ouf !

— Juste comme cela que les choses arrivent, dit papa. Beau temps, bon sommeil, et avant de savoir comment ça se fait, vous voilà coupé en deux par un paquebot, et dix-sept officiers dorés sur toutes les coutures, tous des messieurs, lèvent la main pour jurer que vos feux étaient éteints et qu'il y avait un épais brouillard. Harvey, je t'ai plutôt pris en goût, mais si ta tête tombe encore une fois, je te tape dessus avec un bout de corde. »

La lune, qui assiste sur le Banc à tant de choses étranges, vit alors de là-haut un jeune garçon, svelte de tournure, en knickerbockers et en jersey rouge, qui faisait en chancelant le tour du pont en désordre d'une goélette de soixante-dix tonneaux, tandis que derrière lui, brandissant une corde à nœuds, marchait, à la manière d'un tortionnaire, un gamin qui bâillait et laissait tomber sa tête entre les coups qu'il donnait.

La roue amarrée geignait et ruait doucement, la voile de cape claquait un peu dans les sautes de la brise légère, le cabestan craquait, et c'était toujours la même promenade lamentable. Harvey réclamait, menaçait, pleurnichait, et finit par pleurer pour de bon, pendant que Dan, les mots s'empâtant sur sa langue, vantait la beauté de la vigilance, faisait résonner de tous les côtés son bout de corde, et sévissait contre les doris aussi souvent qu'il atteignait Harvey. A la fin, l'horloge de la cabine sonna dix heures, et, au dixième coup, Little Pen grimpa sur le pont. Il trouva deux garçons, ou plutôt deux paquets, culbutés côte à côte sur le grand panneau, si profondément endormis qu'il les roula littéralement jusqu'à leurs couchettes.

III

CE fut le sommeil de plomb qui vous éclaircit l'âme, l'œil et le cœur, et vous met mourant de faim devant la soupe. Ils vidèrent un grand plat d'étain plein de morceaux de poisson tout juteux, les issues que le cuisinier avait ramassées le soir précédent. Ils nettoyèrent les plats et les casseroles de la bordée des aînés partis à la pêche, taillèrent des tranches de lard pour le repas de midi, passèrent au faubert le gaillard d'avant, remplirent les lampes, tirèrent du charbon et de l'eau pour le cuisinier, et passèrent l'inspection de l'avant-cale où s'empilaient les provisions du bateau. Ce fut une autre belle journée, tranquille, douce, claire, et Harvey s'emplit d'air jusqu'au fin fond des poumons.

D'autres goélettes avaient monté pendant la nuit, et les longues houles bleues étaient couvertes de voiles et de doris. Au loin, sur l'horizon, la fumée de quelque paquebot dont la coque restait invisible, barbouillait l'azur, et du côté de l'est les voiles de perroquet d'un gros navire, lesquelles commençaient à se gonfler, y faisaient une entaille carrée. Disko Troop fumait, appuyé contre le toit de la cabine, un œil sur les bateaux à l'entour, et l'autre sur la petite flamme de girouette à la pomme du grand mât.

« Quand papa fait cette tête-là, dit Dan tout bas, c'est qu'il médite quelque chose de fameux pour tout le monde. Je parierais mon gage et ma part que nous allons mouiller bientôt. Papa connaît la morue, et la flottille sait bien que papa la connaît. Les vois-tu arriver un à un, sans avoir l'air de rien, cela va sans dire, mais en tournant tout le temps autour de nous? Voici le *Prince Leboo*; c'est un bateau de Chatham. Il est monté de la nuit dernière. Et vois-tu ce gros-là avec une pièce dans sa voile de misaine et un foc neuf? C'est le *Carrie Pitman* de West Chatham. Il ne va pas garder sa toile longtemps, à moins que son sort n'ait changé depuis l'autre saison. Il ne fait guère que dériver. Il n'y a pas d'ancre qui puisse le retenir... Quand la fumée s'élève comme ça en petits anneaux, c'est que papa est en train d'étudier le poisson. Si nous lui parlions en ce moment, il serait furieux. La dernière fois que cela m'est arrivé, il a pris une botte et me l'a flanquée à la tête. »

Disko Troop regardait à l'avant, la pipe aux dents, avec des yeux qui semblaient ne rien voir. Comme le disait son fils, il étudiait le poisson, mettant sa connaissance et son expérience du Banc aux prises avec la morue en train de s'ébattre dans ses propres eaux. Il admettait la présence des goélettes à l'œil inquisiteur comme un hommage à sa supériorité, mais, maintenant que cet hommage était rendu, il voulait se retirer et s'en aller faire son mouillage, seul, jusqu'au moment de remonter vers la Vierge pour pêcher dans les rues de cette ville qui gronde sur les eaux. C'est ainsi que Disko Troop pensa au temps qu'il venait de faire, aux tempêtes, aux courants, aux ressources alimentaires et autres arrangements domestiques, en se plaçant au point de vue d'une morue de vingt livres ; il devint lui-même, en fait, l'espace d'une heure, une morue, et en prit l'apparence d'une façon étonnante. Puis, il retira la pipe d'entre ses dents.

« Papa, dit Dan, nous avons fini notre besogne. Est-ce que nous pouvons sortir un brin ? C'est un bon temps pour la pêche.

— Pas dans cet accoutrement cerise ni ces souliers couleur de pain brûlé. Donne-lui des vêtements qui aient du sens commun.

— Papa est content... en voilà la preuve, dit Dan ravi, en entraînant Harvey dans la cabine, tandis que Troop lançait une clef en bas des marches. Papa garde mes vêtements de réserve dans un endroit où il puisse y donner un coup d'œil, à cause que maman prétend que je suis sans soin. »

Il fourragea dans un coffre, et, en moins de trois minutes, Harvey fut paré de bottes en caoutchouc qui lui montaient à mi-cuisse, d'un

lourd jersey bleu reprisé aux coudes, d'une paire
de mitaines et d'un suroît.

« Maintenant. tu représentes quelque chose,
dit Dan. Dépêchons-nous !

— Ne t'éloigne pas. Reste à portée, dit Troop ;
ne t'en va pas rendre des visites dans la flottille.
Si quelqu'un te demande ce que j'ai l'intention de
faire, dis la vérité, car tu n'en sais rien. »

Un petit doris rouge, marqué du nom de *Hattie S.,* reposait à l'arrière de la goélette. Dan
amena le câblot, et sauta légèrement sur les
planches du fond, tandis que Harvey tombait
gauchement derrière lui.

« C'est pas une manière d'entrer dans un bateau,
dit Dan. S'il y avait de la mer, tu irais au fond,
c'est sûr. Il faut que tu apprennes à t'en servir. »

Dan assujettit les tolets, prit le banc de nage
d'avant et regarda faire Harvey. Le jeune garçon
avait ramé, à la façon des dames, sur les étangs
d'Adirondack ; mais il y a de la différence entre
des chevilles de bois grinçantes et des tolets nickelés bien équilibrés, entre des rames légères et de
grossiers avirons de huit pieds. Cela collait dans
la lente houle, et Harvey bougonnait.

« Court ! Nage court ! dit Dan. Si tu entraves
ton aviron dans un petit peu de mer, c'est bon
pour faire chavirer. Est-ce pas un bijou ? Et c'est
à moi, encore ! »

Le petit doris était propre comme un sou neuf.
Il portait dans ses petits flancs une ancre minuscule, deux cruches d'eau et quelque soixante-dix

brasses de fin cordage brun de doris. Une trompette de fer-blanc reposait dans des boucles de corde juste sous la main droite de Harvey, à côté d'un maillet de vilaine tournure, d'une courte gaffe et d'un bâton plus court encore. Une couple de lignes, garnies de plombs très lourds et de doubles hameçons, toutes deux enroulées avec soin sur des dévidoirs carrés, se trouvaient calées à leur place par le plat-bord.

« Où sont la voile et le mât ? » demanda Harvey, car ses mains commençaient à avoir des ampoules.

Dan éclata de rire.

« On ne fait guère marcher à la voile les doris de pêche. On pousse, mais on n'a pas besoin de pousser si dur. Est-ce que tu ne voudrais pas l'avoir à toi ?

— Bah ! J'imagine que mon père pourrait m'en donner un ou deux si je les demandais, » répondit Harvey.

Il avait été trop occupé jusqu'alors pour penser beaucoup à sa famille.

« C'est vrai. J'oubliais que ton père est millionnaire. Hein, tu ne fais guère le millionnaire en ce moment. Mais, tu sais qu'un doris avec le gréement et les accessoires — Dan parlait comme s'il se fût agi d'une baleinière — coûte des tas d'argent. Est-ce que tu crois que ton père t'en donnerait un pour en faire ton joujou favori ?

— Ça ne m'étonnerait pas. Ce serait à peu près

la seule chose pour laquelle je ne l'ai pas encore embêté.

— Hein ! tu dois en faire un rude gâté à la maison, et en casser de la monnaie. Ne fends pas l'eau comme cela, Harvey. C'est court, la vraie manière ; il n'y a jamais de mer tout à fait calme, et les houles... »

Crac ! La poignée d'aviron vint frapper Harvey sous le menton et le renversa les quatre fers en l'air.

« C'était ce que j'allais te dire. Il a fallu que j'apprenne aussi, mais je n'avais pas plus de huit ans quand, moi, j'ai été à cette école-là. »

Harvey regagna son banc, les mâchoires endolories et le sourcil froncé.

« Ça ne vaut rien de s'en prendre aux choses, dit papa. C'est notre faute, quand nous ne pouvons pas les diriger, à ce qu'il dit... Allons, essayons ici. Manuel va nous donner la profondeur. »

Le Portugais se balançait à un bon mille de là, mais, à peine Dan eut-il levé le bout d'un aviron qu'il agita le bras gauche à trois reprises.

« Trente brasses, dit Dan, en attachant un morceau de boëtte salée à l'hameçon. Dehors les plombs. Amorce, comme je fais, Harvey, et n'embrouille pas ton dévidoir. »

La ligne de Dan fut dehors longtemps avant que Harvey eût découvert le secret pour attacher l'amorce et pour lancer les plombs. Le doris dériva tranquillement. Ce n'était pas la peine de mouiller avant de s'être assuré d'un bon endroit.

« Nous y voici! » cria Dan.

Et une averse d'embrun vint s'abattre en clapotant sur les épaules de Harvey, tandis qu'une grosse morue se trémoussait et battait de la queue le long du bord.

« Le « muckle »! Harvey, le « muckle »! sous ta main! Vite. »

Évidemment « muckle » ne pouvait désigner la trompette; aussi Harvey passa-t-il le maillet. Dan étourdit le poisson selon les règles avant de le tirer à bord, et arracha l'hameçon à l'aide du bâton court qu'il appelait une « fourchette ». Puis Harvey sentit que cela tirait aussi, et ramena sa ligne avec ardeur.

« Mais, c'est des fraises! cria-t-il. Regarde! — L'hameçon s'était pris dans une touffe de fraises, rouges d'un côté et blanches de l'autre — à la ressemblance parfaite du fruit de terre, sauf qu'il n'y avait pas de feuilles, et que la tige était tuyautée et visqueuse.

— N'y touche pas! Secoue-les. Non, ne... »

L'avertissement venait trop tard. Harvey les avait tirées de l'hameçon et les admirait.

« Oh, là là là là! se mit-il à crier, comme il commençait à ressentir dans les doigts le même effet que s'il eût pris des orties à poignées.

— Maintenant, tu sais ce que ça veut dire, un fond de fraises. Il n'y a qu'au poisson qu'on devrait toucher les mains nues, dit papa. Secoue-les contre le plat-bord, et réamorce, Harvey. Cela ne t'avancera pas de regarder. Tout cela est compté dans le gage. »

Harvey sourit à la pensée de ses dix dollars et demi par mois, et se demanda ce que sa mère aurait dit si elle avait pu le voir penché par-dessus le bord d'un doris de pêche, en plein océan. Elle qui souffrait à mourir chaque fois qu'il sortait sur le lac Saranac! Et, en passant, Harvey se rappela nettement qu'il avait coutume de rire de ses appréhensions. Tout à coup, la ligne partit comme l'éclair entre ses doigts, les sciant même à travers les mitaines, ces mailles de laine qui ont censées les protéger.

« C'est un « logy ». Donne-lui du jeu suivant sa force! cria Dan. Je vais t'aider.

— Non, je ne veux pas, haleta Harvey en se pendant à sa ligne. C'est mon premier poisson. Est-ce... est-ce une baleine?

— Un flétan, peut-être bien. »

Dan chercha à voir dans l'eau et brandit le lourd « muckle », prêt à tout événement. Quelque chose de blanc et d'ovale voletait et tremblotait dans l'eau d'émeraude.

« Je parierais la moitié de mon gage qu'il pèse plus de cent. Es-tu toujours aussi envieux de l'amener tout seul? »

Harvey avait les jointures à vif et en sang aux endroits où elles avaient cogné contre le plat-bord. Le visage bleu pourpre, moitié à cause de l'émotion, moitié à cause de l'effort, il dégouttait de sueur, et n'y voyait presque plus à force de fixer les rides éblouissantes de soleil qui, à la surface de l'eau, répondaient aux vibrations de la ligne. Les gamins n'en pouvaient plus longtemps avant le flétan, qui se chargea d'eux et du doris durant les vingt minutes qui suivirent. Pour finir, le gros poisson fut gaffé et hissé à bord.

« Chance de débutant, dit Dan, en s'essuyant le front. Il pèse bien un cent. »

Harvey regarda l'énorme bête gris pommelé d'un air d'orgueil indescriptible. A terre il avait maintes fois vu des flétans sur les marbres visqueux des marchés, mais il ne lui était jamais arrivé de se demander comment ils se trouvaient là. Maintenant, il le savait; et il n'était pas un pouce de son corps qui ne gémit de fatigue.

« Si papa était par ici, dit Dan, en hissant sa ligne, il lirait ce signe-là aussi clair que dans un livre. Le poisson devient de plus en plus petit, et tu as pris pour ainsi dire le plus gros flétan que nous puissions trouver pendant cette campagne. La pêche d'hier... l'as-tu remarqué ?... c'était tout gros poisson, sans un flétan. Papa lirait ces signes-là sans hésiter. Il dit que tout est indication sur le Banc, et peut se lire bien ou de travers. Papa est plus profond que le Trou-de-Baleine. »

Il parlait encore qu'un coup de pistolet fut tiré à bord du *We're Here*, et qu'un panier à pommes de terre fut hissé dans les agrès d'avant.

« Qu'est-ce que je te disais, hein? C'est l'appel pour tout l'équipage. Papa a une idée en tête, sans quoi il n'interromprait jamais la pêche à cette heure-ci de la journée. Enroule ta ligne, Harvey, et nous allons rentrer. »

Ils étaient sous le vent de la goélette, tout prêts à lancer le doris sur la mer tranquille, quand ils se trouvèrent attirés par les cris de malédiction que poussait Pen à un demi-mille de là. Le petit homme courait autour d'un point fixe, et tout le monde l'eût pris pour une punaise d'eau gigantesque. Il se penchait en arrière, en avant, dans un énorme déploiement d'énergie, mais à la fin de chacune de ces manœuvres, son doris, après un demi-tour, revenait sur sa corde.

« Il faut que nous venions à son secours, sans quoi il prendrait racine et monterait en graine ici, dit Dan.

— Qu'est-ce qui se passe? » dit Harvey.

C'était pour lui tout un monde nouveau, où il ne pouvait faire la loi à ses aînés, et où il lui fallait poser humblement des questions. De plus, la mer était aussi terrible dans son étendue que peu disposée à s'émouvoir.

« L'ancre est prise. Pen les perd toutes. Il en a déjà perdu deux à cette campagne... sur des fonds de sables encore... et papa dit qu'à la prochaine qu'il perd, sûr comme nous sommes en train de pêcher, il lui donnera la « kelleg ». Ça lui briserait le cœur, à Pen.

— Qu'est-ce que c'est que la « kelleg »?

demanda Harvey, avec la vague idée que ce pouvait être une sorte de torture en usage dans la marine, comme celle de la « cale[1] » dans les histoires.

— Une grosse pierre en guise d'ancre. On peut voir une « kelleg » à l'avant d'un doris d'aussi loin qu'on peut voir le doris lui-même, et toute la flottille sait ce que cela veut dire. On se moquerait affreusement de lui. Pen ne pourrait pas plus supporter cela qu'un chien une casserole à la queue. C'est une telle sempiternelle sensitive !

— Eh quoi, Pen, encore pris ? N'essaie plus de tes inventions. Reviens dessus, et tiens ta corde droite de haut en bas.

— Elle ne bouge pas, dit le petit homme tout essoufflé. Elle ne bouge pas, et j'ai vraiment essayé de tout.

— Qu'est-ce que ce méli-mélo à l'avant ? demanda Dan, en désignant un sauvage enchevêtrement d'avirons de rechange et de cordages de doris, entortillés tous ensemble par la main de l'inexpérience.

— Oh ! cela, déclara Pen avec orgueil, c'est un cabestan espagnol. C'est M. Salters qui m'a mon-

---

1. Le supplice de la « cale » consistait à attacher l'homme par les poignets ou les genoux, et à le descendre dans l'eau le long des flancs du navire. On le traînait ensuite jusqu'à l'arrière le long de la quille où les coquillages, les coraux, et les autres végétations marines qui s'attachent au fond du navire, lui écorchaient le dos, les reins et les cuisses, tandis que l'immersion prolongée l'asphyxiait à demi.

tré comment cela se faisait; mais, malgré tout, elle ne bouge pas. »

Dan se pencha autant qu'il le pouvait par-dessus le plat-bord pour dissimuler un sourire, donna une ou deux secousses au cordage, et, sans plus de façons, l'ancre vint sur-le-champ.

« Hisse, Pen, dit-il en riant, ou elle va se prendre encore. »

Ils le laissèrent en train de regarder avec de grands yeux bleus tragiques les pattes de la petite ancre tout échevelées d'herbes marines, tandis qu'il se confondait en remerciements.

« Oh! dis donc, pendant que j'y pense, Harvey, dit Dan, quand ils furent hors de portée de voix, Pen n'est pas tout à fait bien *calfaté*. Ce n'est pas qu'il soit en rien dangereux, mais il n'a pas toutes ses idées. Tu comprends?

— Est-ce bien vrai, ou bien est-ce un jugement de ton père? » demanda Harvey, comme il se courbait sur les avirons.

Il se sentait déjà en voie de les manier plus aisément.

« Papa ne s'est pas trompé, cette fois. Pen est pour sûr une espèce de fou. Non, ce n'est pas exactement ça, mais un peu comme un idiot inoffensif. Voici comment c'est arrivé — tu nages bien pour l'instant, Harvey, et je te le dis parce qu'il faut que tu le saches — c'était autrefois un prêcheur moravien. Il s'appelait Jacob Boller, à ce que papa m'a dit, et il habitait avec sa femme et quatre enfants quelque part du côté de la Pensylvanie. Or, voilà que Pen emmène toute sa famille à un meeting moravien, un meeting en plein air, plus que probable, et ils restent dans Johnstown juste pour y passer une nuit. Tu as entendu parler de Johnstown? »

Harvey réfléchit.

« Oui, oui. Mais je ne sais plus à propos de quoi. C'est un nom qui sonne pour moi comme Ashtabula.

— Tous les deux sont de grandes catastrophes... c'est pourquoi, Harvey. Eh bien! cette nuit même où Pen et les siens étaient à l'hôtel, la ville de Johnstown fut emportée. La digue creva et l'inonda, et les maisons furent entraînées à l'aventure, s'entre-choquèrent et firent le plongeon. J'ai vu les images, c'est épouvantable. Pen eut les siens noyés tous en tas sous ses yeux, avant de savoir au juste ce qui arrivait. A partir de ce moment-là, il n'a plus eu toutes ses idées. Il soupçonna bien qu'il s'était passé quelque chose là-haut, à Johnstown, mais, quand bien même il se fût agi de sa pauvre vie, il ne put se rappeler quoi, et il se mit à errer de droite et de gauche avec un sourire étonné. Il ne savait pas ce qu'il était, et encore moins ce qu'il avait été, et c'est ainsi qu'il tomba dans les jambes de l'oncle Salters en train de faire des visites dans Alleghany City. Ma mère a la moitié de sa famille éparpillée à l'intérieur de la Pensylvanie, et l'oncle Salters passe les hivers en tournées de visites. Il adopta en quelque sorte Pen, voyant bien d'où venait le trouble de ses idées; et il l'amena dans l'Est, où il lui procura du travail dans sa ferme.

— C'est pour cela que je l'ai entendu, l'autre nuit, appeler Pen « cultivateur », quand les bateaux s'entre-choquaient. Est-ce que ton oncle Salters est un cultivateur?

— Cultivateur! s'écria Dan. Il n'y aurait pas assez d'eau d'ici au cap Hatteras pour laver la motte de terre qu'il traîne après ses bottes. Il est et mourra tout ce qu'il y a de plus cultivateur. Mais, Harvey, sais-tu bien que j'ai vu cet homme-là, au coucher du soleil, tendre un seau et se mettre à traire le robinet de la citerne, comme si c'était le pis d'une vache. Voilà le cultivateur que c'est. Eh bien, Pen et lui firent marcher la ferme... c'était au nord de la route d'Exeter. L'oncle Salters l'a vendue, ce printemps, à un jobard de Boston qui voulait bâtir une maison de campagne, et il en a tiré des tas d'argent. Et puis, mon toqué roula sa bosse par-ci par-là jusqu'au jour où ceux de son église, les Moraviens, découvrirent où il avait échoué, et écrivirent à l'oncle Salters. Je n'ai jamais su ce qu'ils disaient exactement; mais l'oncle Salters entra dans une colère! Il est surtout partisan de l'épiscopat, mais, pour une fois, il s'est remué comme s'il était baptiste; et il déclara qu'il ne livrerait Pen à aucune confrérie de Moraviens pas plus de Pensylvanie que d'ailleurs. Puis il s'en vient trouver papa, traînant Pen à la remorque, c'était il y a deux campagnes, et déclare qu'il leur faut, à lui et à Pen, faire une

campagne de pêche pour leur santé. Il pensait
bien que les Moraviens n'iraient pas chercher
Jacob Boller sur le Banc. Papa consentit, car
l'oncle Salters avait fait la pêche à différentes
reprises au cours de trentes années, quand il
n'était pas en train d'inventer des engrais breve-
tés, et il obtint sa part sur le *We're Here*; la
tournée fit tant de bien à Pen que papa prit l'habitude de l'emmener. Quelque jour, dit papa,
il se souviendra de sa femme et de ses mioches,
et de Johnstown, et alors, plus que probable, il
mourra. C'est du moins ce que papa dit. Ne t'en
va jamais parler de Johnstown, ni de rien de tout
cela à Pen, car l'oncle Salters te jetterait par-
dessus bord.

— Pauvre Pen! murmura Harvey. Je n'aurais
jamais pensé, à les voir ensemble, que l'oncle
Salters prenait intérêt à lui.

— Moi aussi, j'aime Pen; nous l'aimons tous,
dit Dan. Nous aurions dû lui donner une remorque, mais je voulais commencer par te dire cela. »

Ils se trouvaient tout contre la goélette, les
autres bateaux un peu en arrière d'eux.

« Inutile de hisser les doris à bord jusqu'après
dîner, dit Troop du haut du pont. Nous allons
d'abord en finir avec la toilette. Fixez les tables,
mes garçons!

— Tout cela est plus profond que le Trou-de-
Baleine, dit Dan en clignant de l'œil, comme
il disposait tout l'attirail de la toilette. Regarde
ces bateaux-là, qui se sont avancés depuis ce

matin. Ils attendent tous papa. Les vois-tu,
Harvey ?

— Pour moi, ils se ressemblent tous. »

Et, de fait, pour un terrien, les goélettes qui
tanguaient à l'entour semblaient toutes sortir du
même moule.

« Et pourtant, cela n'est pas. Ce bateau jaune
et dégoûtant, avec son beaupré estivé de ce côté,
c'est le *Hope-of-Prague*. Il a pour patron Nick
Brady, l'homme le plus chiche du Banc. Nous ne
le lui mâcherons pas, quand nous toucherons le
Grand-Récif. Beaucoup plus loin, c'est le *Day's
Eye*. Il appartient aux deux Jerauld. Il est de
Harwich, marche assez bien et a de la chance ;
mais papa, lui, trouverait du poisson dans un
cimetière. Les trois autres, par le travers, c'est
le *Margie-Smith*, la *Rose*, et l'*Edith S. Walen*,
tous de chez nous. J'imagine que nous allons voir
demain l'*Abbie M. Deering*, dites, papa ? Ils
lâchent tous le banc de Quéreau.

— Demain, tu ne verras pas beaucoup de
bateaux, Danny. (Quand Troop appelait son fils
Danny, c'était signe que le vieux était content.)
Mes garçons, il y a trop de monde ici, continua-
t-il, s'adressant à l'équipage qui grimpait à bord.
Nous allons les laisser amorcer ferme pour ne
pas prendre grand'chose. »

Il regarda dans le parc ce qu'on avait pris ;
c'était curieux comme le poisson était petit et
uniforme. Sauf le flétan de Harvey, il n'y avait
sur le pont rien au-dessus de quinze livres.

« Je suis en train de surveiller le temps, ajouta-t-il.

— Vous allez être obligé de le pronostiquer vous-même, Disko, car, pour moi, je ne vois aucun indice, » déclara Long Jack, en balayant du regard le clair horizon.

Cependant, une demi-heure plus tard, comme ils étaient à la toilette, la brume du Banc tomba sur eux, « entre poisson et poisson », comme ils disent. Elle chassait d'une façon continue et en festons, roulant et fumant tout le long de l'eau incolore. Les hommes arrêtèrent la toilette sans un mot. Long Jack et l'oncle Salters glissèrent les barres du cabestan dans leurs alvéoles, et commencèrent à amener l'ancre, le cabestan grinçant au fur et à mesure que le cordage de chanvre humide se tendait sur la mèche. Manuel et Tom Platt donnèrent un coup de main pour finir. L'ancre vint avec un sanglot, et la voile de cape se gonfla, tandis que Troop l'assujettissait à la barre.

« Hisse le foc et la misaine, dit-il.

— Échappons-leur dans la brume ! » cria Long Jack, en amarrant solidement l'écoute du foc, tandis que les autres faisaient grimper les anneaux cliquetants et grinçants de la misaine.

Et le gui de misaine cria, comme le *We're Here* se dressait dans le vent et fonçait dans toute cette blancheur pâle et tourbillonnante.

« Il y a du vent, derrière cette brume-là, » dit Troop.

Tout cela étonnait Harvey plus qu'on ne saurait dire ; et, le plus étonnant encore, c'est que son oreille ne percevait aucun ordre, sauf, de temps à autre, de la part de Troop, un grognement qui se terminait par un :

« C'est bien, mon fils !

— Jamais vu lever l'ancre auparavant ? demanda Tom Platt à Harvey, qui, la bouche ouverte, considérait la toile humide de la misaine.

— Non. Où allons-nous ?

— Pêcher et mouiller, comme tu le verras bien toi-même avant d'avoir été une semaine à bord. C'est tout du nouveau pour toi, mais on ne sait jamais ce qui vous arrivera. Ainsi, regarde, est-ce que moi... Tom Platt... j'aurais jamais pensé ?

— Ça vaut mieux que quatorze dollars par mois et une balle dans le ventre, dit Troop, de la barre. File un peu l'écoute de foc.

— Certes, ça vaut mieux, repartit l'homme du vaisseau de guerre, tout en faisant quelque chose à un grand foc auquel un espar de bois était attaché. Mais nous ne pensions guère à cela quand nous garnissions les barres du cabestan sur le *Miss Jim Buck* [1], au large de Beaufort Harbour, avec Fort Maçon en train de nous lancer des boulets rouges sur l'arrière, et une tempête déchaînée, pour que rien n'y manquât. Où étiez-vous alors, Disko ?

— Ici même, ou aux environs, répondit Disko,

---

1. Tom Platt veut parler du *Gemsbok*, navire de la flotte des États-Unis.

en train de gagner mon pain en eau profonde, et de tâcher d'éviter les Indépendants Reb[1]. Désolé de ne pouvoir t'offrir de boulets rouges, Tom Platt; mais j'imagine que nous allons arriver tout droit à la rencontre du vent avant de voir Eastern-Point. »

On entendait maintenant aux flancs du bateau un incessant babil, mêlé de coups de fouet que venaient par-ci par-là agrémenter quelque claque solide et le petit jet d'embrun retombant avec un bruit de cailloux sur le gaillard d'avant. Le gréement laissait dégoutter une eau visqueuse, et les hommes se tenaient en rang, les bras croisés, à l'abri du rouf... tous, sauf l'oncle Salters qui restait assis avec entêtement sur le panneau principal à dorloter ses pauvres mains piquées.

« Je crois qu'elle endurerait bien une voile d'étai, dit Disko en glissant un regard vers son frère.

— Je crois que cela ne lui servirait pas à grand'-chose. Qu'est-ce que ça signifie de gaspiller de la toile? » répliqua le cultivateur-marin.

La barre se tendit d'une façon presque imperceptible sous les mains de Disko. Quelques secondes plus tard, la crête sifflante d'une vague vint fouetter le bateau en ligne diagonale, atteignit l'oncle Salters entre les deux épaules, et le trempa de la tête aux pieds. Il se leva en gargouil-

---

1. *Reb* est mis pour *rebels* (rebelles en français). Souvenir de la guerre de Sécession.

lant, et ne se dirigea vers l'avant que pour en recevoir une autre.

« Regarde papa lui donner la chasse tout autour du pont, dit Dan. L'oncle Salters s'imagine que notre toile, c'est sa part de bateau. Voilà deux campagnes que papa s'est mis à lui donner ce baptême. Hi! celle-là lui a attrapé la bedaine. »

L'oncle Salters s'était réfugié auprès du grand mât, mais une vague vint s'aplatir sur ses genoux. Les traits de Disko étaient aussi impassibles que le cercle de la roue.

« Je pense qu'elle se comporterait mieux sous une voile d'étai, Salters, dit Disko, comme s'il n'avait rien vu.

— Etablis ton vieux cerf-volant, rugit la victime à travers un nuage d'embrun; seulement ne t'en prends pas à moi s'il arrive quoi que ce soit. Pen, descends tout de suite prendre ton café. Tu devrais avoir assez de bon sens pour ne pas rester sur le pont par ce temps, à bourdonner partout comme une mouche.

— Maintenant, ils vont se gorger de café et jouer au trictrac *jusqu'à ce que les vaches rentrent*, dit Dan, comme l'oncle Salters poussait Pen dans le poste d'avant. Il me semble que nous en avons de tout ça pour une éternité. Il n'y a rien au monde de plus salement paresseux et de plus mou qu'un « banquier [1] », quand il n'est pas sur le poisson.

1. On appelle banquier un pêcheur du Banc de Terre-Neuve.

— Je suis content que tu aies parlé, Danny, cria Long Jack, qui depuis un instant regardait autour de lui, en quête d'un amusement. J'avais complètement oublié que nous avions un passager. Il n'y a pas de paresse pour ceux qui ne connaissent pas leurs cordages. Passe-nous-le, Tom Platt, qu'on lui apprenne.

— Ce n'est pas mon tour, cette fois, dit Dan en ricanant. Il faut que tu t'en tires tout seul. Papa m'a appris, à moi, un bout de corde à la main. »

Pendant une heure Long Jack promena sa proie de haut en bas, lui enseignant, comme il disait, les choses qu'à la mer tout homme doit connaître, aveugle, ivre ou endormi. Il n'y a guère de gréement sur une goélette de soixante-dix tonneaux avec un bout de mât de misaine, mais Long Jack avait le don de la clarté. Quand il voulait attirer l'attention de Harvey sur les drisses de pic, il incrustait ses phalanges dans la nuque du gamin et le forçait à fixer son regard l'espace d'une demi-minute. Il appuyait généralement sur la différence qui existe entre l'avant et l'arrière en frottant le nez de Harvey sur une certaine longueur du bout-dehors, et la direction de chaque cordage allait se graver dans l'esprit de l'enfant à l'aide du bout de ce cordage même.

Plus facile eût été la leçon si le pont eût été libre; mais il semblait qu'il y eût place pour chaque chose et pour tout au monde, sauf un homme. A l'avant le cabestan et son attirail, avec la chaîne et les câbles de chanvre, qui vous faisaient désagréablement trébucher, le tuyau de poêle du gaillard d'avant et, près du panneau, les fascières où l'on conservait les foies de morue. Derrière, le gui de misaine et le capot du grand panneau prenaient tout l'espace que ne réclamaient pas les pompes et les parcs pour la toilette. Puis venaient les piles de doris attachées à des chevilles à boucles près du gaillard d'arrière; le rouf, avec les baquets et un tas d'objets bizarres amarrés tout autour; et enfin, dans sa cornière, le gui de grand'voile, long de soixante pieds, coupant le bateau dans sa longueur en deux parties distinctes, et forçant tout le temps les gens à courber l'échine et à biaiser pour passer dessous.

Tom Platt, comme de juste, ne pouvait se tenir en dehors de l'affaire, et il intervenait avec d'interminables et inutiles descriptions de voiles et de mâts sur le vieil *Ohio*.

« Ne t'occupe pas de ce qu'il dit; suis-moi bien, jeune innocent. Tom Platt, ce vieux sabot-ci n'est pas l'*Ohio*, et tu lui brouilles les idées, à ce garçon.

— Il sera perdu pour toujours s'il commence sur un bachot de cette espèce, soutint Tom Platt. Laisse lui l'occasion de se mettre au courant de quelques notions générales. La navigation à voiles est tout un art, Harvey, comme je te le montrerais si je te tenais sur la hune de misaine de l'...

— Je le sais. Tu vas le tuer à force de discours.

Silence, Tom Platt! Maintenant, après tout ce que j'ai dit, comment prendrais-tu un ris dans la misaine, Harvey? Prends ton temps pour répondre.

— Je halerais cela en dedans, dit Harvey, en brandissant le doigt dans la direction du vent.

— Quoi? L'Atlantique Nord?

— Non, le gui. Puis je passerais cette corde que vous m'avez montrée là derrière...

— En voilà une manière, interrompit Tom Platt, en éclatant.

— Doucement! Il est en train d'apprendre, et il n'a pas encore les vrais noms. Continue, Harvey.

— Oh! c'est le palan de ris. Je *crocherais* la poulie au palan de ris, et alors je lâcherais...

— Amener la voile, enfant! Amener! dit Tom Platt avec l'angoisse d'un professionnel.

— J'amènerais les drisses de mâchoire et de pic, » continua Harvey.

Ces noms lui étaient restés dans la tête.

« Touche-les de la main, » dit Long Jack.

Harvey obéit.

« J'amènerais jusqu'à ce que cette boucle de corde sur la chute... la ba... non, c'est patte... jusqu'à ce que la patte arrive au bas du gui. Alors, je la ficellerais de la façon que vous avez dit, et puis je hisserais de nouveau les drisses de pic et de mâchoire.

— Tu as oublié de passer l'amure de l'empointure, mais avec du temps et un peu d'aide, tu apprendras. Chaque cordage, à bord, a sa raison d'être; autrement, il passerait par-dessus bord. Me suis-tu bien? C'est des dollars et des cents que je te mets en poche, petite crevette de subrécargue, afin que, lorsque tu auras pris de l'embonpoint, tu puisses conduire un bateau de Boston à Cuba, et leur dire que c'est Long Jack qui t'a appris. Maintenant je vais te donner un brin la chasse tout autour, en faisant l'appel des cordages, et tu mettras la main dessus à mesure que je les nommerai. »

Il commença, et Harvey, qui se sentait plutôt fatigué, se dirigeait lentement vers le cordage nommé, tandis qu'un bout de corde venait lui caresser les côtes, à lui en faire presque perdre la respiration.

« Quand tu posséderas un bateau, dit Tom Platt, le regard sévère, tu pourras en prendre à ton aise. Jusque-là, tâche d'attraper les ordres au vol. Encore une fois... pour être sûr! »

L'exercice avait fouetté le sang de Harvey, et ce dernier coup de garcette le réchauffa tout à fait. Or, c'était un garçon singulièrement débrouillard, le fils d'un homme fort intelligent et d'une femme très nerveuse, doué d'un beau caractère résolu, qu'une éducation systématiquement désastreuse avait failli tourner en obstination de mule. Il regarda les autres, et vit que Dan lui-même ne souriait pas. Tout cela était évidemment compris dans le travail du jour, quelque mal qu'on en ressentit. Hoquet, soupir et grimace, et l'avis

fut avalé. La même vivacité d'esprit, qui l'indui-
sait à prendre tel avantage sur sa mère, lui fit
clairement sentir que personne sur le bateau, sauf
peut-être Pen, ne se laisserait prendre à la moindre niaiserie. On apprend beaucoup, rien qu'au
timbre de la voix. Long Jack fit encore l'appel
d'une demi-douzaine de cordages, et Harvey
dansa sur le pont comme une anguille à l'heure
du reflux, un œil sur Tom Platt.

« Très bien. Voilà du bon, dit Manuel. Après
souper je te montrerai une petite goélette que je
fais avec tous ses cordages. Comme cela, nous
apprendrons.

— Hein, c'est pas de la petite bière pour... un
simple passager, dit Dan. Papa vient de reconnaître que tu en feras peut-être assez pour gagner
ton pain avant de passer au fond de l'eau. C'est
une grosse affaire pour lui. Je t'en apprendrai
encore à notre prochain quart ensemble.

— Le suif! » grogna Disko cherchant à voir à
travers le brouillard qui fumait à la proue du
bateau.

On ne pouvait rien distinguer à dix pieds au
delà du bout-dehors de foc qui se levait dans la
brume, tandis que le long du bord roulait la procession sans fin des pâles vagues solennelles,
dans un concert de chuchotements et de baisers.

« Maintenant, je vais t'apprendre quelque
chose que Long Jack ne sait pas! » cria Tom
Platt, en sortant d'un coffre de l'arrière un plomb
de grande sonde tout bossué, creusé par un bout.

Puis il prit dans une soucoupe du suif de mouton dont il enduisit ce creux et se dirigea vers l'avant :

« Je vais t'apprendre comment on fait voler le Pigeon-Bleu. Chuuu ! »

Disko imprima à la roue un mouvement qui maîtrisa la marche de la goélette, tandis que Manuel, aidé de Harvey (et quel orgueil en tirait le jeune garçon !) amenait le foc, d'un bloc, sur le bout-dehors. Le plomb chanta une chanson profonde et bourdonnante, comme Tom Platt le faisait tourner et tourner encore.

« Eh ! l'homme, vas-y ! dit Long Jack avec impatience. Nous ne sommes pas à vingt-cinq pieds de Fire-Island par la brume. Ce n'est pas la mer à boire.

— Pas de jalousie, Galway. »

Le plomb, lâché, fit « plof » dans la mer, loin à l'avant, comme la goélette continuait sa marche en se dressant lentement.

« Le sondage, c'est tout une affaire, sans que ça en ait l'air, dit Dan, quand, pendant une semaine, on n'a guère pour œil que ce plongeur-là. Qu'est-ce que vous croyez, papa ? »

Les traits de Disko se détendirent. Son habileté et son honneur étaient liés à l'avance qu'il avait prise sur la flottille, et il avait la réputation d'un maître artiste qui connaissait le Banc les yeux fermés.

« Soixante, peut-être, si je suis bon juge, répondit-il en jetant un coup d'œil sur la boussole minuscule à la fenêtre du rouf.

— Soixante ! » cria Tom Platt, hissant la sonde en grandes boucles humides.

La goélette reprit encore une fois sa route.

« Lève ! dit Disko, au bout d'un quart d'heure.

— Qu'est-ce que vous croyez ? » murmura Dan.

Et il regarda Harvey avec orgueil. Mais Harvey était lui-même trop orgueilleux de ses exploits pour se laisser alors impressionner.

« Cinquante, dit le père. Je crois bien que nous sommes en plein sur la crevasse du Banc-Vert, sur le vieux Cinquante-Soixante[1].

— Cinquante ! rugit Tom Platt. (On pouvait à peine le voir à travers la brume.) Elle porte à un mètre tout au plus... comme les obus, à Fort-Maçon.

— Amorce, Harvey, » dit Dan, en se baissant pour s'emparer d'une ligne à tourniquet.

La goélette, sa voile d'avant battant avec rage, semblait errer confusément dans la brume. Les hommes attendirent en regardant les gamins qui commençaient à pêcher.

« Euhhh ! (Les lignes de Dan se tendirent sur les entailles et les balafres de la lisse.) Mais comment, quand le diable y serait, papa pouvait-il savoir ? Aide-nous, Harvey, là. C'est un gros. Et qui l'a avalé à fond, je t'assure. »

1. Les banquiers appellent le « Cinquante-Soixante », la région du Grand-Banc où les sondages indiquent cette profondeur en brasses.

Ils tirèrent ensemble, et amenèrent une morue de vingt livres avec les yeux à fleur de tête, qui avait englouti l'appât jusqu'au fond de l'estomac.

« Dis donc, elle est toute couverte de petits crabes, s'écria Harvey en la retournant.

— Par la grande poulie à croc, elles sont déjà sales! dit Long Jack. Disko, vous avez donc des yeux de rechange sous la quille. »

L'eau rejaillit sous le poids de l'ancre, et ils coururent tous aux lignes, chaque homme à sa place autour des pavois.

« Est-ce qu'elles sont bonnes tout de même à manger? demanda Harvey haletant, comme il amenait une autre morue couverte de crabes.

— Pour sûr. Quand elles sont sales, c'est signe qu'elles ont formé troupeau par milliers, et quand elles prennent l'appât de cette façon, c'est qu'elles ont faim. Ne t'occupe pas si la boëtte tient. Elles mordraient à l'hameçon tout nu.

— Dites donc, c'est épatant! s'écria Harvey, tandis que les poissons s'en venaient palpitants parmi les éclaboussures, presque toutes les morues ayant avalé l'hameçon à fond, comme Dan avait dit. Pourquoi ne peut-on pas toujours pêcher du bateau au lieu de se servir des doris?

— On peut toujours, tant qu'on n'a pas commencé la toilette. Après cela, les têtes et les issues s'en vont effaroucher le poisson jusqu'à la baie de Fundy. La pêche en bateau n'est pas réputée aussi productive, toutefois, à moins d'en

savoir autant que papa en sait. Je pense que
nous allons mettre notre « trawl »[1] dehors ce
soir. C'est plus dur pour les reins comme ceci que
du doris, n'est-ce pas? »

C'était un travail plutôt éreintant, car, dans le
doris, l'eau porte le poids de la morue jusqu'à la
dernière minute, et l'on se trouve, pour ainsi dire,
corps à corps avec elle ; tandis que les quelques
pieds de bordage d'une goélette font autant de
poids mort de plus à hisser, et l'estomac prend
des crampes à se courber ainsi sur les pavois.
Mais ce fut une sauvage et furieuse partie de
plaisir, aussi longtemps que cela dura ; et le tas
était volumineux, qui s'élevait à bord quand le
poisson cessa de mordre.

« Où sont Pen et l'oncle Salters? demanda
Harvey, en secouant de ses cirés les matières
visqueuses, et en prenant soigneusement exemple
sur les autres pour rouler sa ligne.

— Va nous chercher du café, et regarde. »

Sous la lumière jaune de la lampe posée sur
l'arbre du treuil, la table du poste rabattue et
déployée, entièrement inconscients de l'existence du poisson ou de l'état du temps, les deux
hommes étaient assis, un jeu de trictrac entre
eux, l'oncle Salters grognant à chaque geste de
Pen.

« Qu'est-ce qu'il y a donc? » demanda le premier, comme Harvey, une main dans la boucle

1. « Trawl », corde munie d'hameçons, que l'on tend dans l'eau.
La pêche au « trawl » n'est autre que la pêche « à la corde ».

de cuir en haut de l'échelle, se penchait, appelant le cuisinier.

— Du gros poisson et sale... des tas et des tas, répondit Harvey, imitant Long Jack. Où en est la partie ? »

Little Pen ouvrit la bouche toute grande.

« Il n'y a pas de sa faute, dit sèchement l'oncle Salters, Pen est sourd.

— Le trictrac, n'est-ce pas ? dit Dan, comme Harvey s'en revenait en chancelant à l'arrière avec le café fumant dans un seau de fer-blanc. Cela va nous débarrasser du nettoyage pour ce soir. Papa est un homme juste. C'est eux qui devront le faire.

— Et pendant qu'ils feront le nettoyage, deux jeunes garnements de ma connaissance boëtteront quelques baquets de « trawl », déclara Disko en amarrant la roue à sa mode.

— Hum ! Papa, je crois que j'aimerais mieux nettoyer.

— Je n'en doute pas. Mais tu ne nettoieras pas. A la toilette ! A la toilette ! Pen jettera le poisson pendant que vous deux vous boëtterez.

— Pourqroi, nom d'un tonnerre, ces mousses de malheur ne nous ont-ils pas dit que vous aviez commencé ? dit l'oncle Salters, en traînant la jambe jusqu'à sa place à la table. Dan, voilà un couteau qui a la mâchoire édentée.

— Si ça ne vous réveille pas quand on jette l'ancre, je vous recommande de prendre un mousse à votre compte, dit Dan en tâchant de se reconnaître dans l'obscurité, par-dessus les baquets pleins de « trawl » amarrés à l'abri du rouf. Oh ! Harvey, voudrais-tu faire un saut jusqu'en bas et nous rapporter de la boëtte ?

— Celle-ci fera l'affaire, dit Disko. J'imagine que la boëtte fraîche rendra plus, au train dont vont les choses. »

Cela voulait dire que les mousses devaient boëtter avec des issues choisies de morue au fur et à mesure qu'on nettoyait le poisson, — un progrès sur l'opération qui consistait à patrouiller les mains nues dans les petits barils de boëtte à fond de cale. Les baquets étaient pleins de ligne proprement enroulée, portant de distance en distance un gros hameçon ; et pour faire l'essai de chacun de ces hameçons et les boëtter, comme pour disposer la ligne amorcée de façon à la faire filer en toute liberté lorsqu'on la lançait du doris, il fallait savoir. Dan s'en tirait dans l'obscurité, sans même regarder, et, tandis que Harvey se prenait les doigts dans les hameçons et se désolait de sa malchance, les hameçons volaient entre les siens comme les aiguilles à tricoter dans les mains d'une vieille fille.

« J'aidais à boëtter le « trawl » à terre avant de savoir bien marcher, dit-il. Mais c'est tout de même un idiot de travail. Eh ! papa. (Il cria du côté du panneau où Disko et Tom Platt étaient en train de saler.) Combien de baquets comptez-vous qu'il faudra ?

— Trois environ. Dépêchons !

— Il y a trois cents brasses de « trawl » à chaque baquet, expliqua Dan ; c'est plus que suffisant pour mettre dehors ce soir. Haï ! Maladroit que je suis. (Il mit son doigt dans sa bouche pour le sucer.) Je te le dis, Harvey, il n'y aurait pas dans tout Gloucester assez d'argent pour me louer et m'embarquer sur un vrai trawler [1]. C'est peut-être du progrès, mais, à part cela, c'est le plus dégoûtant des métiers.

— Je me demande ce que nous faisons, si ce n'est pas de la vraie pêche au « trawl », dit Harvey d'un ton maussade. J'ai les doigts en lambeaux.

— Bah ! c'est justement une des damnées expériences de papa. Il ne pêche pas au « trawl », à moins qu'il n'y ait pour cela de tout à fait bonnes raisons. Papa s'y connaît. C'est pourquoi il boëtte comme il fait. Nous allons l'avoir plein à craquer quand nous le tirerons, ou nous ne verrons pas une nageoire. »

Pen et l'oncle Salters firent le nettoyage comme Disko l'avait ordonné, mais les mousses en profitèrent peu. Les baquets ne furent pas plutôt garnis que Tom Platt et Long Jack, qui venaient d'explorer avec une lanterne l'intérieur d'un doris, les enlevèrent, les chargèrent avec quelques petites bouées de « trawl » peintes, et firent passer le bateau par-dessus bord dans ce que Harvey considérait comme une mer excessivement forte.

1. Le mot « trawler » passé dans la langue française désigne le bateau spécialement affecté à la pêche dite *à la corde* ou au trawl.

« Ils vont se noyer. Regarde, le doris est chargé comme un wagon de marchandises ! s'écria-t-il.

— Nous allons revenir, dit Long Jack, et au cas où vous ne nous attendriez pas, vous aurez tous deux affaire à nous si la corde est embrouillée. »

Le doris s'éleva sur la crête d'une vague, et, juste au moment où il semblait impossible qu'il pût éviter de se fracasser contre le flanc de la goélette, glissa par-dessus cette crête, et disparut, humé dans l'ombre moite.

« Accroche-toi à ça et ne t'arrête pas de sonner ferme, » dit Dan, en passant à Harvey le cordon d'une cloche qui pendait derrière le cabestan.

Harvey sonna énergiquement, car il se sentait responsable de deux existences. Mais Disko, en train de griffonner sur un livre de loch dans la cabine, ne ressemblait guère à un assassin, et quand il passa pour aller souper, il sourit même froidement devant l'anxiété du jeune garçon.

« Ce n'est pas du gros temps, ça, dit Dan. Allons donc, toi et moi pourrions aller tendre ce « trawl » ! Ils sont seulement allés juste assez loin pour ne pas embrouiller notre câble. Ils n'ont guère besoin de cloche, va.

— Ding ! Dang ! Dong ! »

Harvey continua, en variant de temps en temps par de véritables carillons, pendant encore une demi-heure. Puis on entendit beugler et buter le long du bord, Manuel et Dan se précipitèrent sur

les crochets du palan de doris ; Long Jack et Tom
Platt firent ensemble leur apparition sur le pont,
avec, semblait-il, la moitié de l'Atlantique Nord
sur le dos, et le doris les suivit dans l'air pour
venir toucher le pont avec un bruit sourd.

« Pas un nœud, dit Tom Platt tout dégouttant.
Danny, ça va bien, mon gars.

— Nous allons avoir le plaisir de votre compagnie au festin, dit Long Jack, en faisant jaillir
l'eau de ses bottes à chaque enjambée, tandis
qu'il esquissait un pas d'éléphant et envoyait son
bras revêtu de toile cirée dans la figure de Harvey. Nous condescendons à honorer la seconde
bordée de notre présence. »

Et tout quatre, de leur pas de roulis, s'en allèrent souper. Harvey se bourra tant qu'il put de
soupe de poisson et de beignets, puis tomba complètement endormi au moment où Manuel sortait
d'un coffre une charmante réduction, longue à
peine de deux pieds, de la *Lucy Holmes*, son premier bateau, et se préparait à lui montrer les cordages. Il ne remua même pas les doigts, lorsque
Pen le poussa dans sa couchette.

« Ce doit être une triste... bien triste chose
pour sa mère et son père, dit Pen, en considérant
le visage du jeune homme, de croire qu'il est
mort. Perdre un enfant... perdre un garçon !

— Sors d'ici, Pen, dit Dan. Va-t'en à l'arrière
finir ta partie avec l'oncle Salters. Dis à papa
que si cela lui est égal, je vais faire le quart de
Harvey. Il n'en peut plus.

— C'est un bon enfant, dit Manuel, en se débarrassant de ses bottes et en disparaissant dans les ténèbres de la couchette inférieure. Je crois qu'il fera un brave homme, Danny. Je ne vois pas qu'il soit aussi fou que ton père le dit. Oui-da ? »

Dan éclata de rire, mais le rire se termina en ronflement.

Dehors, c'était la brume épaisse où le vent se levait, et les vieux prolongeaient leur quart. Les heures sonnaient, claires, dans la cabine ; la proue hardie du bateau, dans sa lutte avec les lames, plongeait sous leur claque ; le tuyau du poêle, sur le gaillard d'avant, sifflait et gargouillait quand l'eau de mer l'atteignait ; et les deux enfants continuaient de dormir, tandis que Disko, Long Jack, Tom Platt et l'oncle Salters, chacun à son tour, s'en allaient clopin-clopant à l'arrière regarder la roue, à l'avant voir si l'ancre tenait bon, ou haler un peu plus de câble pour éviter le frottement, avec, entre chaque ronde, un coup d'œil au feu de mouillage tout embrumé.

❀

IV

QUAND Harvey s'éveilla, la première bordée était à table en train de déjeuner ; la porte du poste se trouvait entrebâillée, et il n'était pas un pouce carré de la goélette qui ne chantât sa chanson. La grosse masse noire du cuisinier se balançait par derrière, dans la minuscule cuisine, sur la lueur du fourneau ; et les pots et les casseroles devant lui, à même la planche de bois percée de trous, s'entre-choquaient et carillonnaient à chaque plongeon. Petit à petit, le gaillard d'avant s'élevait, en se plaignant, s'enflant, tout parcouru de frissons, pour, d'un sec coup de serpe, retomber dans les vagues. Harvey entendait la proue vacillante fendre, au moment de s'y aplatir, les eaux qui, divisées, faisaient une pause avant de s'abattre sur le pont, au-dessus de sa tête, comme une grêle de chevrotines. Suivaient le bruit étouffé du câble dans l'écubier, un grognement et un cri du cabestan, une embardée, un plongeon et une ruade, et le *We're Here* se rassemblait tout entier pour répéter les mêmes mouvements.

« A terre, en ce moment, » disait Long Jack,

« il y a de la besogne et il faut s'y mettre par n'importe quel temps. Ici, nous sommes bien à l'abri de la flottille, et nous n'avons rien à faire... ce qui est une bénédiction. Bonne nuit, tous. »

Il passa comme une grosse couleuvre, de la table à sa couchette, et se mit à fumer. Tom Platt suivit son exemple ; l'oncle Salters, accompagné de Pen, gagna le haut de l'échelle pour faire bon gré mal gré son quart, et le cuisinier remit tout en place pour la seconde bordée.

Elle sortit de ses couchettes comme les autres étaient entrés dans les leurs, en se secouant et en bâillant. Elle mangea jusqu'à satiété ; puis Manuel bourra sa pipe de quelque tabac terrible, s'assit entre la mèche du cabestan et une couchette de l'avant, mit ses pieds sur la table, et adressa de tendres et langoureux sourires à la fumée. Dan, étendu de tout son long sur sa couchette, se débattait corps à corps avec un superbe accordéon aux touches dorées, dont le diapason montait ou descendait suivant les mouvements de tangage du *We're Here*. Le cuisinier, adossé à l'armoire où il gardait ses beignets — Dan raffolait de beignets — pelait des pommes de terre, un œil sur le fourneau pour le cas où une trop grande quantité d'eau se fût frayé passage en bas du tuyau. Et l'atmosphère ambiante défiait toute description.

Harvey examina ce qu'il en était, s'étonna de ne pas se sentir malade à mourir, et se glissa dans sa couchette, comme la place la plus moelleuse et la plus sûre, tandis que Dan faisait entendre les premières notes de *I don't want to play in your yard* [1], aussi correctement que le permettaient les secousses sauvages du bateau.

« Combien de temps cela va-t-il durer ? demanda Harvey à Manuel.

— Jusqu'à ce que la goélette soit un peu plus tranquille et que nous puissions nager pour mettre les cordes. Peut-être ce soir. Peut-être demain. Peut-être dans deux jours. Ça ne vous plaît guère ? Oui-da ?

— J'aurais été malade à en devenir fou il y a une semaine, mais en ce moment, ça ne paraît pas me chavirer encore... par trop.

— C'est que nous sommes en train de faire de vous un pêcheur. A votre place, quand j'arriverai à Gloucester, j'irais brûler deux et même trois gros cierges pour une si bonne fortune.

— Brûler où ?

— Mais devant la Sainte Vierge de notre Église sur la montagne, pour sûr. Elle est tout le temps très bonne pour les pêcheurs. C'est pourquoi il y en a si peu qui se noient parmi nous autres Portugais.

— Vous êtes donc catholique romain ?

— Je suis de Madère. Je ne suis pas un type de Porto-Rico. Comment serais-je donc baptiste ? Oui-da ? Je brûle toujours des chandelles... deux,

---

1. Premiers mots d'une chanson américaine de café-concert.

trois même quand j'arrive à Gloucester après une campagne de pêche. La bonne Sainte Vierge ne m'oublie jamais, moi, Manuel.

— Je ne pense pas de même, intervint Tom Platt du fond de sa couchette, sa face balafrée éclairée par la lueur d'une allumette, comme il tirait sur sa pipe.

— Eh bien moi, je suis de l'avis de Manuel, dit Long Jack. Il y a dix ans à peu près, je faisais partie de l'équipage d'un bateau de marée de South Boston. Nous avions passé l'écueil de Minot, avec un vent de nord-est, première classe, droit debout, plus serré dru qu'une épissure. Le vieux était saoul, le menton battant sur la barre du gouvernail, et je me disais à moi-même : « Si jamais j'accroche encore ma gaffe dans le débarcadère T., je saurai prouver aux saints ma reconnaissance. » A l'heure qu'il est je suis ici, comme vous pouvez bien le voir, et le modèle du sale vieux *Kathleen*, qui m'a demandé un mois à faire, je l'ai donné au curé qui l'a pendu front à l'autel. Il y a plus de mérite à donner un modèle, qui est en quelque sorte une œuvre d'art, qu'à faire brûler un cierge. Des cierges, ça peut s'acheter par charretées, mais un modèle, ça prouve aux bons saints qu'on a pris de la peine et qu'on est reconnaissant.

— Est-ce que vous croyez à cela, vous, l'Irlandais ? dit Tom Platt en se retournant sur son coude.

— Est-ce que je le ferais, si je n'y croyais pas, mon vieux Ohio ?

— Eh bien ! quoi, Enoch Fuller en a fait un modèle du vieil *Ohio*, et il est actuellement au musée de Salem. Et un joli modèle, tu parles ; mais je crois bien que Enoch ne l'a jamais fait comme *ex voto* ; et de la manière dont je le comprends... »

Il y avait là les éléments d'une de ces discussions interminables qu'affectionnent les pêcheurs, où la conversation se passe à vociférer en cercle sans qu'en fin de compte personne prouve rien, si Dan n'eût entonné ce refrain joyeux :

Up jumped the mackerel with his striped back.
Reef in the mainsail and haul on the tack ;
For it's windy weather... [1]

Ici Long Jack fit chorus :

And it's blowy weather ;
When the winds begin to blow, pipe all hands together [2] !

Dan poursuivit, un œil prudent sur Tom Platt, et l'accordéon en dehors de la couchette :

Up jumped the cod with his chuckle-head,
Went to the main-chains to heave at the lead,
For it's windy weather, etc. [3]

Tom Platt semblait fureter pour découvrir quel-

1. Le maquereau au dos rayé a sauté en l'air.
   Prends un ris dans la grand'voile et amarre ;
   Car il fait du vent...
2. Et il fait de la brise :
   Quand le vent se met à souffler, sifflez tout le monde à la fois !
3. La morue avec ses bajoues a sauté en l'air,
   Elle est allée aux grands porte-haubans pour jeter la sonde,
   Car il fait du vent, etc.

que chose. Dan courba le dos plus encore, mais chanta plus haut :

Up jumped the flounder that swims to the ground.
Chuckle-head ! Chuckle-head ! Mind where ye sound [1] !

L'énorme botte de caoutchouc de Tom Platt tournoya à travers le poste et atteignit le bras levé de Dan. Il y avait toujours guerre déclarée entre l'homme et le gamin depuis que Dan avait découvert qu'au simple sifflement de cet air, lorsqu'il jetait la sonde, Tom Platt entrait en fureur.

« Je pensais bien que cela allait te toucher, dit Dan, en retournant adroitement le cadeau. Si tu n'aimes pas ma musique, sors-nous ton violon. Je ne vais pas rester couché ici toute la journée à vous écouter, toi et Long Jack, discuter à propos de chandelles. Le violon, Tom Platt; ou je vais, ici même, apprendre l'air à Harvey ».

Tom Platt se pencha vers un coffre et en sortit un vieux violon blanc. L'œil de Manuel étincela, et de quelque part derrière la mèche du cabestan il tira une toute petite chose, en forme de guitare à cordes de métal, qu'il appelait une *machette*.

« C'est un concert, dit Long Jack, dont le visage s'épanouit à travers la fumée. Un vrai concert de Boston ».

Le panneau s'ouvrit, donnant passage à un jet d'embrun, et Disko, sous ses cirés jaunes, descendit.

1. La flondre qui nage dans le sable a sauté en l'air.
Tête de veau ! Tête de veau ! Regarde où tu sondes !

« Vous arrivez juste à temps, Disko. Comment se comporte la goélette dehors ?

— Vous le voyez ! ».

Le choc et le relèvement du *We're Here* venaient de le pousser sur les coffres.

« Nous chantons pour faire descendre notre déjeuner. Et c'est vous, Disko, qui allez commencer, dit Long Jack.

— Je crois bien ne pas savoir plus de deux vieilles chansons, et vous les avez entendues toutes les deux. »

Tom Platt coupa court à ses excuses en attaquant un air on ne peut plus douloureux, quelque chose qui ressemblait fort aux lamentations du vent et aux craquements des mâts. Les yeux fixés aux poutres du plafond, Disko commença la vieille, vieille complainte suivante, tandis que Tom Platt se démenait autour de lui pour faire accorder tant soit peu l'air et les paroles :

— *There is a crack packet... crack packet o'fame,*
She hails from Noo York, and the Dreadnought's *her name.*
You may talk o'your fliers... Swallow-tail and Black-Ball...
But the Dreadnought's *packet that can beat them all.*

— *Now the* Dreadnought *she lies in the River Mersey,*
Because of the tug-boat to take her to sea;
But when she's off soundings you shortly will know [1].

1. — Il y a un paquebot fameux... fameux d'entre les fameux,
Il s'amène de New York, et l'*Intrépide* est son nom.
Vous pouvez parler de vos courriers : *Queue d'hirondelle* et *Boule noire*...
Mais l'*Intrépide* est le paquebot qui peut les battre tous !

En ce moment l'*Intrépide*, il se trouve dans la rivière Mersey,
Attendant le remorqueur qui doit le mener à la mer,
Mais quand il sera hors des hauts-fonds, vous saurez vite

(En chœur.)

She's the Liverpool packet... O Lord, let her go!

— Now the Dreadnought *she's howlin' 'crost the Banks o'*
[*Newfoundland,*]
Where the water's all shallow and the bottom's all sand.
Sez all the little fishes that swim to and fro :

(En chœur.)

She's the Liverpool packet... O Lord, let her go[1]!

Il y avait des tas de couplets, car il n'oubliait pas un mille de la traversée entre Liverpool et New York pour faire manœuvrer le *Dreadnought* aussi consciencieusement que s'il eût été sur le pont du navire. A côté de lui, l'accordéon pompait et le violon grinçait. Ce fut ensuite le tour de Tom Platt avec quelque chose touchant « le rude et roide M'Ginn, qui voulait faire rentrer le vaisseau ». Puis on pria Harvey, lequel se sentit très flatté, de faire sa partie dans le concert. Mais tr e qu'il pouvait se rappeler, c'était quelques brnes de « Skipper Ireson's Ride[2] » qu'on lui avait apprises à l'école volante dans les Adiron-

---

1.   *(En chœur.)*

Que c'est le paquebot de Liverpool... Seigneur, conduis-le.

— En ce moment l'*Intrépide*, il s'élance sur le Banc de Terre-Neuve.
Où l'eau est tout en hauts-fonds et le fond tout en sable.
Disent tous les petits poissons qui nagent à droite, à gauche, en rond;

(En chœur.)

C'est le paquebot de Liverpool... Seigneur, conduis-le !

2. « *La promenade du Patron Ireson* », vieille chanson dont l'auteur est Whittier.

dacks. Il semblait que ce fût assez de circonstance, mais il n'eût pas plus tôt indiqué le
titre, que Disko, frappant un coup de pied,
s'écria :

« Ne continue pas, jeune homme ! C'est une
erreur de jugement... et de la pire espèce, parce
qu'elle se fixe dans l'oreille.

— J'aurais dû t'avertir, dit Dan. Cela donne
toujours un coup à papa.

— Qu'est-ce qu'il y a de mal ? dit Harvey, surpris et quelque peu mécontent.

— Tout ce que tu vas dire, répondit Disko.
C'est tout salement faux, du commencement à la
fin, et Whittier a eu tort. Je ne suis pas spécialement chargé de redresser personne de
Marblehead, mais il n'y eut pas de la faute
d'Ireson. Mon père m'a raconté l'histoire des
fois et des fois, et voici comment les choses se
sont passées.

— Pour la centième fois, glissa tout bas Long
Jack.

— Ben Ireson était patron de la *Betty*, jeune
homme, et il rentrait du Banc... C'était avant
la guerre de 1812, mais la justice est la justice
dans tous les temps. Ils rencontrèrent l'*Active*
de Portland, et c'était Gibbons de cette dernière
ville qui en était le patron : ils la rencontrèrent
faisant eau, passé le phare du cap Cod. Il y
avait une tempête terrible, et ils faisaient rentrer la *Betty* aussi vite qu'ils pouvaient la faire
aller. Or donc, Ireson prétendait qu'il n'y avait

pas de bon sens à risquer un bateau dans cette mer-là ; les hommes, eux, ne voulaient rien savoir ; et il leur proposa de rester auprès de l'*Active* jusqu'à ce que la mer se calmât un brin. Voie d'eau ou point, ils ne voulurent pas entendre parler de rester autour du cap par un temps pareil. Ils hissèrent sur-le-champ la voile d'étai et partirent, ayant naturellement Ireson avec eux.

« Les gens de Marblehead se montrèrent furieux contre lui parce qu'il n'avait pas voulu courir le risque, et aussi parce que le jour suivant, alors que la mer était calme (ils ne cessèrent jamais de penser à cela), quelques-uns des gens de l'*Active* furent sauvés par un de Truro[1]. Ils arrivent dans Marblehead avec leur histoire à eux, disant que Ireson avait déshonoré sa ville, et ainsi de suite ; les hommes d'Ireson, par peur de voir l'opinion publique contre eux, se retournèrent contre lui, et jurèrent qu'il était responsable de toute l'affaire. Ce ne sont pas les femmes qui l'enduisirent de goudron et l'emplumèrent, les femmes de Marblehead n'agissent pas de la sorte, c'est une poignée d'hommes et de gamins, et ils le voiturèrent autour de la ville dans un vieux doris jusqu'à ce que le fond en tombe et que Ireson leur dise qu'ils regretteraient ça un jour. Eh bien, les faits parlèrent d'eux-mêmes plus tard, toujours comme à leur habitude, trop tard pour être

---

1. Village de pêcheurs de la côte américaine.

en rien utiles à un honnête homme ; et Whittier vint par là, qui ramassa ce qui traînait encore de toute une menterie, et Ben Ireson fut, encore une fois après sa mort, passé au goudron et emplumé des pieds à la tête par lui. C'est la seule fois que Whittier se soit jamais mis dedans, et c'était regrettable. J'ai bien arrangé Dan, quand il rapporta cette machine-là de l'école. Toi, tu ne pouvais pas savoir non plus, naturellement ; mais je t'ai raconté les faits pour que dorénavant tu t'en souviennes toujours. Ben Ireson n'était pas du tout l'homme qu'en a fait Whittier ; mon père l'a bien connu, avant et après cette affaire. Il faut te garder des jugements précipités, jeune homme. Au suivant ! »

Harvey n'avait jamais entendu Disko parler si longtemps, et il retomba assis, le feu aux joues ; mais, comme Dan se hâta de le dire, un garçon ne pouvait savoir que ce qu'on lui apprenait à l'école, et la vie était trop courte pour dépister toutes les menteries qui couraient le long de la côte.

Là-dessus Manuel se mit à pincer un air étrange sur sa petite *machette* aussi bruyante que discordante, et chanta en portugais quelque chose à propos de « *Nino, innocente !* » Cela se terminait par un frottement de toute la main, qui brusquement mettait fin à la chanson. Puis Disko voulut bien faire le plaisir de sa seconde chanson, sur un ton criard à l'ancienne mode, et tout le monde se joignit au cœur. En voici une strophe :

> *Now April is over and melted the snow,*
> *And outer Noo Bedford we shortly must tow ;*
> *Yes, out o' Noo Bedford we shortly must clear,*
> *We're the whalers that never see wheat in the ear[1].*

Ici le violon seul continua tout doucement pendant un certain temps, et alors :

> *Wheat-in-the-ear, my true-love's posy blowin';*
> *Wheat-in-the-ear, we're goin'off to sea ;*
> *Wheat-in-the-ear, I left you fit for sowin';*
> *When I come back, a loaf o' bread you'll be[2]!*

Cela fit presque pleurer Harvey, bien qu'il n'eût pu dire pourquoi. Mais ce fut bien pis quand le cuisinier, laissant tomber les pommes de terre, tendit les mains pour avoir le violon. Encore appuyé contre la porte de l'armoire, il se mit à jouer un air qui semblait quelque chose de très triste, mais qui arrivait fatalement à son heure. Au bout d'un instant il chanta, dans une langue inconnue, son gros menton tombé au bord du violon, et le blanc de ses yeux étincelant à la lumière de la lampe. Harvey se pencha en dehors de sa couchette pour mieux entendre ; et, entre les plaintes de la charpente et le bruit de l'eau,

1. Voici avril passé et la neige fondue.
    Et bientôt hors de New-Bedford il nous faut faire remorquer ;
    Oui, bientôt hors de New-Bedford il nous faut nous tirer.
    Nous sommes les baleiniers qui jamais ne voient le blé en épi.

2. Blé-en-épi, bouquet de ma bien-aimée ;
    Blé-en-épi, nous partons pour la mer ;
    Blé-en-épi, je te laissai prêt à être semé ;
    Tu seras en pain quand je reviendrai !

l'air allait s'éteignant et se lamentant, tel le ressac de la marée dans un brouillard aveugle, pour finir dans un gémissement.

« Jésus de Nazareth ! Cela me donne la chair de poule, dit Dan. Que diable est-ce donc !

— La chanson de Fin Mac Coul, lorsqu'il s'en allait en Norvège, » répondit le cuisinier.

Son anglais n'était pas guttural, mais tout à l'emporte-pièce, comme s'il sortait d'un phonographe.

« Ma foi, je suis allé en Norvège, mais je n'ai pas fait tout ce bruit malsain-là. Cela ressemble à quelques-unes des vieilles chansons, cependant, dit Long Jack avec un soupir.

— Chantons quelque chose de gai, maintenant, » reprit Dan.

L'accordéon entonna un air tapageur, entraînant, qui se terminait ainsi :

It's six an' twenty Sundays sence las' we saw the land,
With fifteen hunder quintal,
An' fifteen hunder quintal,
'Teen hunder toppin' quintal,
'Twixt old' Queereau an' Grand[1] !

« Arrête ! rugit Tom Platt. As-tu donc envie d'enrayer la campagne, Dan ? C'est toujours un Jonas, à moins qu'on ne le chante quand tout le sel est employé.

[1]. Cela fait vingt-six dimanches depuis que nous avons vu la terre.
Avec quinze cents quintaux,
Et quinze cents quintaux,
Quinze cents sacrés quintaux,
Entre le vieux Queereau et le Grand !

— Non, ce n'en est pas un. Pas vrai, papa ? C'est pas à moi que tu apprendras quelque chose sur les Jonas ?

— Qu'est-ce que c'est que ça ? demanda Harvey, qu'est-ce que c'est qu'un Jonas ?.

— Un Jonas, c'est tout ce qui s'en vient à la traverse de la chance. Quelquefois c'est un homme, quelquefois un mousse, ou bien un baquet. Nous avons eu, deux campagnes durant, un Jonas que nous ne pouvions découvrir ; c'était un couteau à fendre, dit Tom Platt. Il y a toutes sortes de Jonas. Jim Bourke en a été un jusqu'au jour où il s'est noyé sur les Georges. Jamais je ne me serais embarqué avec Jim Bourke, même si j'avais été mourant de faim. Il y avait un doris vert sur le *Ezra Flood*. C'était aussi un Jonas, et de la pire espèce. Il noya quatre hommes, et, la nuit, il brillait comme du phosphore parmi les autres doris.

— Et vous croyez à cela ? dit Harvey, se souvenant de ce que Tom Platt avait dit à propos des cierges et des modèles. Est-ce que nous ne sommes pas tous bien forcés de prendre ce qui se présente ? »

Un murmure de désapprobation courut autour des couchettes.

« Hors du bord, oui ; mais à bord il peut arriver des choses, dit Disko. Ne t'en va pas tourner les Jonas en dérision, jeune homme.

— En tout cas, Harvey n'est pas un Jonas. Le lendemain du jour où nous l'avons rattrapé, interrompit Dan, nous avons fait une joliment bonne prise. »

Le cuisinier rejeta sa tête en arrière et partit d'un soudain éclat de rire... un rire étrange, léger. C'était un nègre on ne peut plus déconcertant.

« Au meurtre ! s'écria Long Jack. Ne recommence pas, docteur. Nous n'y sommes pas habitués.

— Eh bien, quoi ! demanda Dan. Est-ce que ce n'est pas notre mascotte, et est-ce que la pêche n'a pas donné ferme après qu'on l'a eu pêché, lui ?

— Oh ! ou-ui, dit le cuisinier. Je sais bien, mais la pêche n'est pas encore finie.

— Il ne va pas aller nous faire du mal, dit Dan avec chaleur. Qu'est-ce que tu crois, et où veux-tu en venir ? Il n'y a rien à dire sur lui.

— Rien. Non. Mais, un jour, il sera ton maître, Danny.

— C'est tout ? dit Dan d'un ton placide. Il ne le sera pas... pas pour rien au monde.

— Maître ! dit le cuisinier en désignant du doigt Harvey. Serviteur ! et il désigna Dan.

— En voilà du nouveau. Et dans combien de temps ? demanda Dan en riant.

— Dans quelques années, et je verrai cela. Maître et serviteur... serviteur et maître.

— Où diable as-tu été dénicher cela ? demanda Tom Platt.

— Dans ma tête, où je peux voir.

— Comment ? dirent tous les autres en même temps.

— Je ne sais pas, mais il en sera comme je dis. »

Il laissa retomber sa tête, continua à peler les pommes de terre, et il ne fut plus possible de lui arracher un mot.

« En tout cas, dit Dan, il passera de l'eau sous les ponts avant que Harvey soit pour moi un maître quelconque ; mais je suis content que le Docteur n'ait pas jeté son dévolu sur lui pour en faire un Jonas. Maintenant, j'imagine que l'oncle Salters est le Jonas de tous les Jonas de la flottille, spécialement en ce qui concerne sa propre chance. Je me demande si cela se propage comme la variole. Il devrait être sur le *Carrie Pitman*. En voilà un bateau qui est son propre Jonas, pour sûr... équipage ni gréement ne l'empêchent de dériver. Jésus de Nazareth ! Il chasserait en calme plat.

— Nous sommes bien à l'abri de la flottille, en tout cas, dit Disko, *Carrie Pitman* et le reste. »

On entendit frapper quelques coups sur le pont.

« C'est l'oncle Salters avec sa chance, dit Dan, comme son père les quittait.

— Il fait clair, maintenant, » cria Disko.

Et tout le poste monta lestement pour boire une gorgée d'air frais. La brume s'était dissipée, mais, derrière elle, une mer maussade roulait en grandes houles. Le *We're Here* glissait, pour ainsi dire, dans de longues et profondes avenues, de longs et profonds fossés, qui auraient donné on ne peut mieux l'illusion de l'abri et du *home* si seulement ils avaient voulu rester tranquilles; mais ils changeaient sans trêve ni merci, et envoyaient la goélette couronner le piton de mille montagnes grises pour, ensuite, la faire descendre en zigzag les pentes, tandis que le vent hurlait dans ses agrès. Tout là-bas une vague éclatait en une nappe d'écume, et celles qui suivaient, comme à un signal donné, se mettaient de la partie, jusqu'à ce que Harvey sentît ses yeux nager dans une vision d'entrelacs blancs et gris. Quatre ou cinq pétrels emportés par la tempête tournoyaient en cercle, et criaient au passage en rasant la proue. Un grain ou deux errèrent sans but sur l'étendue sans espoir, descendirent le vent, revinrent, et s'évanouirent, fondus...

« Il me semble que je viens de voir à l'instant quelque chose vaciller tout là-bas, dit l'oncle Salters en désignant le nord-est.

— Ce ne peut en être un de la flottille, dit Disko, en cherchant à voir sous ses sourcils, une main sur le passavant du gaillard d'avant, tandis que la proue solide entaillait l'entre-deux des lames. La mer fait de l'huile diablement vite. Danny, veux-tu sauter un brin jusque là-haut et voir comment se comporte la bouée du trawl ! »

Danny, malgré ses grosses bottes, courut

plutôt qu'il ne grimpa dans les grands haubans (c'était une chose qui faisait l'objet de toutes les convoitises de Harvey), s'accrocha autour des barres de hune chancelantes, et laissa rôder son regard jusqu'à ce qu'il aperçût le minuscule pavillon de bouée noir au dos d'une lame distante d'un mille.

« Elle se comporte bien, héla-t-il. Une voile, ohé ! droit dans le nord, qui s'en vient comme le vent ! Ce doit être aussi une goélette. »

Ils attendirent une demi-heure encore, pendant que le ciel s'éclaircissait par lambeaux, avec, de temps à autre, l'éclair d'un soleil étiolé sous lequel s'allumaient des taches d'eau vert olive. Alors, un bout de mât de misaine se dressa, plongea, et disparut, bientôt suivi, sur la prochaine vague, d'une haute poupe munie de daviers de bois à l'ancienne mode, en cornes de colimaçon. Les voiles étaient passées au tan rouge.

« Un Français ! cria Dan. Non, ce n'en est pas un. Paa-pa !

— Ça, ce n'est pas un Français, dit Disko. Salters, ta déveine tient plus ferme qu'une vis dans un fond de baril.

— J'ai des yeux. C'est l'Oncle Abishai.

— Allons donc, tu ne peux pas l'affirmer.

— Le roi des rois de tous les Jonas, grommela Tom Platt.

— Oh ! Salters, Salters, que n'étais-tu au lit, à dormir !

— Comment pouvais-je savoir ? » dit le pauvre

Salters, comme la goélette avançait en se balançant.

Cela aurait pu être le Vaisseau-Fantôme lui-
même, tant chaque cordage, chaque planche du
bord étaient emmêlés, salis, privés d'entretien.
Le gaillard d'arrière, de vieux style, avait quatre
ou cinq pieds de haut, et le gréement flottait
embrouillé et plein de nœuds, comme du goémon
à l'avant d'une jetée. La goélette courait sous le
vent, avec d'effrayantes embardées, son foc
amené pour servir comme de misaine d'extra, et
son gui de misaine décroché passant par-dessus
bord. Le beaupré était relevé comme celui d'une
frégate à l'ancienne mode : le bout-dehors en
avait été jumelé, cloué et fixé à l'aide de cram-
pons, à défier plus ample radoub ; et, lorsqu'elle
se soulevait de toute sa masse pour se porter en
avant et s'asseoir sur sa large poupe, elle
ressemblait on ne peut mieux à quelque mauvaise
vieille femme, dépeignée et sentant le caveau,
en train de ricaner devant une jeune fille.

« Ça, c'est Abishai, dit Salters. Chargé de gin
et de gens de Judique, échappant aux jugements
de la Providence qui le poursuivent sans jamais
l'atteindre. Il revient de Miquelon où il est allé
chercher de la boëtte.

— Il va la faire courir sous l'eau tout à l'heure,
dit Long Jack. Ce n'est pas une voilure pour un
temps pareil.

— Oh ! que non, sans quoi il l'aurait fait
depuis longtemps, répliqua Disko. On dirait

qu'il se prépare à nous passer dessus. Dis donc, Tom Platt, est-ce qu'elle n'enfonce pas de l'avant plus qu'il ne faut?

— Si c'est sa manière de la lester, elle n'est guère en sûreté, dit lentement le marin. Qu'elle crache son étoupe, et il n'aura plus qu'à courir de toutes ses jambes à ses pompes. »

L'étrange chose battit l'air, vira de bord dans une sorte de brouhaha au milieu du cliquetis de ses agrès, et se trouva debout au vent à portée de voix.

Une barbe grise branla sur le bordage, et une voix épaisse hurla quelque chose que Harvey ne put comprendre. Mais la figure de Disko se rembrunit.

« Il risquerait la dernière de ses planches pour porter de mauvaises nouvelles. Il dit que nous en tenons pour une saute de vent. Je crois qu'il en tient pour pire. Abishai! Abi... shai! »

Il fit aller et venir sa main de haut en bas avec le geste d'un homme aux pompes, et désigna l'avant.

« Va te faire lanlaire, et ferme ça, ferme ça! hurla l'Oncle Abishai. Un rude coup de vent... un rude coup de vent. Oui! Vous en tenez bien pour votre dernier voyage, espèce d'aigrefins de Gloucester. Vous ne le verrez plus, Gloucester, plus jamais!

— Fou à lier... comme d'habitude, dit Tom Platt. J'aurais bien voulu toutefois qu'il ne s'en vînt pas nous espionner. »

La goélette dériva hors de portée de voix, tandis que la tête grise hurlait on ne sait quoi à propos d'une danse dans la Baie des Taureaux et d'un homme mort dans le gaillard d'avant. Harvey frissonna. Il avait pu voir les ponts labourés et malpropres, et l'équipage aux yeux farouches.

« En a-t-elle un joli petit enfer flottant pour cargaison ! dit Long Jack. Je me demande dans quelles sales affaires il a pu se trouver mêlé à terre.

— C'est un « trawler », expliqua Dan à Harvey, et il rentre pour prendre de la boëtte tout le long de la côte. Oh ! quant à la maison, non, jamais il n'y rentre. Il trafique le long de la côte sud et de la côte est, par là-bas. (Il fit signe de la tête dans la direction des baies sans miséricorde de Terre-Neuve). Papa ne me prendrait jamais à terre par là. C'est tout un ramassis d'hommes extrêmement grossiers, et Abishai est le plus grossier de tous. Tu as vu son bateau ? Eh bien, il a presque soixante-dix ans d'âge, à ce qu'ils disent ; c'est le dernier des vieux sabots de Marblehead. On ne fait plus, de ces gaillards d'arrière-là. Ce n'est pas qu'Abishai ait encore aucun rapport avec Marblehead. On ne l'y réclame pas. Il ne fait que vagabonder tout partout, perdu de dettes, pêchant au « trawl » et hurlant de gros mots, comme tu as entendu. Pour un Jonas, il l'a été des années et des années. Il se fait donner de l'alcool par les bateaux de Fécamp, parce qu'il jette des sorts, et qu'il se fait acheter tel ou tel vent et un tas de trucs pareils. Il est fou, je crois bien.

— Ce n'est pas la peine de relever le « trawl » ce soir, dit Tom Platt sur un ton de calme désespoir. Il est venu par ici tout exprès pour nous porter malheur. Je donnerais mon gage et ma part pour le voir dans les haubans du vieil *Ohio* alors qu'on n'avait pas encore renoncé au chat à neuf queues. Rien que cent coups, et Sam Mocatta les appliquant en croix. »

Le vieux sabot dansait sous le vent comme un homme ivre, et les yeux de tous le suivaient. Soudain, le cuisinier cria de sa voix de phonographe :

« C'était l'approche de sa propre mort qui lui faisait dire cela ! Il sent sa fin... sa fin, c'est moi qui vous le dis ! Regardez ! »

La goélette naviguait dans une large tache de soleil liquide, à une distance de trois ou quatre milles. La tache se ternit et s'effaça, et, en même temps que la lumière disparaissait, disparut la goélette. Elle tomba dans un creux de lames, et... l'on ne vit plus rien.

« Sombrée, par la grande Poulie-à-Croc, s'écria Disko en sautant à l'arrière. Ivres ou non, nous sommes là pour les secourir. Vire court et dérape l'ancre ! Lestement ! »

Harvey se trouva jeté sur le pont par le choc qui suivit la mise en place du foc et de la misaine, car ils virèrent à pic sur le câble, arrachèrent l'ancre d'une secousse sur son fond pour épargner du temps, et la hissèrent tout en s'en allant. C'est un tour de force brutal auquel on n'a guère recours que dans une question de vie ou de mort, et le petit *We're Here* se plaignit tout comme un être humain. Ils coururent jusqu'à l'endroit où le bateau d'Abishai s'était évanoui, trouvèrent deux ou trois baquets à « trawl », une bouteille à gin, un doris défoncé... rien de plus.

« Laissez cela, dit Disko, bien que personne n'eut fait le moindre mouvement pour les repêcher. Je ne voudrais pas avoir à bord une allumette qui eût appartenu à Abishai. J'imagine que la goélette a fait le plongeon, comme cela, sans façon. Elle a dû cracher son étoupe il y a une semaine, et ils n'ont jamais pensé à pomper. C'est encore un bateau de perdu pour être parti du port avec tout son monde ivre.

— Dieu soit loué ! dit Long Jack. Nous aurions été obligés de leur porter secours s'ils étaient restés à la surface de l'eau.

— C'est à quoi moi-même je pensais, dit Tom Platt.

— Il la sentait venir ! il la sentait venir ! dit le cuisinier en roulant les yeux. Il a emporté sa guigne avec lui.

— C'est, je pense, une bonne nouvelle pour la flottille, quand nous la verrons. Oui-da ! dit Manuel. Si vous filez par là contre le vent et que le bateau vienne à ouvrir ses jointures... »

Il étendit la main dans un geste indescriptible,

pendant que Pen s'asseyait sur le rouf et se contentait de sangloter d'horreur et de pitié sur tout cela. Quant à Harvey, sans pouvoir se figurer qu'il avait vu la mort sur l'infini des eaux, il se sentait très malade.

Dan monta alors aux barres de hune, et Disko gouverna de façon à les ramener en vue de leurs bouées de « trawl », juste au moment où la brume allait s'en venir encore une fois ouater la mer.

« Il ne faut pas longtemps pour que nous nous en allions de ce monde, fut tout ce qu'il dit à Harvey. Songe à cela pour t'en souvenir, jeune homme. Voilà l'effet de la boisson. »

Après le dîner, la mer fut assez calme pour pêcher du haut des ponts. Pen et l'oncle Salters y mirent cette fois toute leur ardeur. Et la pêche fut belle, et beau le poisson.

« Abishaï a sûrement emporté sa guigne avec lui, dit Salters. Le vent n'a pas varié d'un cran. Comment se comporte le « trawl » ? En tout cas, je fais fi de toute superstition. »

Tom Platt insistait pour qu'on hissât l'engin, afin d'aller mouiller ailleurs, ce qui, selon lui, valait mieux. Mais le cuisinier dit :

« Le charme est rompu. Vous vous en apercevrez à la première occasion. Moi, bien savoir. »

Cela flatta tellement les idées de Long Jack, que, triomphant des répugnances de Tom Platt, ils sortirent tous deux ensemble.

Relever un « trawl », cela signifie l'amener sur

l'un des côtés du doris, en dégager le poisson, et reboëtter les hameçons pour les remettre à la mer — quelque chose d'assez semblable au travail qui consiste à épingler et désépingler du linge sur une corde à sécher. C'est une besogne assez longue et plutôt dangereuse, car l'interminable ligne sous le poids de laquelle penche le bateau, peut le faire chavirer dans le temps d'un éclair. Mais, quand ils entendirent : *And now to thee, O Capting!* sortir de la brume comme un grondement, l'équipage du *We're Here* reprit courage. Le doris bien chargé accosta vivement, tandis que Tom Platt hurlait à Manuel de leur servir de bateau de décharge.

« Cette fois, ça y est, la guigne est en deux morceaux, » dit Long Jack en plongeant sa fourchette dans le poisson.

Et Harvey restait là bouche bée devant l'adresse avec laquelle le doris, malgré ses embardées, avait échappé à la destruction.

« La première moitié était tout en courges, continua Long Jack. Tom Platt voulait hisser le « trawl » et en finir tout de suite ; mais je dis : « Je parie pour le Docteur qui a la seconde vue », et l'autre moitié est montée en pliant sous le poids de gros poissons. Vite, Manuel, et apporte-nous un baquet de boëtte. Nous aurons la veine ce soir. »

Les poissons mordirent aux hameçons fraîchement regarnis, les mêmes dont on venait de détacher leurs frères. Tom Platt et Long Jack,

secouant méthodiquement le « trawl » de haut en
bas dans toute sa longueur, faisaient se dresser
l'avant du bateau sous le poids de la ligne trempée
qu'ils dépouillaient des concombres de mer aux-
quels ils donnaient le nom de courges. D'une
secousse contre le plat-bord ils dégageaient la
morue nouvellement prise ; puis ils reboëttaient,
et chargeaient le doris de Manuel. Il en fut ainsi
jusqu'à la tombée de la nuit.

« Je ne veux pas courir de risques, dit alors
Disko, non, tant qu'il flottera si près dans le voisinage. Abishai ne s'enfoncera pas avant une
semaine. Amène les doris, et nous nous mettrons
à la toilette après souper. »

Ce fut une maîtresse toilette, que surveillèrent
tout soufflants trois ou quatre épaulards. Elle
dura jusqu'à neuf heures, et on entendit à trois
reprises Disko éclater de rire pendant que Harvey
lançait dans la cale le poisson fendu.

« Dis donc, sais-tu que tu mords rudement à la
besogne, dit Dan, comme ils aiguisaient les couteaux, une fois les hommes partis se coucher. Il y
a quelque peu de mer ce soir, et je ne t'ai pas
entendu faire la moindre remarque là-dessus.

— Trop occupé, répliqua Harvey en essayant
le tranchant d'une lame. Maintenant que j'y pense,
elle danse tout de même joliment. »

La petite goélette s'ébattait tout autour de son
ancre parmi les vagues pointées d'argent. Reculant avec un tressaillement de surprise affectée à
la vue du câble qui se tendait, elle fondait ensuite

sur lui comme un jeune chat, et soulevait par
son plongeon l'eau, qui faisait irruption dans ses
écubiers avec un bruit de canon. Elle semblait
dire, en branlant la tête : « Ma foi, je suis bien
fâchée de ne pouvoir rester plus longtemps
avec vous. Je m'en vais au nord » Et elle s'en
allait tout de guingois pour, soudain, faire halte
dans le cliquetis tragique de son gréement.
« Comme j'allais justement en faire la remarque... », commençait-elle, avec la gravité d'un
homme ivre qui s'adresse à un bec de gaz. Le
reste de la phrase (elle s'exprimait en pantomime,
cela va sans dire) se perdait dans une crise d'impatience, car elle se conduisait comme un petit
chien qui mâch. une ficelle, une grosse femme
sur une selle d'amazone, une poule dont on a
tranché la tête, ou bien une vache piquée par un
frelon, suivant la façon dont la prenaient les
caprices de la mer.

« Regarde-la réciter son rôle. C'est Patrick
Henry [1], maintenant, » dit Dan.

Elle se balançait de côté sur une houle, et ges-
ticulait en faisant aller son bout-dehors de foc de
bâbord à tribord.

« Mais... quant... à... moi, donnez-moi la
liberté... ou donnez-moi... la mort ! »

Ouf ! Elle s'assit dans le sillage de lune en

---

1. Patrick Henry, célèbre orateur américain, né en 1736 et mort
en 1799. Son discours sur la liberté se trouve tout entier dans les
livres d'école des jeunes Américains, qui le récitent en l'accompa-
gnant de gestes extravagants.

faisant la révérence, avec des airs d'orgueil assez impressionnants, n'eût été l'engrenage de la roue qui ricanait d'un air moqueur dans sa boîte.

Harvey se mit à rire tout haut.

« Ma foi, c'est exactement comme si elle était vivante, dit-il.

— Elle est aussi solide qu'une maison et aussi sèche qu'un hareng, dit Dan avec enthousiasme, au moment où un paquet de mer le lançait à travers le pont. Elle les tient en respect et encore et toujours. « Ne m'approchez pas de trop près », dit-elle. Regarde-la... regarde-la en ce moment. Pour l'amour de Dieu ! Il faudrait que tu voies un de ces malheureux cure-dents lever l'ancre sur sa pointe par quinze brasses d'eau.

— Qu'est-ce que c'est qu'un cure-dents, Dan ?

— Ce sont ces nouveaux bateaux pour la pêche du haddock et du hareng. Minces comme un yacht à l'avant, avec aussi des arrières de yacht et des beauprés en pointe, et un rouf où tiendrait notre cale. J'ai entendu dire que c'est Burgess lui-même qui a fait les modèles pour trois ou quatre d'entre eux. Papa a des préjugés contre, à cause de leur tangage et de leurs cahots, mais il y a de l'argent à gagner là-dedans. Papa sait trouver le poisson, mais il n'est en aucune façon pour le progrès... il ne marche pas avec son temps. Ils sont pleins à couler de trucs pour vous épargner le travail et ainsi de suite. Tu n'as jamais vu l'*Électeur* de Gloucester ? C'est une perle, si c'est un cure-dents.

— Combien coûtent-ils, Dan?

— Des montagnes de dollars. Quinze mille peut-être; plus aussi. Il y a de la dorure et tout ce qu'on peut imaginer. »

Puis, en lui-même et à mi-voix :

« Je crois que je l'appellerai aussi *Hattie S.* »

V

Ce fut le point de départ de maintes conversations avec Dan, lequel raconta à Harvey pourquoi il transférerait le nom de son doris au « haddocker[1] » de ses rêves, celui que devait construire Burgess. Harvey en entendit long sur la véritable Hattie, de Gloucester; il vit une boucle de ses cheveux — que Dan, après avoir constaté le peu de profit des belles paroles, avait fini par « chiper », alors qu'elle était assise devant lui à l'école cet hiver — et, en outre, une photographie. Hattie avait environ quatorze ans; elle professait un affreux mépris pour les jeunes garçons, et avait, durant cet hiver-là, piétiné comme à plaisir sur le cœur de Dan. Tout cela, sous le sceau d'un secret solennel, fut révélé sur les ponts enlunés, dans l'obscurité de mort ou dans la brume suffocante. Et la roue geignait derrière eux, le pont grimpait devant, et au dehors clamait la mer sans repos. Une fois, cela va sans dire, alors que les gamins commençaient à se

1. Bateau destiné à la pêche du « haddock ».

connaître, eut lieu une bataille qui fit rage de la proue à la poupe, jusqu'à ce que Pen montât pour les séparer ; il promit, du reste, de n'en pas parler à Disko, lequel trouvait qu'en temps de quart, se battre était pire que dormir. Harvey, physiquement, n'était pas l'égal de Dan, mais il faut dire, à l'éloge de sa nouvelle éducation, qu'il prit bien sa défaite et n'essaya pas des petits moyens pour disputer l'avantage à son adversaire.

Cela se passait au moment où il venait d'être guéri d'une série de clous entre les coudes et les poignets, à l'endroit où le jersey humide et les cirés coupent à même la chair. L'eau salée l'y cuisait de façon peu plaisante, mais, quand ils furent mûrs, Dan les traita avec le rasoir de Disko, et assura Harvey qu'il était maintenant un fameux « banquier », les furoncles étant la marque de la caste qui le réclamait.

En sa qualité de jeune garçon et de jeune garçon fort occupé, il ne se cassait pas la tête à penser. Il était extrêmement affligé à l'idée du chagrin que devait éprouver sa mère ; souvent il aspirait à la voir et, par-dessus tout, à lui raconter cette étonnante vie nouvelle et la façon brillante dont il s'en acquittait. Autrement, il préférait ne pas trop se demander comment elle supportait la secousse de sa prétendue mort. Mais un jour, comme il se tenait sur l'échelle du gaillard d'avant, en train de taquiner le cuisinier qui les avait accusés, lui et Dan, de voler des beignets, il lui vint à l'esprit que ceci était de beaucoup préférable à l'ennui d'être réprimandé par des étrangers dans le fumoir d'un paquebot.

Il était reconnu comme faisant partie de tous les plans du *We're Here*, il avait sa place à table et parmi les couchettes, et pouvait tenir son personnage dans les longues conversations, les jours de mauvais temps, lorsque les autres étaient toujours prêts à écouter ce qu'ils appelaient les « contes de fées » de sa vie à terre. Il ne lui avait pas fallu plus de deux jours pour sentir que s'il parlait de son existence passée comme étant sienne (cela semblait déjà bien loin), personne excepté Dan — et la croyance de Dan lui-même fut l'objet d'un amer essai — n'y ajouterait foi. Aussi, imagina-t-il un ami, un garçon dont il avait entendu parler, qui conduisait dans Tolède (Ohio) un drag en miniature attelé de quatre poneys, commandait cinq « complets » à la fois, et menait des choses appelées « cotillons » dans des réunions où l'aînée des jeunes filles n'avait pas quinze ans révolus, mais où tous les présents étaient cousus d'or sur toutes les coutures. Salters protestait, déclarant que c'était là un boniment on ne peut plus dangereux, sinon positivement blasphématoire ; mais il écoutait de toutes ses oreilles comme les autres ; et leurs critiques à tous finirent par donner à Harvey des idées entièrement nouvelles en fait de « cotillons », complets, cigarettes à bouts dorés, bagues, montres, parfums, petits dîners, champagne, jeux de cartes et commodités d'hôtel. Petit à petit il changeait de ton quand il parlait de son « ami » que Long Jack avait baptisé « l'Agneau sans cervelle », « le Bébé doré sur tranche », « le Vanderpoop [1] en nourrice » et autres sobriquets ; et, les pieds dans ses bottes de mer croisés sur la table, il inventait même des histoires sur certains *pyjamas* de soie et certains plastrons importés tout exprès, pour mieux discréditer « l'ami ». Harvey était quelqu'un qui savait s'adapter aux milieux et tenait autour de lui un œil perçant et une oreille fine ouverts sur le moindre pli de visage et sur le moindre accent.

Il ne fut pas longtemps sans savoir où Disko gardait le vieil octant vert-de-grisé qu'ils appelaient *hog yoke* — sous le traversin de sa couchette. Lorsqu'il prenait la hauteur du soleil, et qu'à l'aide de l'almanach du *Vieux Fermier*, il trouvait la latitude, Harvey ne faisait qu'un bond jusqu'en bas de la cabine pour graver le calcul et la date à l'aide d'un clou sur la rouille du tuyau de poêle. Or, le mécanicien en chef d'un paquebot n'eût pu faire plus, et nul mécanicien de trente années de services n'eût été capable de prendre, fût-ce à moitié, les airs d'ancien marinier avec lesquels Harvey, après avoir commencé à cracher soigneusement par-dessus bord, publiait la position de la goélette pour ce jour-là, et alors, seulement alors, débarrassait Disko de l'octant. Ces choses ne vont pas sans une certaine étiquette.

1. Comme on dit « Rothschild » en France.

Ledit *hog yoke*, une carte marine d'Eldridge, l'almanach du *Fermier*, le *Pilote de la Côte* de Blunt, et le *Navigateur* de Bowditch, étaient tous les instruments dont Disko avait besoin pour se guider, si l'on en excepte la grande sonde, son œil de réserve. Harvey tua presque Pen avec cet instrument la première fois que Tom Platt voulut lui apprendre à faire « voler le pigeon bleu » ; et, quoiqu'il ne fût pas de force à résister à un sondage soutenu dans un peu de mer, Disko l'employait volontiers sur les hauts-fonds, en temps calme, avec un plomb de sept livres. Comme le disait Dan :

« Ce n'est pas le sondage que papa demande. Ce sont des échantillons. Graisse-le bien, Harvey. »

Harvey enduisait de suif le creux situé à la base du plomb, et apportait soigneusement sable, coquille, fange, tout ce que ce pouvait être, à Disko, lequel touchait, sentait, et donnait son avis. Comme il a été dit, quand Disko pensait morue, il pensait en morue ; et grâce à un mélange d'instinct et d'expérience depuis longtemps éprouvés, il promenait le *We're Here* de mouillage en mouillage, toujours avec le poisson, comme un joueur d'échecs aux yeux bandés joue sur l'échiquier qu'il ne voit pas.

Mais l'échiquier de Disko, c'était le Grand-Banc, un triangle de deux cent cinquante milles sur chaque côté, une immensité d'eaux roulantes, empaquetée de brume humide, affligée de tempêtes, harcelée de glace à la dérive, hachée par le passage des paquebots insouciants, et que semait de ses voiles la flottille de pêche.

Des jours durant ils travaillèrent dans la brume — Harvey à la cloche — jusqu'au moment où, familiarisé avec l'opacité de l'atmosphère, le jeune garçon sortit en compagnie de Tom Platt, le cœur plutôt sur les lèvres. Si la brume ne se levait pas, le poisson mordait, et personne n'est capable de rester plongé dans l'effroi sans espoir six heures de suite. Harvey se consacra à ses lignes et à la gaffe ou fourchette, selon ce que Tom Platt réclamait ; et ils regagnèrent la goélette à l'aviron, guidés par la cloche et l'instinct de Tom, tandis que la conque de Manuel résonnait près d'eux, grêle et à peine distincte. Ce fut l'expérience d'un monde qui n'était plus la terre, et, pour la première fois depuis un mois, Harvey rêva de planchers d'eau mobiles et fumants tout autour du doris, de lignes qui s'égaraient dans rien du tout, et de l'atmosphère du dessus qui se fondait avec la mer du dessous à dix pieds de ses yeux tendus. Quelques jours plus tard, il se trouvait dehors avec Manuel en un endroit que l'on estimait être profond de quarante brasses, mais le câblot de l'ancre fila dans toute sa longueur, et l'ancre ne trouva rien ; sur quoi Harvey se sentit pris d'un mortel effroi, celui d'avoir perdu son dernier contact avec la terre.

« Le « Trou de Baleine », prononça Manuel en

ramenant l'ancre. En voilà une bonne pour Disko. Rentrons ! »

Et il revint à force de rame vers la goélette pour trouver Tom Platt et les autres en train de se moquer du patron qui, pour une fois, les avait conduits au bord du stérile abîme de la Baleine, le trou vide du Grand-Banc. Ils s'en allèrent à travers la brume mouiller ailleurs, et, cette fois, lorsqu'il sortit dans le doris de Manuel, Harvey sentit ses cheveux se dresser sur sa tête... Une blancheur évoluait dans la blancheur de la brume, avec une haleine semblable à l'haleine de la tombe, et on entendit un grondement, un plongeon, et l'eau rejaillir. Ce fut sa présentation au redoutable iceberg d'été, sur le Banc, et il s'accroupit au fond du bateau sous le rire de Manuel.

Il y eut toutefois des jours clairs, paisibles et chauds, où il semblait que c'eût été péché de faire autre chose que de paresser sur les lignes à main et de gifler d'un coup d'aviron les méduses errant au ras de l'eau ; et il y en eut d'autres de brises légères où Harvey apprit à conduire la goélette d'un mouillage à un autre.

Un tressaillement le parcourut tout entier la la première fois que, la main sur les rayons de la roue, il sentit la quille lui répondre et glisser par-dessus les longs entre-deux des lames, pendant que la voile de misaine fauchait d'arrière en avant sur le bleu du ciel. Voilà qui vraiment était magnifique, en dépit de Disko, lequel prétendait qu'un serpent se fût brisé les reins à suivre son sillage. Mais, comme toujours, la roche Tarpéienne était près du Capitole. Ils naviguaient sous le vent, le foc déployé — un vieux foc, par bonheur — et Harvey remettait la goélette au vent pour montrer devant Dan à quel point de perfection il était devenu maître dans l'art. Pan ! la misaine passa de l'autre côté, et la corne en alla transpercer, pourfendre le foc que le grand étai empêchait naturellement de suivre le même chemin. Le lambeau fut amené au milieu d'un silence terrible, et Harvey, les quelques jours qui suivirent, employa ses loisirs à apprendre, sous la direction de Tom Platt, comment on se sert d'une aiguille et d'une paumelle. Dan en poussa des cris de joie, car il avait, disait-il, fait exactement la même bévue dans les premiers temps.

Comme tous les jeunes garçons, Harvey imita chacun des hommes à tour de rôle, jusqu'au jour où il fut arrivé à combiner la façon particulière de se pencher qu'avait Disko à la roue, le tour de bras de Long Jack quand on ramenait les lignes, le coup d'aviron que Manuel donnait, dans son doris, le dos arrondi, mais qui portait si bien, et le grand pas de Tom Platt le long du pont, le pas d'un matelot de l'*Ohio*.

« C'est curieux de voir comme il s'y met, dit Long Jack, un après-midi de brume où Harvey, appuyé au cabestan, avait l'œil au guet. Je parierais mon gage et ma part qu'il se joue à lui-même la comédie plus que de raison, et qu'il se prend pour un hardi marin. Regarde son petit bout de dos en ce moment.

— C'est ainsi que nous commençons tous, dit Tom Platt. Les mousses, ça veut tout le temps se faire croire des hommes jusqu'à ce qu'il se prennent eux-mêmes au mot, et il en est ainsi jusqu'à ce qu'ils meurent, avec des prétentions et des prétentions ! J'en ai fait autant sur le vieil *Ohio*, je le sais bien. J'ai pris mon premier quart — un quart dans le port — en me croyant plus fin que Farragut [1]. Dan est aussi pétri d'une foule d'idées de ce genre. Regarde-les en ce moment en train de jouer au vieux marsouin, du fil de caret pour cheveux, et pour sang du goudron de Norvège. (Il parla du haut de l'escalier dans la cabine.) J'imagine que pour une fois, Disko, vous vous êtes trompé dans vos jugements. Qu'est-ce qui diable a bien pu vous faire dire à nous tous ici présents que l'agneau avait l'esprit dérangé ?

— Il l'avait, répliqua Disko, il l'avait comme un étourneau quand il est arrivé à bord ; mais j'avouerai que depuis il s'est considérablement assagi. Je l'ai guéri.

— Il nous en conte pas mal, dit Tom Platt. L'autre soir, ne nous a-t-il pas parlé d'un petit type de sa taille, qui conduisait une diablesse de petite voiture gréée de quatre poneys par les rues de Tolède, dans l'Ohio... oui, je crois que c'était bien

1. Célèbre amiral américain.

là ; et qui donnait des soupers à un tas de petits types de son espèce. Drôles de blagues, mais rudement amusantes, tout de même. Il en sait comme cela à la douzaine.

— Je crois qu'il les sort de son imagination, cria Disko de la cabine où il avait le nez plongé dans le livre de loch. Il est évident que tout cela est de sa façon. Ça ne pourrait duper personne que Dan, et il en rit lui-même. Je l'ai entendu alors que j'avais le dos tourné.

— Vous a-t-on jamais raconté ce que Siméon Pierre Calhoun disait quand on se mit en tête de marier sa sœur Hitty et Loring Jerauld, et que les camarades lui montèrent cette scie là-bas du côté des Georges ? » dit d'une voix traînante l'oncle Salters qui dégouttait paisiblement à l'abri de la pile de doris de tribord.

Tom Platt lança une bouffée de fumée avec un dédaigneux silence : c'était un homme du cap Cod, et il connaissait ce conte depuis pas moins de vingt ans. L'oncle Salters poursuivit en riant avec un bruit de râpe :

« Siméon Pierre Calhoun disait, et il avait bien raison, à propos de Loring : « Z'est hun mon- « sieur », qu'il disait, « toublé d'un ude imbécile ; « et ze me zuis laissé dire qu'elle s'était mariée « à un homme iche. » Siméon Pierre Calhoun n'avait pas de palais, et c'est comme ça qu'il parlait.

— Il ne parlait pas l'allemand de Pensylvanie, répliqua Tom Platt. Tu ferais mieux de laisser raconter cette histoire à un du Cap. Les Calhouns, c'étaient des bohémiens de par là-bas derrière.

— Bah! Je ne fais pas métier d'être orateur, dit Salters. J'en viens à la morale de la chose. C'est justement ce qu'est, à peu près, notre Harvey! Un monsieur doublé d'un rude imbécile; et il y a quelque apparence que c'est un homme riche. Ya!

— Vous est-il jamais venu à l'idée comme ce serait amusant de naviguer avec tout un équipage de Salters? dit Long Jack. Un cultivateur doublé d'un ramasseur de bouses, ce que Calhoun ne disait pas, et qui veut se faire passer pour un pêcheur! »

Un petit rire fit le tour du pont aux dépens de Salters.

Disko restait bouche close et bûchait le livre de loch qu'il tenait dans sa main carrée, taillée à coups de hache; voici ce qu'on y lisait, en tournant les pages salies:

« *17 juillet. — Aujourd'hui, brume épaisse et peu de poisson. Mouillé nord. La journée finit de même.*

« *18 juillet. — Le jour se lève avec brume épaisse. Pris un peu de poisson.*

« *19 juillet. — Le jour se lève avec légère brise du nord-est et beau temps. Mouillé est. Pris beaucoup de poisson.*

« *20 juillet. — Aujourd'hui, dimanche, le jour se lève avec brume et vents légers. La*

journée finit de même. Total du poisson pris
cette semaine : 3 478. »

Ils ne travaillaient jamais le dimanche ; ils se
rasaient et se lavaient s'il faisait beau, et Pensylvanie chantait des hymnes. Une fois ou deux,
il suggéra l'idée qu'il pourrait, si ce n'était pas
se montrer trop hardi, y aller peut-être d'un petit
prêche. L'oncle Salters lui sauta presque à la
gorge rien que pour en avoir fait la proposition,
et lui rappela qu'il n'était pas prédicateur et que ce
n'étaient point là choses auxquelles il dût songer.

« Nous le verrions se rappeler Johnstown la
prochaine fois, expliqua Salters, et Dieu sait ce
qui arriverait. »

Ils se contentèrent donc de ses lectures à voix
haute dans un livre appelé *Josèphe*. C'était un
vieux bouquin relié de cuir, au relent de cent
voyages, très solide et fort semblable à la Bible,
mais tout vivant d'histoires de batailles et de
sièges ; et ils l'écoutèrent presque d'un bout à
l'autre. Autrement Pen était un petit être silencieux. Il restait parfois trois jours de suite sans
prononcer un mot, quoiqu'il jouât au trictrac,
écoutât les chansons et rît aux histoires. Quand
ils essayaient de le dégourdir, il répondait :

« Ce n'est pas que j'aie l'intention de faire le
mauvais camarade, mais c'est parce que je n'ai
rien à dire. Je me sens la tête complètement
vide. J'ai presque oublié mon nom. »

Puis il se retournait vers l'oncle Salters avec
le sourire de quelqu'un qui attend.

« Eh bien, quoi, Pensylvanie Pratt! criait Salters. Tu vas m'oublier, moi aussi, un de ces jours.

— Non, jamais, disait Pen, en refermant les lèvres d'un air décidé. Pensylvanie Pratt,... mais oui, » naturellement, répétait-il encore et encore.

Parfois c'était l'oncle Salters qui oubliait, lui disant qu'il était Haskins ou Rich ou Mac Vitty; mais Pen s'estimait toujours content... jusqu'à la fois prochaine.

Il se montrait d'ordinaire fort tendre à l'égard de Harvey qu'il plaignait aussi bien comme enfant perdu que comme cerveau détraqué; et, lorsque Salters s'aperçut que Pen aimait le gamin, lui aussi se dérida. Salters était loin d'être une personne aimable (il pensait que la tâche de tenir les mousses rentrait dans ses attributions); aussi, la première fois que Harvey, tout tremblant de peur, parvint, par un jour de calme, à grimper à la pomme du grand mât (Dan se tenait derrière le jeune garçon, prêt à lui venir en aide), le gamin jugea-t-il de son devoir de pendre tout là-haut les grosses bottes de mer de Salters, en signe d'opprobre et de dérision pour la goélette la plus proche. Avec Disko, Harvey ne prenait aucune privauté, pas même lorsque le vieux, cessant de le commander, le traitait, comme le reste de l'équipage, avec des : « Voudrais-tu faire ceci ou cela? » et : « Je crois que tu ferais mieux », et ainsi de suite. Il y avait sur ces lèvres rasées à blanc, dans les coins plissés de

ces yeux quelque chose d'on ne peut plus cal-
mant pour l'ardeur d'un jeune sang.

Disko lui apprit à lire la carte pleine d'em-
preintes de doigts et de trous d'épingle, laquelle
était, disait-il, supérieure à n'importe quelle
autre publication officielle; il le menait, crayon
en main, de mouillage en mouillage sur tout le
chapelet des bancs : le Have, Western, Ban-
quereau, Saint-Pierre, Green et Grand, en parlant « morue » dans les intervalles. Il lui apprenait aussi le principe qui régissait l'usage du
hog-yoke.

En ceci Harvey l'emportait sur Dan, car il
avait hérité de son père une tête organisée pour
les chiffres, et l'idée de dérober une information
à l'un des faibles éclairs de ce soleil maussade
du Banc sollicitait toute sa vivacité d'esprit. En
toute autre matière maritime son âge lui donnait
l'infériorité. Comme disait Disko, il eût fallu
commencer à dix ans. Dan pouvait boëtter la
corde ou mettre la main sur n'importe quel agrès
dans l'obscurité, et, au besoin, si l'oncle Salters
avait un furoncle dans la main, procéder à la
toilette au simple toucher du doigt. Rien qu'à la
sensation du vent sur le visage il pouvait gouverner par n'importe quel semblant de gros temps,
se prêtant, juste au moment où il le fallait, aux
caprices du *We're Here*. Il s'acquittait de ces
choses aussi machinalement qu'il bondissait dans
la mâture ou faisait son doris partie intégrante
de sa volonté et de son corps. Mais il n'eût pas

été capable de communiquer sa science à Harvey.

Les jours de mauvais temps, lorsqu'ils se tenaient cloîtrés dans le poste ou bien assis sur les coffres de la cabine, et que l'on entendait rouler et racler, aux moments de silence, pitons, plombs et anneaux de réserve, on sentait flotter dans la goélette une atmosphère assez nourrie de connaissances générales. Disko parlait de voyages à la poursuite de la baleine entre 1850 et 1860 : les grandes femelles éventrées à côté de leur petit, les agonies sur les eaux noires et agitées, et les jets de sang à quarante pieds en l'air ; les bateaux volant en éclats ; les fusées brevetées qui partent par le mauvais bout et bombardent l'équipage tremblant ; le dépeçage et la mise au chaudron ; et cette terrible « morsure » de 71, quand douze cents hommes s'étaient trouvés sans abri sur la glace pendant trois jours, histoires merveilleuses et toutes vraies. Mais plus merveilleuses encore étaient ses histoires de morues, la façon dont elles discutaient et raisonnaient leurs affaires privées tout au fond là-bas, sous la quille.

Long Jack se sentait porté de préférence au surnaturel. Il les tenait sous le charme de ses histoires fantastiques. C'était les « Yo-hoes » de la baie de Monomoy, lesquels se moquent des solitaires chercheurs de clovisses ; les coureurs de sable et les errants des dunes, qui ne se trouvent jamais convenablement enterrés ; le trésor caché dans l'île de Feu, et que gardent les esprits des hommes de Kidd[1]; les navires qui voguent dans le brouillard, droit au-dessus de l'emplacement de Truro; ce port du Maine où personne autre qu'un étranger ne jettera l'ancre deux fois à certaine place, à cause des équipages morts qui rament à minuit le long du bord, leur ancre à la proue de leur bateau démodé, et sifflent — n'appellent pas, je dis « sifflent » — l'âme de l'homme qui a troublé leur repos.

Harvey s'était toujours imaginé que la côte-est de son pays natal, depuis le sud du mont Désert, n'était guère peuplée que de gens qui, en été, emmenaient là leurs chevaux, et conversaient dans des maisons de plaisance aux parquets de marqueterie et aux portières de perles. Il rit des histoires de revenants — pas autant qu'il l'eût fait un mois auparavant — et finit par rester assis sans bouger, des frissons plein le dos.

Tom Platt, lorsque c'était son tour, s'en tirait avec son interminable voyage autour du cap Horn, sur le vieil *Ohio*, au temps de la garcette; avec une marine plus disparue que le *solitaire* [2], celle dont on n'entendit plus parler après la grande guerre. Il leur racontait comment on glissait dans un canon les boulets chauffés au rouge, une bourre d'argile entre eux et la gargousse, comment ils fusaient et fumaient

1. Kidd, célèbre pirate.

2. Espèce d'oiseau.

lorsqu'ils frappaient le bois, et comment les
petits mousses de la *Miss Jim Buck* lançaient
de l'eau sur eux en criant au fort de recom-
mencer. Il racontait des histoires de blocus,
les longues semaines de balancement à l'ancre,
que seuls distrayaient le départ et le retour des
steamers qui avaient consommé leur charbon ;
les histoires de tempêtes et de froid, le froid
qui tenait nuit et jour deux cents hommes à
broyer, hacher la glace sur le câble, les poulies
et le gréement, quand la cuisine était aussi rouge
que les boulets du fort et que les hommes
buvaient du cacao à même le seau. Tom Platt
ne connaissait rien à la vapeur. Il avait quitté
le service alors que c'était presque encore du
nouveau. Il l'admettait, en temps de paix, pour
une invention d'un caractère spécieux, mais il
soupirait après le jour où la voile rebattrait aux
mâts de frégates de dix mille tonneaux, armées
de bouts-dehors longs de cent quatre-vingt-dix
pieds.

Quant à Manuel, son parler était lent et cares-
sant, et il racontait les jolies filles de Madère
lavant du linge dans le lit des ruisseaux, sous le
clair de lune, à l'ombre mouvante des bananiers;
ou des légendes de saints, des récits de danses
et des combats étranges là-bas dans les ports
glacés de Terre-Neuve où l'on va faire provision
de boëtte. Salters, lui, parlait principalement
agriculture, car, bien qu'il lût *Josèphe* et l'in-
terprétât, sa mission en ce monde était de prou-

ver la valeur des engrais verts, et spécialement
du trèfle de préférence à toute espèce de phos-
phate. Il allait jusqu'à la diffamation lorsqu'il
s'agissait des phosphates; il tirait de sa couchette des livres graisseux d' « Orange Judd[1] »,
et les chantait en brandissant le doigt sur Harvey pour qui tout cela était du grec. Little Pen
montrait un chagrin si sincère lorsque Harvey
tournait en plaisanterie les lectures de Salters
que le gamin cessa de se moquer et supporta la
chose en un silence poli. Tout cela était très
bon pour Harvey.

Le cuisinier, naturellement, ne prenait aucune
part à ces conversations. En règle générale, il ne
parlait que dans les cas absolument nécessaires;
mais, parfois, il recevait soudain comme un
étrange don de la parole, et il parlait, moitié en
gaélique, moitié en lambeaux d'anglais, pour ne
plus s'arrêter une heure durant. Il se montrait
particulièrement communicatif avec les deux
mousses, et ne démordait jamais de sa prophétie,
qu'un jour Harvey serait le maître de Dan, et
que lui-même serait témoin de la chose. Il leur
parlait du transport des dépêches en hiver là-
haut par la route du cap Breton, du convoi de
chiens qui va à Coudray, et du steamer-bélier
Arctic qui brise la glace entre le continent et
l'île du Prince-Édouard. Puis il leur racontait les
histoires que lui avait racontées sa mère, sur la

1. « Orange Judd », Société d'éditions américaine, qui s'occupe
spécialement de publier des ouvrages d'agriculture à bon marché.

vie tout là-bas dans le sud, où l'eau ne gèle
jamais; et il disait que lorsqu'il mourrait, son
âme irait s'étendre sur une chaude et blanche
baie de sable ombragée de palmiers au feuillage
ondoyant. Les gamins trouvaient l'idée fort
drôle pour un homme qui n'avait jamais vu une
feuille de palmier en sa vie. En outre, réguliè-
rement à chaque repas, il demandait à Harvey,
et à Harvey seul, si la cuisine était à son goût;
et c'était chose qui faisait toujours s'esclaffer
« la seconde bordée ». Ils professaient cependant
un grand respect pour le jugement du cuisinier,
et en conséquence tenaient au fond de leurs
cœurs Harvey pour une sorte de mascotte.

Et tandis que Harvey absorbait par tous les
pores de nouvelles connaissances et buvait la
santé avec chaque gorgée de grand air, le *We're
Here* continuait son chemin en faisant ses affaires sur le Banc, et les piles gris argent de poisson pressé montaient de plus en plus haut dans
la cale. Pas une journée de travail ne sortait de
l'ordinaire, mais les journées moyennes se répé-
taient souvent.

Il va de soi qu'un homme de la réputation de
Disko se trouvait étroitement épié, « presque
étouffé », comme disait Dan, par ses voisins, mais
il avait un très joli chic pour les planter là dans
l'amoncellement et le glissement des brumes.
Disko évitait la compagnie pour deux raisons. La
première, c'est qu'il voulait se livrer seul à ses
expériences ; la seconde, qu'il était opposé aux ras-

semblements si mélangés d'une flottille de toutes
nations. Cette flottille se composait principalement de bateaux de Gloucester, avec par-ci par-
là quelques-uns de Princetown, de Harwich, de
Chatham, et d'autres des ports du Maine, mais
les équipages étaient recrutés Dieu sait où. Le
péril engendre l'insouciance, et quand s'y ajoute
l'appât du gain, il y a belles chances pour toute
espèce d'accident dans la flottille encombrée qui,
pareille à un troupeau pressé de moutons, se
porte autour de quelque chef non reconnu.

« Que les deux Jerauld les conduisent, dit
Disko. Nous sommes obligés de rester un petit
moment parmi eux sur les Bancs de l'est, mais,
si la chance tient, nous n'aurons pas à y rester
longtemps. L'endroit où nous sommes maintenant, Harvey, n'est en aucune façon considéré
comme un bon terrain de pêche.

— Vraiment? dit Harvey, qui était en train
de tirer de l'eau (il venait d'apprendre comment
on donne au seau une secousse) après une toilette exceptionnellement longue. Cela me serait
égal, alors, de tâter de quelque terrain pauvre
pour changer.

— Tout le terrain que je désire voir, et je ne
désire pas le tâter, c'est Eastern Point, déclara
Dan. Dites donc, papa, ça m'a tout l'air que nous
n'aurons pas plus de deux semaines à rester sur
les Bancs. Tu vas rencontrer alors toute la compagnie que tu veux, Harvey. C'est le moment où
l'on commence à travailler. Plus de repos à

heures fixes pour personne. Un morceau sur le pouce quand on a faim, et la couchette quand il n'y a plus moyen de tenir debout. Bonne affaire qu'on ne t'ait pas cueilli un mois plus tard que tu ne l'as été, car nous n'aurions jamais pu te mettre en forme pour la Vieille Vierge. »

Harvey comprit, d'après la carte d'Eldridge, que la Vieille Vierge et tout un essaim de bancs aux noms bizarres étaient le point tournant de la croisière et que, la chance aidant, ils finiraient d'y employer leur sel : mais, en voyant la taille de la Vierge (c'était un point imperceptible), il se demanda comment Disko, même avec le hog-yoke et la sonde, pourrait la trouver. Il apprit plus tard que Disko était tout à fait de force à cela comme à toute autre besogne, et pouvait même venir en aide à autrui.

Un grand tableau noir de quatre pieds sur cinq était pendu dans la cabine, et Harvey n'en comprit l'utilité que lorsque, après quelques jours de brume aveuglante, on entendit l'appel discordant d'une de ces sirènes que l'on manœuvre avec le pied, une machine dont le cri rappelle celui d'un éléphant phtisique.

Ils faisaient alors un court mouillage, traînant l'ancre à la remorque sous eux pour épargner de la peine.

« Une voile carrée qui beugle pour qu'on lui laisse ses aises, » dit Long Jack.

Les voiles d'avant rouges et ruisselantes d'une barque sortirent en glissant du brouillard, et le

We're Here sonna trois fois sa cloche, selon la sténographie de la mer.

Le plus grand des deux bateaux masqua son hunier au milieu des cris et des appels.

« Un França⁣·, dit l'oncle Salters d'un ton dédaigneux. Un bateau de Miquelon qui arrive de Saint-Malo. (Le cultivateur avait le flair d'un vieux loup de mer.) Je suis justement presque au bout de mon tabac, Disko.

— De même, ici, dit Tom Platt. Eh! *backez-vous, backez-vous! Standez awayez,* vous, espèce de cul-de-plomb! *mucho bono!* Êtes-vous de Saint-Malo, eh?

— Ah! ah! *mucho bono!* Oui! oui! *Clos-Poulet! Saint-Malo! Saint-Pierre-et-Mique-lon,* » cria l'autre équipage, en agitant des bonnets de laine et en riant.

Puis, tous ensemble :

« *Tableau! tableau!*

— Monte le tableau, Danny. Cela me dépasse, la façon dont ces Français arrivent n'importe où. Il est vrai que l'Amérique est d'une chouette largeur. Il leur suffit de savoir qu'ils sont entre le 46ᵉ et le 49ᵉ ; est-ce vrai ? »

Dan dessina à la craie des figures sur le tableau qu'ils pendirent dans les haubans du grand mât, tandis que la barque criait *merci* en chœur.

« Cela me semble plutôt peu gracieux de les laisser filer comme cela, suggéra Salters en tâtant dans ses poches.

— As-tu donc appris le français depuis la dernière campagne ? demanda Disko. Je n'ai plus envie de nous voir lancer des pierres de lest à la tête pour l'entendre dire des injures aux bateaux de Miquelon, comme tu le fis à la hauteur du Have.

— Harmon Rush disait que c'était le moyen de les faire monter. Le simple parler de chez nous fera l'affaire. Nous sommes tous horriblement au bout de notre tabac. Jeune homme, est-ce que, toi, tu ne parles pas français ?

— Oh ! oui, dit Harvey vaillamment, et il brailla : *Ohé ! dites donc ! Arrêtez-vous ! Attendez ! Nous sommes venant pour tabac !*

— Ah ! *tabac, tabac !* » crièrent-ils.

Et ils se remirent à rire.

« Cela a touché. Mettons un doris dehors, en tout cas, dit Tom Platt. Ce n'est pas que j'aie précisément des certificats de français, mais je sais un autre jargon qui, je crois, fait l'affaire. Viens, Harvey, et sers-nous d'interprète. »

Le bavardage et la confusion furent indescriptibles lorsque lui et Harvey furent hissés contre la paroi noire de la barque. La cabine était tout autour placardée d'images de la Vierge aux couleurs éclatantes, la Vierge de Terre-Neuve, comme ils l'appelaient. Harvey s'aperçut que son français était timbré au sceau d'un Banc non reconnu, et sa conversation dut se borner à des hochements de tête et à des grimaces. Mais Tom Platt n'eut qu'à agiter les bras pour faire avancer aisément les choses. Le capitaine lui offrit un verre d'un gin ineffable, et le joyeux équipage le traita comme un frère. Alors commença le marché. Ils avaient du tabac, des quantités de tabac américain, qui n'avait jamais payé de droits en France. Ils désiraient avoir du chocolat et du biscuit. Harvey revint à force de rames pour s'arranger avec le cuisinier et Disko qui détenaient les provisions, et, à son retour, les boîtes de cacao et les sacs de biscuit furent comptés à côté de la barre du Français. Cela ressemblait au partage d'un butin de pirates ; mais Tom Platt en sortit ceinturé de « pig-tail » [1] noir, et rembourré de tablettes de tabac à chiquer ou à fumer. Alors, les gais marins rentrèrent en cadence dans la brume, et la dernière chose que Harvey entendit, fut un refrain en chœur :

> Par derriér' chez ma tante,
> Il est un bois joli,
> Le rossignol y chante
> Et le jour et la nuit...
> Que donneriez-vous, belle,
> Qui l'amèn'rait ici ?
> Je donnerais Québec,
> Sorel et Saint-Denis.

« Comment ça se fait-il que mon français n'ait pas marché, alors que votre conversation par signes a fait l'affaire ? » demanda Harvey, lorsque le butin eut été distribué parmi les hommes du *We're Here*.

« Une conversation par signes ! s'esclaffa

1. Tabac en corde.

Platt. Eh! oui, c'était une conversation par signes, mais un joli brin plus vieille que ton français, Harvey. Les bateaux français sont pleins à crever de francs-maçons, et voilà pourquoi.

— Êtes-vous donc franc-maçon?

— Cela m'en a tout l'air, ne trouves-tu pas? » dit l'ancien matelot du vaisseau de guerre, en bourrant sa pipe.

Et Harvey eut dès lors un nouveau mystère de la mer profonde, sur quoi méditer.

VI

CE qui frappait le plus Harvey, c'était l'allure de suprême insouciance avec laquelle certains bateaux se prélassaient à travers l'immense Atlantique. Les bateaux de pêche, comme disait Dan, n'avaient naturellement qu'à s'en remettre à la courtoisie et à la sagesse de leurs voisins ; mais on était en droit d'attendre mieux de la part des steamers.

Ces réflexions venaient à la suite d'une autre entrevue intéressante, alors qu'ils s'étaient trouvé chassés sur un parcours de trois milles par un vieux bateau, gros et pesant, tout toituré de planches sur le pont supérieur, destiné au transport du bétail et qui puait comme mille parcs à bestiaux. A l'aide d'un porte-voix, un officier fort surexcité leur cria des injures, et le navire resta à se vautrer désespérément sur l'eau, pendant que Disko faisait courir le *We're Here* sous le vent et servait au patron quelque chose de sa façon.

« Où pourriez-vous bien être, hein ? Est-ce que vous méritez d'être quelque part ? Espèces de traîneurs de basse-cour, vous vous en allez sur les hautes mers, fouillant du groin la route, sans la moindre considération pour vos voisins, et les yeux dans vos tasses à café au lieu de les avoir dans vos sottes têtes. »

Sur quoi le capitaine s'agita sur le pont, et dit quelque chose visant les propres yeux de Disko.

« Nous n'avons pas reçu une observation depuis trois jours. Croyez-vous qu'il soit facile de faire marcher le bateau alors qu'on n'y voit goutte? cria-t-il à tue-tête.

— Eh bien, moi, je peux! rétorqua Disko. Qu'est-ce donc qui est arrivé à votre sonde? L'avez-vous avalée! Est-ce que vous ne pouvez pas sentir le fond, ou est-ce le bétail qui schlingue trop?

— Avec quoi est-ce que vous les nourrissez? demanda l'oncle Salters, le plus sérieusement du monde, car l'odeur des porcs réveillait en lui le cultivateur. On dit qu'on en perd affreusement au cours d'un voyage. Ça ne me regarde peut-être pas, mais j'ai une vague idée que les tourteaux se trouvent brisés en petits morceaux et quelque peu saupoudrés.

— Tonnerre...! dit un bouvier en jersey rouge, qui regardait par-dessus bord. Quel est l'asile d'aliénés qui a laissé sortir Sa Majesté Barbue?

— Jeune homme commença Salters, tout debout dans les haubans de misaine, laissez-moi vous dire, avant d'aller plus loin, que j'ai... »

L'officier qui se trouvait sur le pont ôta sa casquette avec une politesse exagérée.

« Excusez-moi, dit-il, mais j'ai demandé ma route. Si la personne de l'agriculture, celle avec le poil au menton, veut bien avoir la bonté de fermer ça, la moule à l'œil vairon pourra peutêtre condescendre à nous éclairer.

Voilà maintenant que tu nous as donné en spectacle, Salters, » dit Disko avec colère.

Il ne pouvait pas soutenir ce genre particulier de conversation, et il lâcha sèchement la latitude et la longitude sans plus ample discours.

« Allons, voilà pour sûr une gargaison d'aliénés, » dit le capitaine, en sonnant à la chambre des machines, et en lançant un paquet de journaux dans la goélette.

« S'il y a de par le monde de fichus imbéciles, en te mettant à part, toi, Salters, voilà un homme et son équipage qui sont bien les plus complets que j'aie jamais vus, dit Disko, comme le *We're Here* s'éloignait. Je suis justement en train de lui donner mon avis sur la façon de vagabonder comme un enfant perdu dans ces eaux-ci, quand il faut que tu viennes te fourrer en travers avec ton agriculture ! Est-ce que tu ne sauras jamais mettre les choses à leur place ? »

Harvey, Dan et les autres se tenaient en arrière, échangeant des clins d'œil et exultant de joie ; mais Disko et Salters se chamaillèrent sérieusement jusqu'au soir, Salters prétendant qu'en fait un bateau à bestiaux était une grange sur le bleu des eaux, et Disko insistant pour dire que, même si c'était le cas, la décence et l'orgueil du pêcheur eussent réclamé qu'il laissât les choses à leur place. Long Jack supporta tout cela en silence pendant un certain temps — un patron de mauvaise humeur fait que tout l'équipage se sent malheureux — puis, après souper, il dit à travers la table :

« A quoi sert de se faire de la bile à propos de ce qu'ils diront ?

— Ils raconteront cette histoire à notre détriment durant des années, voilà tout, dit Disko. Du tourteau saupoudré !

— De sel, naturellement, dit Salters impénitent, tout en lisant les comptes rendus agricoles d'un journal de New York vieux d'une semaine.

— Cela froisse tous mes sentiments à la fois, continua le patron.

— Je ne vois pas les choses de la même façon, répliqua Long Jack, en manière de conciliation. Écoutez donc, Disko. Où est l'autre paquebot qui, aujourd'hui et par ce temps, aurait rencontré un petit vagabond en mesure, non seulement de le remettre dans sa route, mais, je vous le déclare, en mesure aussi d'échanger avec lui, en mer, une conversation des plus intelligentes sur l'élevage des jeunes taureaux et autres questions du même ordre ? L'oublier ! Il va sans dire qu'ils ne l'oublieront pas. C'est la conversation la plus complète en quatre mots qu'on ait jamais entendue.

Deux parties, coup sur coup... tout cela pour nous. »

Dan donna sous la table un coup de pied à Harvey, lequel étouffa de rire dans sa tasse.

« Eh bien ! quoi, dit Salters, qui sentait que son honneur venait d'être quelque peu replâtré, j'ai dit que je ne savais pas si ça me regardait, avant même de parler.

— Et là-dessus, dit Tom Platt, ferré sur la discipline et l'étiquette, là-dessus, il me semble, Disko, que vous auriez dû le prier de s'arrêter si la conversation était, selon vous, sur le point de devenir en quelque manière ce qu'il ne fallait pas.

— Je me demande si je n'aurais pas dû le faire, déclara Disko, qui vit là le moyen d'une retraite honorable sans porter atteinte à sa dignité.

— Eh quoi ! sans doute tu aurais dû le faire, repartit Salters, étant le patron ici ; et je me serais arrêté de bonne humeur au moindre mot, non par persuasion ni même conviction, mais pour donner un exemple à nos deux vauriens de mousses que voilà.

— Est-ce que je ne t'ai pas dit, Harvey, que cela retomberait sur notre dos avant que nous ayons rien fait ? Toujours ces vauriens de mousses ! Mais je n'aurais pas voulu rater le spectacle pour la moitié d'une part dans une pêche au flétan, chuchota Dan.

— Et pourtant, il aurait fallu laisser les choses à leur place, » reprit Disko.

La lumière d'un nouvel argument s'alluma dans l'œil de Salters, comme il émiettait dans sa pipe une tranche de tabac à chiquer.

« Il est très important de savoir mettre les choses à leur place, conclut Long Jack, dans l'intention d'apaiser l'orage. C'est ce dont Steyning, de Steyning and Hare's, s'aperçut lorsqu'il envoya Counahan comme patron sur la *Marilla D. Kuhn*, au lieu du capitaine Newton qui avait été pris d'un rhumatisme inflammatoire et ne pouvait pas partir. Counahan le Navigateur, comme nous l'appelions.

— Nick Counahan ! il n'allait jamais à bord pour une nuit sans une baquetée de rhum quelque part dans sa déclaration de marchandises, dit Tom Platt, en remettant la conversation dans la bonne voie. Il avait coutume d'aller bourdonner autour des bureaux maritimes à Boston, en attendant que le bon Dieu le fasse capitaine d'un remorqueur en récompense de ses mérites. Sam Coy, là-bas dans Atlantique Avenue, lui donna la table à son bord durant une année et plus, à cause de ses histoires. Counahan le Navigateur ! Tck ! Tck ! Mort il y a quinze ans, n'est-ce pas ?

— Il y a dix-sept ans, je crois. Il mourut l'année où le *Gaspar Mac Veagh* fut construit ; mais il ne pouvait jamais mettre les choses à leur place. Steyning le prit pour la même raison que le voleur prit le poêle brûlant... parce que, cette saison-là, il n'y avait rien autre. Les hom-

mes étaient tous sur le Banc, et Counahan, lui,
ramassa une damnée et rude compagnie de
gens comme équipage. Du rhum ! On aurait
pu mettre à flot la *Marilla*, assurance et tout,
dans ce qu'ils en fourrèrent à bord. Ils quittè-
rent le port de Boston pour le Grand Banc
avec un vent de nord-ouest grondant derrière
eux, et tout le monde plein comme un œuf. Et
il faut croire que le ciel veilla sur eux, car ils
accomplirent de diables de quarts, et mirent
la main sur Dieu sait quels cordages avant de
voir le fond d'un tonneau de jus de punaise de
quinze gallons. Cela fit environ une semaine, autant que Counahan pût se rappeler. (Si j'étais
seulement capable de raconter l'histoire comme
lui !) Tout ce temps-là, le vent souffla comme
vieille gloire, et la *Marilla* — c'était l'été, et
ils lui avaient mis un petit mât de hune — prit
droit sa route et la garda. Alors Counahan s'em-
para du « hog-yoke », trembla dessus un bon
moment, et découvrit, grâce à lui, à la carte et en
dépit de tout ce qui lui bourdonnait d'alcool dans
la tête, qu'ils étaient au sud de Sable Island, en
train d'avancer glorieusement, mais sans trouver
à qui parler. Puis ils mirent un autre barillet en
perce, et cessèrent de prévoir quoi que ce fût
pendant un nouveau laps de temps. La *Marilla*
penchait quand elle perdit de vue le feu de Boston, et elle ne quitta jamais sa ligne de vent
jusqu'à ce moment-là, s'appuyant toujours sur
un seul et même angle. Mais ils ne virent ni

goémon, ni goélands, ni goélettes; tout à coup ils s'aperçoivent qu'ils sont partis depuis quelque chose comme quatorze jours, et ils soupçonnent le Banc d'avoir suspendu ses paiements. Là-dessus, ils mirent la sonde et trouvèrent soixante brasses. « C'est bien moi ! dit Counahan. C'est « bien moi, toujours le même ! Je l'ai fait courir « droit sur le Banc pour vous, et quand nous « atteindrons trente brasses, nous irons nous cou- « cher comme de bons petits hommes. Counahan « est un brave, dit-il. Counahan le Navigateur ! »

« Au coup de sonde suivant, ils trouvèrent qua- tre-vingt-dix. Counahan dit alors : « Ou la ligne « s'est mise à s'allonger, ou bien le Banc a som- « bré ».

« Ils la ramenèrent, et ils étaient alors juste au point où on se prend encore au sérieux ; puis ils s'assirent sur le pont à compter les nœuds et à emmêler la sonde sans plus de démêlage possi- ble. La *Marilla* avait continué son allure et la conservait. Tout à coup s'en vient traîner par là un flâneur, et Counahan s'adresse à lui :

« Est-ce que vous n'auriez pas vu par ici des « bateaux de pêche ? » dit-il tout à fait comme « par hasard.

— Il y en a toute une ligne là-bas sur la côte « d'Irlande, répond le flâneur.

— Ah ! allons, va-t'en au diable! dit Counahan. « Qu'ai-je à faire avec la côte d'Irlande ?

— Alors, qu'est-ce que vous faites ici? dit le « flâneur.

— Sang du Christ ! dit Counahan (il disait
« toujours cela quand ses pompes ne marchaient
« pas, et quand il sentait que ça allait de tra-
« vers). Sang du Christ ! dit-il, où suis-je donc ?

— A trente-cinq milles ouest-sud-ouest du cap
« Clear, dit le flâneur, si cela peut vous être de
« quelque consolation. »

« Counahan fit un bond de quatre pieds sept
pouces, mesurés par le cuisinier.

« De consolation ! dit-il, fier comme Artaban.
« Est-ce que vous me prenez pour une épave ?
« Trente-cinq milles du cap Clear, et quatorze
« jours du feu de Boston. Sang du Christ ! c'est
« un record, et par la même occasion, j'ai une
« mère à Skibbereen !

« Pensez donc ! La bile qu'ils se faisaient !
Mais, vous le voyez, il ne pouvait jamais mettre
les choses à leur place. L'équipage se composait
surtout d'hommes de Cork et de Kerry [1], à l'ex-
ception d'un de Maryland [2], qui voulait qu'on
retournât, mais qui fut traité de rebelle ; et ils
amenèrent la vieille *Marilla* dans Skibbereen,
où, pendant une semaine, ils se la coulèrent
douce en visites à la ronde avec les pays. Puis
ils repartirent, et il leur en coûta trente-deux
jours pour battre le Banc de nouveau. On arrivait à l'automne, et les vivres baissaient ; aussi
Counahan ramena-t-il la *Marilla* à Boston en se
fichant du reste.

1. Cork et Kerry, provinces d'Irlande.
2. Maryland, province des États-Unis.

— Et qu'est-ce qu'en dit la maison de commerce ? demanda Harvey.

— Qu'est-ce qu'ils pouvaient dire ? Le poisson était sur le Banc, et Counahan était au débarcadère T, en train de causer de son record dans l'Est ! Ils tâchèrent de s'en contenter. Et tout ça, c'est venu de n'avoir pas commencé par mettre l'équipage et le rhum chacun à sa place, et ensuite d'avoir confondu Skibbereen avec Queereau. Counahan le Navigateur, paix à son âme ! C'était un hardi citoyen !

— Une fois que j'étais sur la *Lucy Holmes*, dit Manuel de sa voix douce, voilà qu'ils ne veulent pas de son poisson dans Gloucester. Oui-da ? Ils ne nous en donnent rien. Là-dessus nous traversons la mer, et pensons à vendre à quelque homme de Fayal¹. Puis le vent fraîchit, et nous ne pouvons plus bien voir. Oui-da ? Voilà le vent qui fraîchit encore, et nous descendons en dessous et filons très vite... personne ne sait où. Bientôt nous apercevons une terre, et voilà qu'il se met à faire un peu chaud. Alors arrivent deux, trois nègres dans un brick. Oui-da ? Nous demandons où nous sommes, et ils répondent... Or donc, qu'est-que vous pensez qu'ils répondent ?

— Grandes Canaries, » dit Disko au bout d'un moment.

Manuel secoua la tête en souriant.

« Blanco, dit Tom Platt.

1. Iles des Açores.

— Non. Pire que cela. Nous étions au-dessous de Bissagos, et le brick était de Libéria ! Du coup, nous y vendons notre poisson ! Pas mauvais, hein ! Oui-da ?

— Est-ce qu'une goélette comme ceci peut faire droit la traversée jusqu'en Afrique ? demanda Harvey.

— Doubler le cap Horn s'il y a quelque chose qui en vaille la peine et si les vivres tiennent encore, dit Disko. Mon père, lui, fit aller son bachot, c'était une sorte de chasse-marée d'environ cinquante tonneaux, je crois... le *Rupert*, le fit aller jusqu'aux montagnes de glace du Groenland, l'année où la moitié de notre flottille essayait de poursuivre la morue jusque-là. Et, ce qui est mieux, il emmena ma mère avec lui, histoire de lui montrer, je présume, comment la monnaie se gagnait. Ils furent enveloppés par les glaces, et je naquis à Disko. Je ne me souviens de rien de tout cela, naturellement. Nous revînmes quand la glace fléchit, au printemps, et on me donna le nom de l'endroit. C'est plutôt un méchant tour à jouer à un bébé, mais nous sommes tous destinés à commettre des erreurs dans notre vie.

— Pour sûr ! Pour sûr ! dit Salter, en hochant la tête. Tous destinés à commettre des erreurs, et je vous dirai à vous deux, mousses ici présents, qu'après que vous avez commis une erreur, vous n'en commettez pas moins de cent par jour, le mieux est ensuite de la reconnaître, en hommes. »

Long Jack lança un coup d'œil, un formidable

coup d'œil, qui embrassa tout le monde, sauf
Disko et Salters, et l'incident fut clos.

Puis ils s'en allèrent de mouillage en mouillage vers le nord, les doris dehors presque chaque
jour, marchant le long de la lisière est du Grand-
Banc par trente ou quarante brasses d'eau, et
pêchant sans discontinuer.

Ce fut là que, pour la première fois, Harvey
rencontra l'encornet, un des meilleurs appâts
pour la morue, mais d'humeur fort changeante.
Ils furent tirés de leurs couchettes, une nuit qu'il
faisait noir, par les cris de Salters : « L'encornet ! ohé ! » Et, pendant une heure et demie,
chacun à bord resta pendu sur sa *turlute*, un
morceau de plomb peint en rouge et armé à sa
base inférieure d'un cercle d'épingles recourbées
en arrière comme les baleines d'un parapluie
entr'ouvert. L'encornet — pour quelque motif
inconnu — aime cette chose autour de laquelle
il s'enroule, et on l'amène avant qu'il ait pu échapper aux épingles. Mais, en abandonnant sa retraite,
il seringue d'abord de l'eau et ensuite de l'encre
au visage de son ravisseur. Et c'était curieux de
voir les hommes tourner brusquement la tête
pour esquiver le jet. Ils étaient aussi noirs que
des ramoneurs lorsque tout ce remue-ménage prit
fin ; mais un tas d'encornet frais gisait sur le
pont, et la grosse morue s'accommode fort bien d'un
brillant petit morceau de tentacule d'encornet à
l'extrémité d'un hameçon. Le jour suivant, ils

prirent beaucoup de poisson, et ils rencontrèrent le *Carrie Pitman* à qui ils crièrent leur veine. Il exprima le désir de faire l'échange : sept morues pour un encornet de belle taille ; mais Disko n'accepta pas le prix, et le *Carrie* s'éloigna maussadement sous le vent pour aller mouiller à un demi-mille de là, dans l'espoir d'en attraper pour son propre compte.

Disko ne dit rien jusqu'après souper : alors, il envoya Dan et Manuel flotter le câble du *We're Here*, et annonça son intention d'aller se coucher avec la hache. Dan, naturellement, répéta tout cela au doris du *Carrie*, lequel voulait savoir pourquoi ils flottaient leur câble, puisqu'ils n'étaient pas sur un fond de roche.

« Papa dit qu'il ne risquerait pas un bac dans un rayon de cinq milles autour de vous ! hurla Dan gaiement.

— Pourquoi ne s'en va-t-il pas ? Qu'est-ce qui l'en empêche ? dit l'autre.

— Parce que c'est comme si vous aviez pris l'avantage du vent sur lui, et c'est une chose qu'il ne souffrira d'aucun bateau, sans parler d'une fascière comme vous qui ne fait que dériver.

— Il n'a pas dérivé un brin durant cette campagne », dit l'homme avec colère.

Car le *Carrie Pitman* avait la réputation déplaisante de briser l'équipement de son ancre.

« Alors, comment se fait-il que vous mouilliez ? dit Dan. C'est son meilleur moment pour se promener. Et s'il ne dérive plus, que diable faites-vous de ce nouveau bout dehors de foc ? »

Le coup porta.

« Hé, toi là-bas, espèce de joueur d'orgue portugais ! ramène donc ton singe à Gloucester. Retourne à l'école, Dan Troop, telle fut la réponse.

— Waterproofs ! Waterproofs ! » glapit Dan, qui savait que l'un des hommes de l'équipage du *Carrie* avait travaillé dans une fabrique de waterproofs l'hiver précédent.

« Espèce de crevette de Gloucester ! Veux-tu bien sortir de là, gas de la Nouvelle ! »

On n'est jamais bien reçu lorsqu'on traite un homme de Gloucester d'habitant de la Nouvelle-Écosse. Dan répondit en conséquence.

« De la Nouvelle vous-mêmes, espèces de bourgeois galeux, pirates de Chatham ! Voulez-vous bien sortir de là avec votre brick dans vos bas. »

Et les puissances se séparèrent, mais Chatham avait eu le dessous.

« Je savais bien comment cela marcherait, dit Disko. Il a déjà fait changer le vent. Il n'y a donc personne pour mettre l'interdit sur ce bachot-là ? Il va ronfler jusqu'à minuit, et juste au moment où nous allons nous endormir, il va partir à l'aventure. Heureux que par ici nous ne soyons pas entourés de bateaux. Mais je ne suis pas prêt à lever l'ancre pour Chatham. Il peut rester là. »

Le vent, qui avait déjà tourné, se leva au coucher du soleil et se mit à souffler d'une façon plus soutenue. Il n'y avait pas toutefois assez de mer pour agiter même le palan d'un doris. Mais le *Carrie Pitman* n'obéissait qu'à lui-même ; les mousses n'avaient pas fini leur quart qu'ils entendirent à bord de l'autre bateau un bruit comme le *crack-crack-crack* de ces revolvers énormes qu'on charge par la bouche.

« Gloria ! Gloria ! Alleluia ! chanta Dan. Voici qu'il s'amène, papa, le gros bout par devant, et qu'il marche en dormant comme il faisait à Queereau. »

Se fût-il agi de tout autre bateau, que Disko eût laissé les choses aller au petit bonheur ; mais, en l'occurrence, il coupa le câble au moment où le *Carrie Pitman*, faisait des embardées en se dirigeant sur eux. Le *We're Here*, sous son foc et sa voile de cape, ne lui donna pas plus de champ qu'il n'était absolument nécessaire — Disko n'avait pas envie de dépenser une semaine à courir après son câble — mais il se tira des pattes en filant au vent, tandis que le *Carrie* passait à facile portée de voix, bateau silencieux et colère, à la merci d'une bordée délirante de grosses plaisanteries du Banc.

« Bonsoir, dit Disko, en soulevant sa coiffure, et comment ça pousse-t-il dans votre jardin ?

— Va-t'en dans l'Ohio louer une mule, dit l'oncle Salters. Pas besoin de cultivateurs ici.

— Faut-il que je vous prête mon ancre de doris ? cria Long Jack.

— Débarque ton gouvernail et colle-le dans la vase ! dit Tom Platt.

— Dites donc ! (La voix de Dan s'éleva aiguë

et perçante du haut de la cage de la roue sur laquelle il se tenait debout). Di-ites donc ! Est-ce que la fabrique de waterproofs fait grève ; ou bien ont-ils embauché des filles ?

— Virez les drosses de gouvernail ! cria Harvey, et clouez-les au fond. »

C'était une de ces plaisanteries fleurant le sel, dont Tom Platt lui avait donné l'idée. Manuel se pencha par-dessus l'arrière pour crier :

« Johnna Morgan joue de l'orgue ! Ah ! ah ! ah ! »

Il agita son large pouce dans un geste de mépris et de dérision indicibles, tandis que le petit Pen se couvrait de gloire en criant sur un ton sifflant :

« Tout doux. Hsssh ! Viens donc ici. Ah ! ah !»

Ils se balancèrent sur leur chaîne pour le reste de la nuit, d'un mouvement court, cassé, malaisé, comme le trouva Harvey, et perdirent une moitié de l'après-midi pour retrouver le câble. Mais les mousses furent d'avis que ce n'était pas trop cher acheter le triomphe et la gloire, et ils pensèrent avec chagrin à toutes les autres belles choses qu'ils auraient pu dire au *Carrie* déconfit.

1. Vieille chanson de mer.

VII

Le jour suivant, ils tombèrent sur un plus grand nombre de voiles, qui tournaient toutes lentement de l'est-nord-est vers l'ouest. Mais, juste au moment où ils s'attendaient à faire les bancs du côté de la Vierge, la brume se referma sur eux, et ils jetèrent l'ancre, environnés du tintement de cloches invisibles. On ne se livra guère à la pêche ; mais de temps en temps un doris en rencontrait un autre dans le brouillard, et faisait avec lui échange de nouvelles.

Cette nuit-là, un peu avant le jour, Dan et Harvey, qui avaient dormi une partie de la journée, se glissèrent hors de leurs couchettes pour chiper des beignets. Il n'y avait aucune raison pour qu'ils les prissent en se cachant, mais cela les leur rendait meilleurs et faisait enrager le cuisinier. La chaleur et l'odeur de la cuisine les chassèrent sur le pont avec leur butin, et ils trouvèrent Disko à la cloche. Il la passa à Harvey.

« Continue de la faire aller, dit-il. Il me semble que j'entends quelque chose. Quoi que ce puisse être, je ne saurais me trouver mieux que là où je suis pour voir venir les événements. »

C'était un petit tintement esseulé. L'atmosphère épaisse semblait le prendre comme une pincée ; et, dans les temps d'arrêt, Harvey entendit le cri voilé d'une sirène de paquebot. Or, il en savait assez sur le Banc pour comprendre ce que cela voulait dire. Il lui revint, avec une horrible netteté, comment un petit jeune homme en jersey rouge cerise — il détestait maintenant les vestons de fantaisie avec tout le mépris d'un pêcheur — comment un petit jeune homme ignorant, bruyant, avait une fois déclaré que ce serait quelque chose d' « épatant » si un steamer coulait un bateau de pêche. Ce petit jeune homme-là avait une cabine particulière avec bain chaud et bain froid, et dépensait dix minutes chaque matin à faire son choix sur un menu doré sur tranche. Et ce même petit jeune homme — non, son frère plus âgé de beaucoup — était en ce moment debout, à quatre heures, dans l'aurore à peine distincte, en cirés ruisselants et craquetants, en train d'agiter, littéralement pour le salut de sa vie, une cloche plus petite que celle avec laquelle le stewart annonçait le premier déjeuner, tandis que quelque part à portée de la main, une proue d'acier haute de trente pieds chargeait à vingt milles à l'heure ! Et le plus amer, c'est qu'il y avait là des gens en train de dormir dans des cabines sèches et tapissées, appelés à toujours ignorer qu'ils avaient massacré un bateau avant leur petit déjeuner. Aussi Harvey l'agitait-il, la cloche !

« Oui, ils ralentissent d'un tour leur sacré propulseur, pour rester dans les bornes de la loi, dit Dan, en appliquant lui-même la bouche à la conque de Manuel, et c'est consolant quand on est tous au fond. Écoute-le ! c'est quelqu'un de pressé ! »

« *Aououou-whouououou-whoup !* » allait la sirène.

« *Wingle-tingle-tink,* » allait la cloche.

« *Graaa-ouch !* » allait la conque, tandis que la mer et le ciel se confondaient en un brouillard laiteux.

Alors, Harvey se sentit tout près d'un grand corps mouvant, et se surprit en train de regarder là-haut, tout là-haut, le bord humide d'une proue de navire, assez semblable au rebord d'une falaise, qui se précipitait droit, on eût dit, sur la goélette. Un gentil petit panache d'eau frisait à l'avant, et montrait en se soulevant une longue échelle de chiffres romains — XV, XVI, XVII, XVIII, et ainsi de suite — sur une lumineuse paroi couleur saumon. Il fonça de l'avant avec un « ssssououou » à vous glacer le cœur ; l'échelle disparut ; une ligne de sabords cerclés de cuivre jeta un éclair au passage ; un jet de vapeur fusa sur les mains de Harvey levées en signe d'imploration ; une trombe d'eau chaude gronda le long de la lisse du *We're Here*, et la petite goélette chancela et trembla dans le torrent d'eau tordue par l'hélice, tandis qu'un arrière de paquebot s'évanouissait dans le brouillard.

Harvey se sentait prêt à perdre connaissance ou à tomber malade, et peut-être les deux, lorsqu'il entendit un craquement semblable à celui d'une malle jetée sur un trottoir et, à peine perceptible à son oreille, une voix lointaine qui criait sur un ton traînard : « Arrêtez, là ! Vous nous avez coulés ! »

« Est-ce nous ? dit-il à bout de souffle.

— Non ! Un bateau, là-bas plus loin ! Sonne ! Nous allons voir », dit Dan, en mettant dehors un doris.

En une demi-minute, tous, sauf Harvey, Pen et le cuisinier, étaient hors du bord et déjà loin. Soudain, le tronc d'un mât de misaine de goélette, cassé net par le travers, passa à la dérive à l'avant du *We're Here*. Puis un doris vide, peint en vert, s'en vint cogner à la coque de la goélette, comme pour demander qu'on le prît à bord. Suivit après cela quelque chose, face à l'envers, en jersey bleu, mais, ce n'était pas la totalité d'un homme. Pen changea de couleur et retint sa respiration avec un « tic tac » de la gorge. Harvey frappa désespérément sur la cloche, car il craignait qu'on ne les coulât à chaque minute, et il sauta à portée de voix de Dan dès que l'équipage revint.

« La *Jennie Cushman*, dit Dan avec un rire nerveux, coupée net en deux, mise en miettes et éparpillée aux quatre vents ! A moins d'un quart de mille. Papa a pu avoir le vieux. Il n'y a plus

personne autre, et il y avait aussi son fils. Oh !
Harvey, Harvey, c'est une chose que je ne peux
supporter ! J'ai vu... »

Il laissa tomber sa tête sur ses bras et sanglota,
tandis que les autres traînaient à bord un homme
à tête grise.

« Pour quoi faire que vous m'avez repêché ?
grogna l'étranger. Disko, pour quoi faire que tu
m'as repêché ? »

Disko appesantit une lourde main sur son
épaule, car l'homme avait les yeux hagards et
ses lèvres tremblaient tandis qu'il fixait l'équipage silencieux. Alors, tout haut parla Pensylvanie Pratt, qui était aussi bien Haskins ou Rich
ou Mac Vitty, quand l'oncle Salters oubliait ;
ses traits se métamorphosèrent, et de ceux d'un
niais devinrent ceux d'un homme chargé d'ans et
de sagesse. Puis il prononça d'une voix forte :

« Le Seigneur a donné, et le Seigneur a repris ;
loué soit le nom du Seigneur ! Je fus, je suis
ministre de l'Évangile. Laissez-le-moi.

— Oh ! vraiment, l'êtes-vous ? dit l'homme. Alors,
priez pour que mon fils me soit rendu ! Priez pour
que me soient rendus un bateau de neuf mille
dollars et mille quintaux de poisson. Si vous
m'aviez laissé, ma veuve serait allée à la Pré-
voyance et aurait travaillé pour gagner sa vie,
et elle n'eût jamais su... jamais su. Maintenant, il
me faudra lui raconter....

— Il n'y a rien à dire, prononça Disko. Le
mieux est de te coucher un brin, Jason Olley. »

Lorsqu'un homme a perdu son fils unique, le travail d'un été, et ses moyens d'existence, en trente secondes, montre en main, il est difficile de lui fournir des consolations.

« Tous de Gloucester, n'est-ce pas ? demanda Tom Platt, en jouant d'un air désespéré avec un taquet de doris.

— Après tout, qu'est-ce que cela fait ? dit Jason, en tordant sa barbe mouillée. Je promènerai les baigneurs cet automne aux environs d'East Gloucester. »

Il gagna lourdement le bordage, en chantant :

Happy birds that sing at
Round thine altars, O most high[1]!

« Viens avec moi. Viens en bas, dit Pen, comme s'il avait droit à donner des ordres. »

Leurs yeux se rencontrèrent et se livrèrent une lutte de quelques secondes.

« Je ne sais pas qui vous êtes, mais je viens, fit Jason avec soumission. Peut-être bien que cela me fera rentrer en possession des... de quelques-uns des... neuf mille dollars. »

Pen le conduisit dans la cabine dont il glissa la porte derrière lui.

« Ce n'est pas Pen, s'écria l'oncle Salters ; c'est Jacob Boller ; et il se rappelle Johnstown ! Je n'ai jamais vu de ces yeux-là dans aucune tête

---

1.   Heureux les oiseaux qui chantent et volent
      Autour de tes autels, ô Très-Haut !

humaine. Qu'est-ce qu'il va falloir faire maintenant ? Qu'est-ce qu'il faut que je fasse ? »

On put entendre la voix de Pen et celle de
Jason s'élever ensemble. Puis Pen continua seul ;
et Salters ôta son chapeau, car Pen était en train
de prier.

Tout à coup, le petit homme parut au haut des
marches, le visage inondé de larges gouttes de
sueur, et regarda l'équipage. Dan sanglotait toujours contre la roue.

« Il ne nous reconnaît pas, grommela Salters.
C'est tout à refaire encore, le trictrac et le reste...
et que va-t-il me dire, à moi ? »

Pen parla. Ils purent voir qu'il s'adressait
comme à des étrangers.

« J'ai prié, dit-il. Notre monde a foi dans la
prière. J'ai prié pour le fils de cet homme. Les
miens ont été noyés sous mes yeux, elle et mon
fils aîné... et les autres. Un homme peut-il montrer plus de sagesse que son Créateur ? Je n'ai
jamais prié pour qu'ils recouvrent la vie. Et voilà
que j'ai prié pour le fils de cet homme... et ce fils
lui sera certainement rendu. »

Salters jeta sur Pen un regard d'imploration
pour voir s'il se rappelait.

« Combien de temps ai-je été fou ? demanda
Pen soudain, la bouche parcourue de contrac-
tions.

— Bah ! Pen, tu n'as jamais été fou ! commença
Salters. C'était seulement comme si tu avais été
un peu absent.

— J'ai vu les maisons marteler le pont avant que les incendies s'allument. Je ne me rappelle plus rien. Combien y a-t-il de temps de cela ?

— C'est une chose que je ne peux pas supporter ! Je ne peux pas ! cria Dan. »

Et Harvey se mit à gémir de concert.

« Cinq ans environ, répondit Disko d'une voix tremblante.

— Ainsi, j'ai été chaque jour à la charge de quelqu'un pendant tout ce temps-là. Qui était-ce ? »

Disko désigna Salters.

« Mais non ! mais non ! s'écria le cultivateur-marin en se tordant les mains. Tu as gagné plus que deux fois ton entretien, et c'est moi qui te dois de l'argent, Pen, outre la moitié de ma part dans ce bateau, qui t'appartient pour valeur reçue.

— Vous êtes de braves gens. Cela se voit sur vos visages. Mais...

— Sainte Mère de Dieu ! murmura Long Jack. Et dire qu'il a été avec nous pendant toutes ces campagnes ! Il est tout à fait ensorcelé. »

La cloche d'une goélette se fit entendre le long du bord, et une voix héla à travers le brouillard :

« Ohé, Disko ! Entendu parler de la *Jennie Cushman* ?

— Ils ont retrouvé son fils ! s'écria Pen. Tenez-vous tranquilles, et voyez la main du Seigneur ?

— Recueilli Jason ici à bord, répondit Disko, dont la voix tremblait... Y a-t-il... y en avait-il d'autres ?

— Nous en avons trouvé un, nous aussi. Nous sommes tombés en travers, il était entortillé dans un méli-mélo d'épaves qui pouvaient bien avoir été un gaillard d'avant. Il a la tête un peu fendue.

— Qui est-ce ? »

Tous les cœurs, à bord du *We're Here*, battirent d'un même mouvement.

« Je crois que c'est le jeune Olley, » dit la voix d'un ton traînant.

Pen éleva les mains et dit quelque chose en allemand. Harvey aurait juré que sur son front levé dardait le plus éclatant soleil ; mais la voix au ton traînant poursuivit :

« Di...ites donc ! Vous autres, copains, vous vous êtes chouettement moqués de nous l'autre nuit !

— Nous ne sommes guère en train de le faire en ce moment, repartit Disko.

— Je le sais ; mais pour dire honnêtement la vérité, nous... *chassions*, plutôt... oui, nous *chassions*, quand nous sommes tombés sur le jeune Olley. »

C'était l'irrépressible *Carrie Pitman*, et un tremblant éclat de rire s'éleva du pont du *We're Here*.

« Est-ce qu'il ne vaudrait pas mieux que vous nous envoyiez le vieux à bord ? Nous rentrons pour prendre de la boëtte et un équipement d'ancre. J'imagine que vous n'avez pas besoin de lui en tout cas, et ce sacré travail de cabestan fait que nous manquons d'homme. Nous en prendrons soin. Il est marié à la tante de ma femme.

— Je peux vous donner tout ce que vous voudrez dans le bateau, proposa Troop.

— Besoin de rien, sauf, peut-être, une ancre qui tienne. Dites ? Le jeune Olley commence à se montrer plutôt inquiet et agité. Envoyez-nous le vieux ! »

Pen tira le vieil Olley de la stupeur où l'avait plongé son désespoir, et Tom Platt l'emmena à force de rames. Il s'en alla sans un mot de remerciement, ne sachant ce qui arrivait. La brume se referma sur le tout.

« Et maintenant... fit Pen, en prenant longuement sa respiration comme s'il allait prêcher. Et maintenant — son corps tout tendu rentra en lui-même comme une épée rentre dans le fourreau; dans ses yeux trop brillants la lumière s'éteignit; sa voix reprit son petit ricanement touchant — et maintenant, dit Pensylvanie Pratt, croyez-vous qu'il soit trop tôt pour une petite partie de trictrac, Monsieur Salters ?

— Tout juste... tout juste ce que j'allais dire moi-même, s'écria promptement Salters. C'est renversant, Pen, la façon dont tu devines ce qui se passe dans l'esprit d'un homme. »

Le petit personnage rougit et suivit docilement Salters à l'avant.

« Lève l'ancre ! Dépêchons ! Quittons ces sales eaux-là ! » cria Disko.

Jamais plus promptement il ne fut obéi.

« Et maintenant, que diable supposez-vous que tout cela signifie ? demanda Long Jack, lorsqu'ils furent une fois de plus en train de trimer dans le brouillard, trempés, dégouttants, et encore sous le coup de l'étonnement.

— Tout ce que je comprends là dedans, répondit Disko qui se tenait à la roue, en parlant de Pen, le voici : l'affaire de la *Jennie Cushman* est arrivée à un ventre vide.

— Il... nous avons vu un des hommes passer, sanglota Harvey.

— Et c'est cela, naturellement, qui l'a échoué, tout juste comme un bateau au rivage ; c'est cela qui l'a mené tout droit, j'imagine, à se rappeler Johnstown et Jacob Boller et un tas d'autres souvenirs. Alors, de consoler Jason, cela l'a maintenu un bout de temps, tout comme on accore un bateau. Puis, comme il est faible, les étais lui ont manqué l'un après l'autre, et il a glissé jusqu'en bas des chantiers, et maintenant le voilà à flot de nouveau. C'est tout ce que moi, du moins, je comprends là-dedans. »

Il fut admis que Disko était entièrement dans le vrai.

« Cela aurait tout retourné Salters, dit Long Jack, si Pen était resté Jacob Boller pour de bon. Avez-vous vu sa figure quand Pen lui a demandé à la charge de qui il avait été toutes ces dernières années ? Comment va-t-il, Salters ?

— Il dort d'un sommeil de plomb. Il s'est mis au lit comme un enfant, répondit Salters, en gagnant l'arrière sur la pointe du pied. Naturellement, il n'y aura pas de boulottage jusqu'à ce qu'il s'éveille. Avez-vous jamais vu pareille disposition pour la prière? Il a véritablement fait rendre à l'Océan le jeune Olley. Pour moi, j'y crois en toute sincérité. Jason était fichtrement orgueilleux de son garçon, et j'ai tout le temps soupçonné que Dieu le punissait à cause qu'il adorait de vaines idoles.

— Il y en a d'autres tout aussi sots, fit Disko.

— Cela, c'est différent, rétorqua promptement Salters. Pen n'est pas très bien calfaté, et je ne fais que remplir mon devoir vis-à-vis de lui. »

Ils attendirent trois heures, ces hommes affamés, que Pen réapparût, le visage rassis et ne se souvenant plus de rien. Il déclara qu'il croyait avoir rêvé. Puis il voulut savoir pourquoi ils étaient si taciturnes, et ils ne purent le lui dire.

Disko fit travailler tout le monde sans merci les trois ou quatre jours qui suivirent; et, lorsqu'ils ne pouvaient pas sortir, il leur faisait faire demi-tour dans la cale pour empiler les provisions du navire dans un plus petit espace afin de ménager plus de place pour le poisson. La masse entassée allait de la cloison de la cabine à la porte à coulisses, derrière le poêle du poste; et Disko montra comme quoi c'est tout un art de savoir arrimer le chargement de façon à amener une goélette à son meilleur tirant d'eau. L'équipage se trouva ainsi tenu en haleine jusqu'à ce qu'il eût recouvré ses esprits; et Long Jack chatouilla Harvey d'un bout de corde, sous prétexte qu'il se montrait, disait l'homme du Galway,

« aussi mélancolique qu'un chat malade pour des choses qu'on ne pouvait empêcher ». L'esprit du jeune garçon travailla beaucoup pendant ces sombres journées; il dit à Dan ce qu'il pensait, et Dan fut de son avis — même pour demander les beignets au lieu de les chiper.

Mais, une semaine plus tard, tous deux firent presque chavirer la *Hattie S.*, dans une tentative furieuse pour poignarder un requin à l'aide d'une vieille baïonnette attachée à un bâton. Le monstre farouche se frottait le long du doris en quête du fretin, et ce fut une grâce d'état que tous trois s'échappassent en vie.

Enfin, après avoir bien joué à colin-maillard dans la brume, vint un matin où Disko, du haut du gaillard d'avant, cria :

« Dépêchons, mes garçons! Nous voilà en ville! »

VIII

Jusqu'a la fin de ses jours jamais Harvey n'oubliera le spectacle. Le soleil était juste au-dessus de l'horizon qu'ils n'avaient pas vu depuis près d'une semaine, et sa lumière rouge venait en rasant frapper les voiles de cape des trois flottilles de goélettes à l'ancre, une au nord, une vers l'ouest, et une au sud. Il devait y en avoir presque un cent, de toutes formes et constructions possibles, avec, dans le lointain, une française aux voiles carrées, toutes s'entre-saluant et se faisant des révérences. De chaque bateau s'égrenaient les doris, comme des abeilles qui tombent d'une ruche encombrée, et la clameur des voix, le grincement des cordages et des poulies, le bruit des avirons portaient à des milles sur l'ample soulèvement des houles. Les voiles prenaient toutes les couleurs, le noir, le gris perle, le blanc, à mesure que montait le soleil; et des bateaux toujours plus nombreux émergeaient de la brume vers le sud.

Les doris s'assemblaient en groupes, se séparaient, se reformaient, se rompaient de nouveau, tous suivant la même direction; tandis que les

hommes se hélaient, sifflaient, hurlaient et chantaient, et que l'eau se mouchetait d'un tas de
détritus jetés par-dessus bord.

« C'est une ville, dit Harvey, Disko avait raison. C'est en effet une ville !

— J'en ai vu de plus petites, déclara Disko. Il
y a environ un millier d'hommes ici ; et voici
là-bas la Vierge. »

Il désigna un espace libre de mer verdâtre où
l'on ne voyait pas de doris.

Le *We're Here* fit le tour de l'escadrille nord
en la serrant de près, Disko saluant de la main
amis sur amis, et mouilla avec autant de correction
qu'un yacht de course à la fin de la saison. La
flottille du Banc a pour habitude de laisser passer
en silence une bonne manœuvre ; mais gare au
maladroit, il est l'objet de railleries tout le long
de la ligne.

« Juste en temps pour le petit capelan », cria
la *Mary Chilton*.

« Le sel presque employé ? » demanda le *King
Philip*.

« Hé ! Tom Platt. Viens-tu souper ce soir ? »
demanda le *Henry Clay*.

Et questions et réponses volaient ainsi de part
et d'autre. Certains d'entre eux s'étaient déjà rencontrés à la pêche en doris dans le brouillard, et
il n'est pas d'endroit où l'on bavarde plus que
dans la flottille du Banc. Il semblaient tous au
courant du sauvetage de Harvey, et demandaient
s'il gagnait déjà son sel. Les jeunes têtes ardentes

plaisantaient avec Dan, lequel pour son compte avait la langue bien pendue, et s'enquéraient de leur santé par les sobriquets de ville qui leur plaisaient le moins. Les compatriotes de Manuel baragouinaient avec lui dans leur langue; et il n'est pas jusqu'au silencieux cuisinier qui ne fut surpris à cheval sur le bout-dehors du foc, en train de crier du gaélique à un ami aussi noir que lui. Après qu'ils eurent flotté le câble — tout le tour de la Vierge est en fonds rocheux, et la négligence se traduit par des équipements d'ancre éraillés et le danger de dériver — après qu'ils eurent flotté le câble, leurs doris s'en allèrent rejoindre le rassemblement de bateaux ancrés à un mille de là environ. Les goélettes roulaient et tanguaient à distance prudente, comme des mères canes qui veillent sur leur couvée, alors que les doris se conduisaient en canetons qui manquent de maintien.

Comme ils pénétraient au milieu de la confusion où les bateaux s'entre-choquaient, Harvey sentit ses oreilles tinter aux remarques qu'on faisait sur sa nage. Tous les dialectes en usage depuis le Labrador jusqu'à Long Island, y compris le portugais, le napolitain, le sabir, le français et le gaélique, avec des chansons, des acclamations et de nouveaux jurons, retentissaient autour de lui, et il semblait qu'il fût le point de mire de tout cela. Pour la première fois de sa vie il se sentit intimidé — peut-être un si long séjour avec ses seuls compagnons du *We're Here* en était-il la cause — au milieu de ce tas de visages farouches qui se dressaient et se renfonçaient suivant les mouvements des petites embarcations vacillantes. Une houle paisible, comme la respiration d'un être apaisé, laquelle comptait six cents mètres d'étendue entre son creux et sa crête, soulevait paresseusement sur son dos une enfilade de doris aux couleurs variées. Ils restaient un instant suspendus, étrange frise sur la ligne du ciel, pendant que leurs hommes brandissaient le bras et hélaient. Le moment d'après, les bouches ouvertes, les bras levés et les poitrines nues disparaissaient, et sur une autre vague surgissait une file toute nouvelle de personnages, comme les acteurs de carton d'un théâtre d'enfant. Aussi Harvey ouvrait-il de grands yeux.

« Veille bien! dit Dan, en agitant une épuisette. Quand je te dirai : «Attrape! » tu attraperas. Le capelan peut arriver en bande d'un moment à l'autre à partir de maintenant. Où allons-nous nous mettre, Tom Platt? »

Tout en poussant par-ci, écartant par-là et se déhalant par ailleurs, saluant de vieux amis d'un côté, et de l'autre avertissant de vieux ennemis, le commodore Tom Platt conduisait sa petite flottille bien sous le vent de la cohue générale, et immédiatement trois ou quatre hommes se mirent à hisser leurs ancres avec l'intention de profiter de l'abri des gens du *We're Here*. Mais un éclat de rire s'éleva. Un doris venait de s'élancer hors de son poste avec une rapidité excessive, et l'on en voyait l'occupant tirer furieusement sur l'amarre.

« Donne-lui du jeu! rugirent vingt voix. Tâche qu'il s'en débarrasse.

— Qu'est-ce qu'il y a? demanda Harvey, comme le bateau filait sud avec la rapidité de l'éclair. Il est mouillé, n'est-ce pas?

— Mouillé, oui, c'est assez probable, mais son équipement m'a tout l'air d'un matois, dit Dan en riant. La baleine s'est embrouillée dedans... Attrape, Harvey! Les voici! »

La mer autour d'eux se couvrit comme d'un nuage et s'assombrit, puis ce fut en un frisselis d'averse l'arrivée de tout petits poissons d'argent, et sur un espace de cinq ou six acres la morue commença de sauter comme la truite en mai; derrière la morue trois ou quatre larges dos d'un gris noir partageaient l'eau en gros bouillons.

Alors, au milieu des cris et des appels, chacun tâcha de hisser son ancre pour arriver au milieu du banc de petits poissons, s'embrouilla dans la corde de son voisin et dit ce qu'il avait sur le cœur, puis plongea furieusement dans l'eau son épuisette, et hurla à son compagnon des conseils et des avertissements, tandis que l'abîme fusait comme une bouteille de soda fraîchement débouchée, et que morue, hommes et baleines fonçaient de compagnie sur l'infortunée boëtte. Harvey se trouva presque renversé par-dessus bord par le manche du filet de Dan. Mais, au milieu de tout ce tumulte sauvage, il remarqua, pour ne jamais l'oublier, le petit œil fixe et malicieux — quelque

chose comme l'œil d'un éléphant de cirque —
d'une baleine en train de faire route presque au
ras de l'eau, et qui, déclara-t-il, lui faisait de l'œil.
Trois bateaux virent ces chasseurs insouciants du
sein des mers s'embrouiller dans leurs amarres,
et furent remorqués un demi-mille avant que leurs
chevaux ne se fussent débarrassés de la corde.

Puis le capelan s'éloigna, et cinq minutes plus
tard on n'entendait plus que le clapotement des
plombs de ligne le long du bord, le battement de
la morue, et le bruit des maillets au fur et à
mesure que les hommes étourdissaient le poisson.
Ce fut une pêche miraculeuse; Harvey pouvait
voir la morue luire sous l'eau et nager lentement
en troupes, mordant avec autant de constance
qu'elle nageait. La loi du Banc interdit strictement plus d'un hameçon par ligne quand les
doris sont sur la Vierge ou sur les bancs de l'Est;
mais les bateaux se tenaient si près l'un de
l'autre que les simples hameçons eux-mêmes s'en-
tortillaient, et Harvey se trouva bel et bien en
chaude discussion avec un doux et barbu Terre-
Neuvien d'un côté, et de l'autre un Portugais
braillard.

Pire que le pêle-mêle des lignes de pêche était,
sous l'eau, la confusion des petits câbles de doris.
Chaque homme avait mouillé où bon lui avait
semblé, dérivant et ramant autour de son point
fixe. Lorsque le poisson mordait moins vite, chacun voulait lever l'ancre pour aller chercher un
meilleur terrain; mais il y avait bien un homme

sur trois d'intimement mêlé avec quelque quatre ou cinq voisins. Couper le câble d'autrui est sur le Banc un crime inqualifiable ; et pourtant ce crime fut perpétré, et perpétré sans qu'on découvrît les coupables, trois ou quatre fois ce jour-là. Tom Platt surprit un homme du Maine en plein dans l'acte noir, et le cogna sur le plat-bord avec un aviron, et Manuel traita un compatriote de la même façon. Mais le câble de Harvey fut coupé, de même celui de Pen, et ils durent être transformés en bateaux de décharge pour porter le poisson à bord du *We're Here* au fur et à mesure que les autres doris s'emplissaient. Le capelan revint encore en bancs au crépuscule, et la clameur sauvage recommença ; et lorsque arriva la nuit, ils s'en retournèrent à l'aviron pour procéder à la toilette sous la lumière des lampes à pétrole posées sur le rebord du parc.

Le tas était énorme, et le sommeil les prit en faisant la toilette. Le jour suivant, plusieurs bateaux firent la pêche droit au-dessus de la tête de la Vierge ; et Harvey, au milieu d'eux, put plonger ses regards sur l'herbe même de ce roc isolé qui se hausse à moins de vingt pieds de la surface. La morue s'y trouvait en légions et accomplissait sa procession solennelle sur le goémon au feuillage de cuir. Lorsqu'elles mordaient, elles mordaient toutes ensemble, et il en était de même lorsqu'elles cessaient de mordre. Vers midi, il y eut un moment de relâche, et les doris commencèrent à se mettre en quête d'un amusement. Ce fut Dan qui signala l'arrivée de *The Hope of Prague*, et, comme ses bateaux venaient se joindre à la compagnie, on les accueillit avec cette question :

« Quel est l'homme le plus avare de la flottille. »

Trois cents voix répondirent gaiement :

« Nick Bra-ady. »

Cela résonna comme un chant d'orgue.

« Qui est-ce qui a volé les mèches de lampe? »

C'était Dan qui donnait sa part de contribution.

« Nick Bra-ady, » chantèrent les bateaux.

« Qui est-ce qui a fait bouillir de la boëtte salée à la place de soupe? »

C'était un médisant inconnu à un quart de mille de là.

Le chœur reprit d'une voix joyeuse.

Or, Brady n'était pas particulièrement avare, mais avait cette réputation, et la flottille en tirait tout le parti possible. Puis ils découvrirent un homme d'un bateau de Truro, lequel, six ans auparavant, avait été convaincu du crime qui consistait à se servir d'un attirail de pêche de cinq ou six hameçons — un « scrowger » comme ils appellent cela — sur les hauts-fonds. Naturellement on l'avait baptisé: « Scrowger Jim » ; et, quoique depuis ce temps-là, il se fût toujours tenu caché sur les Georges, il trouva, l'attendant à pleine voix, tous les honneurs qui lui étaient dus. Les pêcheurs entamèrent une sorte de chœur en feu d'artifice :

« Jim ! O Jim ! Jim ! O Jim ! Ssssscrowger Jim ! » qui fit la joie de tout le monde.

Et lorsqu'un homme de Beverly, poète à ses heures, — il avait passé la journée à arranger cela, et ne faisait qu'en parler depuis des semaines — chanta « l'Ancre du *Carrie Pitman* ne le tient pas pour un sou » ! les doris se sentirent vraiment en bonne fortune. Alors, il leur fallut demander à cet homme de Beverly s'il avait du poil aux pattes, tant il est vrai que, fût-on poète, les choses n'en vont pas pour cela toutes seules. Chaque goélette, presque chaque homme vit son tour arriver. Était-il quelque part un cuisinier négligent ou sale ? Les doris le chantaient, lui et sa cuisine. Trouvait-on une goélette mal en point ? La flottille l'apprenait tout au long. Un homme avait-il chipé du tabac à un camarade de table ? On le nommait dans l'assemblée ; et le nom s'en allait rebondir de houle en houle. Les jugements infaillibles de Disko, le bateau de marée que Long Jack avait vendu des années auparavant, la bonne amie de Dan (oh ! mais cela mettait Dan dans une rage !), la malchance de Pen avec les ancres de doris, les idées de Salters sur les engrais, les petits faux pas de Manuel à terre dans les sentiers de la vertu, et l'air de demoiselle avec lequel Harvey maniait l'aviron — tout se voyait étalé en public ; et, à mesure que la brume retombait autour d'eux en plis argentés au-dessous du soleil, les voix semblaient celle d'un tribunal de juges invisibles en train de prononcer des sentences.

Les doris rôdèrent, pêchèrent et se chamaillèrent jusqu'au moment où, la mer grossissant, ils tirèrent davantage chacun de son côté pour mettre leurs flancs à l'abri, pendant que quelqu'un criait que, si la mer continuait à grossir, la Vierge allait briser. Un homme du *Galway*, insouciant, et son neveu prétendirent que non, levèrent l'ancre, et gagnèrent à la rame le dessus du roc même. Nombre de voix leur crièrent de revenir, tandis que d'autres les défiaient de tenir. A mesure que les houles au dos poli passaient en route vers le sud, elles soulevaient le doris de plus en plus haut dans le brouillard pour le laisser retomber dans une eau vilaine, aspirante et toute en tourbillons, où il pirouettait autour de son ancre à un pied ou deux du roc invisible. C'était jouer avec la mort par simple bravade. Les bateaux regardaient dans un silence gêné, quand Long Jack, grimpant à force de rames derrière ses compatriotes, coupa tranquillement leur câble.

« Est-ce que vous ne l'entendez pas cogner? cria-t-il en désignant le rocher. Poussez! au nom de votre vie! Poussez! »

Les hommes jurèrent et voulurent discuter pendant que le bateau dérivait; mais la houle suivante eut un soubresaut, comme un homme qui trébuche sur un tapis. On entendit un sanglot profond, suivi d'un rugissement croissant, et la Vierge rejeta deux larges bandes d'eaux écumantes, blanches, furieuses et lugubres au-dessus de la mer sans profondeur. Alors, tous les bateaux se mirent à applaudir de toutes leurs forces Long Jack, et les hommes du *Galway* retinrent leur langue.

« N'est-ce pas que c'est élégamment fait ? » dit Dan, en se laissant balancer comme un jeune phoque dans son élément. Elle va briser maintenant à peu près une fois par demi-heure, à moins que la houle remplisse bien. Qu'est-ce qu'elle met de temps, d'ordinaire, quand elle travaille, Tom Platt !

— Une fois toutes les quinze minutes, à la minute battante. Harvey, tu as vu la chose la plus étonnante du Banc; et sans Long Jack tu aurais vu mort d'hommes. »

Une rumeur de gaieté partit de l'endroit où la brume reposait plus épaisse et où les goélettes faisaient tinter leurs cloches. Une grande barque avança avec précaution le nez hors du brouillard, et fut accueillie par des acclamations et des cris de : «Venez donc, chérie! » de la part du clan irlandais.

« Tu n'as donc pas d'yeux ? C'est un bateau de Baltimore, et qui tremble de peur bleue ! dit Dan. Nous allons nous fiche de lui à le mettre en quatre morceaux. J'imagine que c'est la première fois que son patron rencontre la flottille sur ce chemin. »

C'était un bateau de huit cents tonneaux, noir et de belle prestance. Sa grand'voile était carguée, et son hunier battait avec indécision dans le peu de vent qui soufflait. Or, une barque est féminine entre toutes les filles de la mer, et cette grande créature hésitante, avec sa poupée blanc et or, avait tout à fait l'air d'une femme qui relève à demi ses jupes pour traverser une rue crottée sous les quolibets d'une bande de petits drôles. C'était du reste assez sa situation. Elle se savait quelque part dans le voisinage de la Vierge, en avait entendu le rugissement, et en conséquence demandait son chemin. Voici seulement un échantillon de ce qu'elle entendit de la part des doris en train de danser :

« La Vierge? De quoi parles-tu? C'est le Have un dimanche matin. Rentre chez toi pour te dégriser. »

« Rentre, espèce de tortue! Rentre leur dire que nous venons. »

Une demi-douzaine de voix entonnèrent le chœur le plus harmonieux, pendant que son arrière redescendait dans l'entre-deux des lames en soulevant un bourrelet d'eau et en entraînant tout un bouillonnement d'écume :

« Ça — aaa — y est — elle touche ! »

« Tribord ! tribord pour le salut de votre vie ! Vous êtes en ce moment sur la pointe. »

« Bâbord ! bâbord ! Laisse tout aller ! »

« Tout le monde aux pompes ! »

« Bas le foc, et pousse-la à la gaffe ! »

Ici le patron se fâcha et dit de gros mots. On suspendit immédiatement la pêche pour lui répondre, et il lui fallut entendre pas mal de choses curieuses à propos de son bateau et de son prochain port d'attache. On lui demanda s'il était assuré ; et où il avait volé son ancre, parce que, disait-on, elle appartenait au *Carrie Pitman* ; on appela son bateau une *marie-salope*, et on l'accusa de jeter des ordures pour effrayer le poisson ; on lui offrit de le remorquer et de l'amener contre remboursement à sa femme ; et un jeune gars plein d'audace se glissa presque sous la poupe, la frappa du plat de sa main ouverte, et hurla :

« Allons, ma vieille ! »

Le cuisinier lui vida dessus une casserole de cendres, et l'autre répliqua par des têtes de morue. L'équipage de la barque leur lança de la cuisine des morceaux de charbon, et les doris menacèrent de venir à bord les « raser ». Ils auraient prévenu la barque sur-le-champ, si elle eût été réellement en péril ; mais, voyant qu'elle était bien à l'abri de la Vierge, ils tirèrent le plus grand parti possible de la situation. La farce fut éventée lorsque le rocher parla de nouveau, à un demi-mille au vent, et la barque au supplice, hissant tout ce qu'elle avait de toile, poursuivit son chemin ; mais les doris eurent conscience que les honneurs leur restaient.

Toute cette nuit-là, la Vierge rugit d'une voix rauque ; et, le matin suivant, sur une mer en courroux et toute crêtée de blanc, Harvey vit la flottille, les mâts vacillants, qui attendait le mot d'ordre. Pas un doris ne fut mis dehors jusqu'à dix heures, lorsque les deux Jerauld, du *Day's*

Eye, imaginant une accalmie qui n'existait pas, donnèrent l'exemple. En une minute la moitié des bateaux furent dehors à s'entre-saluer au milieu des houles moutonneuses, mais Troop garda les hommes du *We're Here* au travail de la toilette. Il ne voyait pas de bon sens dans les « défis »; et, comme ce soir-là la tempête augmentait, ils eurent le plaisir de recevoir des étrangers trempés, qui n'étaient que trop contents de trouver un refuge au milieu du coup de vent. Les mousses se tenaient avec des lanternes au pied des palans de doris, les hommes prêts à amener, un œil ouvert sur la vague balayante qui leur faisait lâcher tout et se retenir pour le salut de leur vie. De l'obscurité sortait un cri aigu :

« Doris, doris! »

Ils agrippaient au moyen d'un croc et hissaient à bord un homme trempé et un bateau à demi sombré, au point que leurs ponts étaient garnis de nichées de doris et que les couchettes étaient pleines. Cinq fois, pendant leur quart, Harvey ainsi que Dan durent sauter sur la corne, à l'endroit où elle était attachée au bout-dehors, et se cramponner des bras, des jambes et des dents aux cordages, aux mâts et à la voile trempée, tandis qu'une grosse vague couvrait les ponts. Un doris fut mis en pièces, et la mer envoya l'homme la tête la première sur le pont, lui ouvrant le front; et, vers le point du jour, lorsque les vagues lancées au galop de course commencèrent à se crêter de blanc tout le long de leurs froides arêtes, un autre homme, tout meurtri et avec un visage de spectre, rampa jusqu'à bord, une main brisée, en demandant des nouvelles de son frère. Sept bouches d'extra s'assirent au déjeuner — un Suédois, un patron de Chatham, un mousse de Hancock (Maine), un homme de Duxbury et trois de Biddeford.

Le jour suivant, on procéda dans la flottille à un appel nominal : et, quoique personne ne dît mot, tout le monde mangea de meilleur appétit quand l'un après l'autre les bateaux firent connaître qu'ils avaient à bord leurs équipages au complet. Seuls deux Portugais et un vieil homme de Gloucester furent noyés, mais nombreux étaient ceux qui avaient reçu des blessures ou des contusions. Deux goélettes avaient cassé leur câble et s'étaient trouvées emportées dans la direction du sud, à trois jours de mer. Un homme mourut sur un français — c'était la même barque qui avait fait l'échange du tabac avec ceux du *We're Here*. Elle s'éloigna en glissant tout doucement par une matinée humide et blanche, gagna une tache où l'eau s'indiquait profonde, ses voiles pendant toutes, et Harvey put voir les funérailles à l'aide de la longue-vue de Disko. Elles se réduisirent au glissement, par-dessus bord, d'un paquet oblong. Ils ne parurent avoir aucune forme de service, mais, dans la nuit, à l'ancre, Harvey les entendit, à travers l'étendue noire de l'eau poudrée d'étoiles, chanter quelque chose qui s'élevait comme un hymne.

C'était, sur un ton très lent :

> La brigantine,
> Qui va tourner,
> Roule et s'incline
> Pour m'entraîner.
> O Vierge Marie,
> Pour moi priez Dieu !
> Adieu, patrie ;
> Québec, adieu !

Tom Platt leur rendit visite. Il sut qu'une vague avait renversé le pauvre gars sur le pied du beaupré et lui avait brisé les reins. La nouvelle de cette mort se répandit comme un éclair, car, contrairement à la coutume générale, le français fit une vente de la défroque du mort — il n'avait de parents ni à Saint-Malo ni à Miquelon — et tout fut étalé sur le toit du rouf, depuis son bonnet rouge en tricot jusqu'à sa ceinture de cuir avec, au dos, le couteau dans sa gaine. Dan et Harvey se trouvaient dehors par vingt brasses d'eau, sur la *Hattie S.*, et, naturellement, ils allèrent à coups d'aviron rejoindre la foule. Ce fut une longue nage, et ils restèrent là un petit moment, le temps pour Dan d'acheter le couteau, lequel avait un curieux manche de cuivre. Lorsqu'ils repassèrent par-dessus bord et poussèrent au large dans la bruine et les coups de fouet de la mer, il leur vint à l'esprit qu'ils pourraient tirer de l'ennui d'avoir négligé les lignes.

« J'imagine que cela ne nous ferait guère de

mal d'être réchauffés un brin », dit Dan en fris-sonnant sous ses cirés.

Et ils continuèrent de nager au cœur d'une brume blanche, qui, comme toujours, tomba sur eux sans crier gare.

« Il y a trop de mauvais courants par ici pour s'en fier à son instinct, dit-il. Jette l'ancre, Har-vey, nous allons pêcher un peu jusqu'à ce que cette machine-là se lève. Attache ton plus gros plomb. Trois ne sont pas de trop dans une eau comme celle-ci. Regarde comme elle tend déjà sur son câble. » Un tout petit bouillonnement se produisit à l'avant, où quelque courant du Banc maintenait le doris en droite ligne sur sa corde ; mais ils ne pouvaient voir à une longueur de bateau dans aucune direction. Harvey remonta son col et se courba en deux sur son tourniquet, de l'air d'un navigateur éreinté. La brume, main-tenant, n'était plus pour lui un objet de terreur particulière. Ils pêchèrent quelque temps en silence et trouvèrent que la morue mordait bien. Puis Dan tira le couteau à gaine et en éprouva le fil sur le plat-bord.

« C'est un bijou, dit Harvey. Comment as-tu pu l'avoir à si bon compte ?

— A cause de leurs superstitions, répondit Dan, en donnant des coups de pointe avec la lame brillante. Ils ne se soucient pas de prendre du fer d'un mort, pour ainsi parler. As-tu vu tous ces Français d'Arichat reculer quand j'ai mis l'enchère ?

— Mais quand il s'agit d'une vente, il ne s'agit pas de prendre quelque chose à un mort. C'est une affaire.

— Oui, nous autres nous savons que ce n'est pas la même chose, mais il n'y a pas à discuter en matière de superstition. C'est un des avantages qu'il y a à vivre dans un pays de progrès. » Et Dan se mit à siffler :

> *Oh, Double Thatcher, how are you ?*
> *Now Eastern Point comes inter view.*
> *The girls an' boys we soon shall see,*
> *At anchor off Cape Ann !*

« Pourquoi cet homme d'Eastport n'a-t-il pas surenchéri, alors? Il a acheté ses bottes. Est-ce que le Maine n'est pas un pays de progrès ?

— Le Maine? Peuh! Ils n'en savent pas assez, ou bien ils n'ont pas assez d'argent pour peindre seulement leurs maisons, dans le Maine. Je les ai vus. L'homme d'Eastport m'a dit que le couteau avait servi — c'est du moins ce que le capitaine français lui a déclaré — avait servi sur la côte française l'année dernière.

— Blessé un homme? Lance-moi le maillet. »

Harvey amena son poisson, reboëtta, et rejeta la ligne par-dessus bord.

« Il l'a tué! Naturellement, quand j'ai entendu cela, j'ai grillé plus que jamais du désir de l'avoir.

— Bonté du Christ! Je ne le savais pas, dit Harvey, en se retournant. Je t'en donnerai un dollar quand je recevrai mon gage... Dis donc... je t'en donnerai deux dollars.

— Vrai ? Est-ce qu'il te plaît tant que cela ? fit Dan, en rougissant. Eh bien ! pour parler franchement, je l'ai plutôt acheté pour toi, pour te le donner ; mais je ne voulais pas te le dire jusqu'à ce que j'aie vu comment tu prendrais la chose. Il est à toi, de grand cœur, Harvey, puisque nous sommes camarades de doris, et de ceci et de cela, et de tout le reste. Attrape ça ! »

Il le lui tendit, ceinture et tout.

« Mais, écoute, Dan, je ne vois pas...

— Prends-le. Il ne m'est pas utile. Je désire que tu l'aies. »

La tentation était trop forte.

« Dan, tu es un brave cœur, dit Harvey. Je le garderai toute ma vie.

— Ça fait plaisir d'entendre ça », repartit Dan avec un bon rire.

Puis, pressé de changer de sujet :

« On croirait que ta ligne est attachée à quelque chose.

— Embrouillée, j'imagine », dit Harvey en s'évertuant autour.

Avant de tâcher de l'arracher, il attacha la ceinture autour de lui, et ce ne fut pas sans un profond plaisir qu'il entendit la pointe de la gaine cliqueter sur le banc.

« Nom de nom de nom d'un chien ! s'écria-t-il. La ligne se comporte comme si elle était sur un fond de fraises. C'est tout sable ici, n'est-ce pas ? »

Dan se pencha en dehors, et tâta pour voir ce que c'était.

« Le flétan se conduira de cette façon s'il boude. Ce n'est pas un fond de fraises. Donne une ou deux secousses. Elle rend, pour sûr. Je crois que nous ferions mieux de la ramener pour voir ce que c'est. »

Ils tirèrent ensemble, en attachant fortement aux taquets chaque tour de ligne, et le poids invisible s'éleva avec une molle lourdeur.

« Quelle prise, hein ! Hisse ! » cria Dan.

Mais l'exclamation finit en un double cri d'horreur, car de la mer sortait... le corps du Français mort qu'on avait enseveli deux jours auparavant ! L'hameçon l'avait saisi par-dessous le creux de l'aisselle droite, et il se balançait rigide et horrible, la tête et les épaules au-dessus de l'eau. Les bras étaient attachés au côté, et... il n'avait plus de visage. Les deux garçons tombèrent comme une masse l'un sur l'autre au fond du doris, et ils restèrent là tandis que la chose saluait le long du bord, maintenue par le bout de ligne.

« C'est la marée... la marée qui l'a apporté ! » dit Harvey les lèvres tremblantes, comme il cherchait à tâtons l'agrafe de la ceinture.

« Oh, mon Dieu ! Oh, Harvey ! gémit Dan, dépêche-toi. Il est revenu à cause de lui. Redonne-le-lui. Enlève-le.

— Je n'en veux pas ! je n'en veux pas ! cria Harvey. Je ne peux pas trouver la bou... ucle !

— Vite, Harvey ! C'est ta ligne ! »

Harvey se dressa sur son séant pour dégrafer la ceinture, faisant face à la tête qui, sous ses cheveux ruisselants, n'avait pas de visage. « Il tient toujours », souffla-t-il tout bas à Dan, lequel sortit son couteau et coupa la ligne, pendant que Harvey lançait la ceinture loin par-dessus bord.

Le corps rentra dans l'eau en faisant « plop », et Dan, avec précaution, se leva sur les genoux, plus blanc que le brouillard.

« C'est pour lui qu'il est venu. C'est pour lui qu'il est venu. J'en ai déjà vu un s'en venir sur un « trawl », mais cela ne m'a trop rien fait, tandis que *lui*, il est venu à nous tout exprès.

— Je voudrais... je voudrais n'avoir jamais pris le couteau, car c'est sur ta ligne qu'il serait venu.

— Je ne sais pas la différence que cela aurait fait. Nous en voilà tous les deux vieillis de dix ans. Oh, Harvey, as-tu vu sa tête ?

— Si je l'aie vue ! Je ne l'oublierai jamais. Mais, voyons, Dan ; cela ne pouvait pas être *exprès*. Ce n'était que la marée.

— La marée ! Il est venu pour lui, Harvey. Tu comprends, ils l'ont immergé à six milles au sud de la flottille, et nous sommes à deux milles de l'endroit où le bateau est mouillé maintenant. Ils m'ont dit qu'ils l'avaient chargé d'une brasse et demie de câble-chaîne.

— Je me demande ce qu'il avait bien pu faire avec le couteau, là-haut, sur la côte française ?

— Quelque chose de mal. J'imagine qu'il est

obligé de le porter avec lui jusqu'au jugement dernier, et c'est pourquoi... Qu'est-ce tu fais avec le poisson !

— Je le jette par-dessus bord, répondit Harvey.

— Pour quoi faire? Ce n'est pas nous qui le mangerons.

— Cela ne fait rien. Il m'a suffi de le regarder, lui, en face, pendant que je défaisais la ceinture. Tu peux garder ta pêche si tu veux. Quant à la mienne, je n'en ai que faire. »

Dan, sans rien dire, rejeta son poisson par-dessus bord.

« Je crois que le mieux est de se mettre à l'abri, murmura-t-il enfin. Je donnerais un mois de paye pour que cette brume se lève. Il se passe dans le brouillard des choses que l'on ne voit pas en temps clair... des sanglots et des huées, et autres machines semblables. C'est une sorte de soulagement pour moi qu'il ait pris le chemin par où il est venu, au lieu de marcher. Car il aurait pu marcher.

— Tai-ais-toi, Dan ! Nous sommes juste au-dessus de lui en ce moment. Ah ! que je voudrais être rendu sain et sauf à bord, quitte à recevoir une dégelée de la part de l'oncle Salters !

— Ils vont se mettre à notre recherche d'ici un instant; passe-moi le turlututu. »

Dan prit la trompette de fer-blanc, mais fit une pause avant de souffler.

« Vas-y, dit Harvey. Je n'ai pas envie de rester ici toute la nuit.

— La question est de savoir comment il va

prendre cela. Il y a un homme d'en bas de la côte, qui m'a dit qu'une fois il était sur une goélette où ils n'osaient pas seulement souffler de la corne pour appeler les doris, à cause que le patron — pas l'homme avec lequel il était, mais un capitaine qui l'avait commandée cinq ans auparavant — avait noyé un mousse contre le bord dans un accès d'ivresse et, toujours depuis, ce mousse ramait aussi le long du bord et criait: Doris! doris! » avec les autres. »

« Doris! Doris! » cria une voix étouffée dans la brume.

Ils s'accroupirent de nouveau, et la trompette tomba de la main de Dan.

« Tiens bon! » cria Harvey, c'est le cuisinier.

« Je me demande ce qui a bien pu me faire penser à cet imbécile de conte, dit Dan. C'est le docteur, c'est clair.

— Dan! Danny! Oooohé, Dan! Harvey! Harvey! Oooohé, Haaarveey!

— Nous sommes ici, » chantèrent en chœur les deux gamins.

Ils entendaient les avirons, mais ils ne purent rien voir jusqu'à ce que le cuisinier, luisant et dégouttant, arrivât sur eux.

« Qu'est-ce qui s'est passé? dit-il. Vous allez être battus en rentrant.

— C'est tout ce que nous demandons. C'est après quoi nous soupirons, dit Dan. Tout ce qui peut nous arriver à bord est assez bon pour nous, pourvu que nous y soyons. Nous avons eu de la compagnie quelque peu démoralisante. »

Comme le cuisinier leur passait une amarre, Dan lui raconta l'histoire.

« Oui ! Lui venu pour son couteau. »

C'est là tout ce qu'il dit.

Jamais le petit *We're Here* roulant ne parut un plus délicieux home que lorsque le cuisinier, né et élevé dans les brumes, les y ramena à force de rames. De la cabine sortait un chaud halo de lumière, et de l'avant une bonne odeur de cuisine, et cela vous mettait au septième ciel d'entendre Disko et les autres, tous bien vivants et solides, penchés sur la lisse, leur promettre une raclée de première classe. Mais le cuisinier était un noir passé maître en matière de stratégie. Il ne fit pas accoster les doris avant d'avoir fourni les points les plus saillants de toute l'affaire, et il expliqua, tandis qu'il reculait et cognait dur tout autour de la voûte, comme quoi Harvey était un porte-veine à réduire à néant toute espèce de malchance. Aussi arrivèrent-ils à bord plutôt sous l'apparence de héros quelque peu inquiétants ; et, au lieu de les rosser pour avoir causé de l'ennui, chacun se mit à leur adresser des questions. Little Pen y alla d'un véritable discours sur la folie des superstitions ; mais il eut contre lui l'opinion publique, qui fut tout en faveur de Long Jack, lequel raconta les plus atroces histoires de revenants jusqu'à près de minuit. Sous l'influence de cette atmosphère,

personne, sauf Salters et Pen, n'osa parler
d' « idolâtrie » lorsque le cuisinier, plaçant sur
une planchette une chandelle allumée, un gâteau
de fleur de farine et d'eau, et une pincée de sel,
mit le tout à la mer, à l'arrière du bateau, pour
tenir le Français tranquille au cas où il se serait
montré encore turbulent. Dan alluma la chandelle, parce que c'était lui qui avait acheté la
ceinture, et le cuisinier grommela et marmotta
des paroles magiques aussi longtemps qu'il put
voir cahoter sur l'eau le petit point lumineux.

« Qu'est-ce que tu penses du progrès et des
superstitions? demanda Harvey à Dan, comme,
leur quart fait, ils allaient se coucher.

— Euh! j'imagine que je vois aussi clair et que
je suis autant pour le progrès que le premier
venu ; mais, quand il arrive à un simple matelot
de Saint-Malo, après qu'il est mort, de rendre
tout roides de peur deux pauvres gamins, tout
cela pour un couteau de trente sous, eh bien !
alors, le cuisinier peut bien me faire croire tout
ce qu'il voudra. Je me méfie des étrangers,
vivants ou morts. »

Le lendemain matin, tous, sauf le cuisinier, se
sentaient quelque peu honteux des cérémonies de
la veille, et ils abattirent double besogne sans
s'adresser la parole autrement que d'un ton
bourru.

Le *We're Here* luttait à armes égales avec le
Parry Norman à qui ferait le plus vite ses derniers chargements, et la lutte fut si chaude que

la flottille prit parti et paria du tabac. Tout le
monde travailla aux lignes ou à la toilette jusqu'au moment où on tombait de sommeil sur
l'ouvrage, commençant avant le lever du jour,
finissant lorsqu'il faisait trop sombre pour bien
voir. On se servit même du cuisinier pour jeter
le poisson, et on envoya Harvey dans la cale
pour passer le sel, tandis que Dan aidait à la
toilette. Le hasard voulut qu'un homme du *Parry
Norman* se donnât une entorse en tombant du
gaillard d'avant, et ceux du *We're Here* l'em-
portèrent. Harvey avait beau se demander comment on eût pu fourrer un poisson de plus,
Disko et Tom Platt tassaient, tassaient toujours,
nivelant la masse à l'aide de grosses pierres prises
au lest, et il y avait toujours « juste encore une
journée de travail ». Disko ne le leur dit pas,
lorsque tout le sel fut employé. Il se contenta de
déambuler jusqu'au lazaret, derrière la cabine, et
se mit à déplier l'immense grand'voile. Il était
dix heures du matin. Vers midi, la voile de cape
était amenée, le grand'voile et le hunier mis en
place, et des doris s'en vinrent avec des lettres
pour la maison, enviant leur bonne fortune.
Enfin, on procéda au nettoyage des ponts, le
pavillon fut hissé — honneur qui revient de droit
au premier bateau qui part du Banc — l'ancre
levée, et la goélette se mit en mouvement. Disko
prétendit vouloir rendre service aux gens qui ne
lui avaient pas envoyé leur courrier, et en conséquence fit aller et venir la goélette avec grâce

parmi ses sœurs. A dire vrai, c'était sa petite promenade triomphale, et, pour la cinquième année, elle montrait le marin qu'il était. L'accordéon de Dan et le violon de Tom Platt servirent d'accompagnement au couplet magique qu'on ne doit pas chanter avant que tout le sel soit employé :

» Hih ! Yih ! Yoho! Send your letters raound!
All our salt is wetted, an, the anchor's off the graound!
Bend, oh, bend your mains'l, we're back to Yankeeland —
With fifteen hunder' quintal.
An' fifteen hunder' quintal,
'Teen hunder' toppin' quintal,
'Twix, old' Queereau an' Grand.

Les dernières lettres s'abattirent sur le pont, enroulées à des morceaux de charbon, et les hommes de Gloucester crièrent des commissions pour leurs femmes et leurs armateurs, tandis que le *We're Here* terminait sa promenade en musique au milieu de la flottille, ses voiles d'avant agitées comme la main d'un homme lorsqu'il la lève pour dire adieu.

Harvey ne tarda pas à s'apercevoir que le *We're Here* avec sa voile de cape, flânant de mouillage en mouillage, et le *We're Here* maintenu ouest un peu vers le sud sous la toile du retour, étaient deux bateaux fort différents. La roue mordait et ruait même par peu de brise; il pouvait sentir le lourd poids mort, dans la cale, lancé en avant avec une force irrésistible au travers des lames;

et le torrent de bulles qui courait le long du bord lui donnait le vertige.

Disko les tint occupés à taquiner les voiles ; et, lorsqu'elles furent tendues comme celles d'un yacht de course, Dan dut attendre sur le grand hunier qu'il fallait contrebrasser à chaque bordée. Dans les moments de répit, ils pompaient, car le poisson entassé laissait dégoutter une saumure qui ne fait pas précisément de bien au chargement. Mais, à partir du moment où l'on ne se livra plus à la pêche, Harvey eut tout le temps de regarder la mer à un autre point de vue. La goélette, accouvée sur sa ligne de flottaison, se trouvait dans les termes les plus intimes avec son entourage. On voyait peu de l'horizon, sauf lorsqu'elle couronnait une vague ; et, le plus souvent, c'est en jouant des coudes, en se démenant, et par des cajoleries, qu'elle se taillait droit sa route à travers les gouffres gris, gris bleu, ou noirs, galonnés partout en travers de raies d'écume disloquée ; ou bien en se frottant avec des airs de caresse au flanc de quelque plus grosse montagne d'eau. On eût cru qu'elle disait :

« Vous ne voudriez pas, sûrement, me faire de mal ? Je ne suis que le petit *We're Here.* »

Puis elle s'éloignait d'une glissade, se riant doucement à elle-même, jusqu'à ce qu'elle se trouvât en présence de quelque nouvel obstacle.

Les gens les plus bouchés ne peuvent être témoins de pareilles choses, heure sur heure, au cours de longues journées, sans y prêter attention ; et Harvey, qui était moins que bouché, commençait à comprendre et à aimer le chœur désolé des crêtes de vagues qui tournent sur elles-mêmes avec un bruit d'incessant déchirement ; la course des vents qui font route à travers les libres espaces et rassemblent en troupeaux les grands reflets bleu pourpre des nuages ; la splendide ascension du rouge lever de soleil ; le reploiement et l'empaquetage des brumes du matin, quand il semble que des murailles se retirent les unes après les autres sur d'immenses planchers blancs ; l'éblouissement et le flamboiement des midis aromés de sel ; le baiser de la pluie tombant sur des milliers de milles carrés, mornes et plats ; l'embrunissement frileux des choses à la fin du jour ; et les millions de rides de la mer sous le clair de lune, quand le bout-dehors de foc semble pointer avec solennité au milieu des étoiles, et que Harvey descendait pour demander au cuisinier un gâteau sec.

Mais le plus amusant, c'était quand les deux gamins étaient mis ensemble à la barre, Tom Platt restant à portée de voix, et que la goélette, abaissant sa lisse sous le vent au niveau de tout ce fracas d'azur, conservait un petit arc-en-ciel de sa façon, intact au-dessus de son cabestan. Puis les mâchoires de la bôme geignaient contre le mât, et les écoutes grinçaient, et les voiles s'emplissaient de rumeur ; et lorsque la goélette glissait dans un creux, elle trébuchait comme une femme qui se prend les pieds dans sa robe de soie, pour ressortir de là son foc trempé jusqu'à moitié, et soupirant après les hauts phares jumeaux de Thatcher's Island, qu'elle cherchait du regard.

Ils laissèrent le gris froid des mers du Banc, virent les bateaux chargés de bois en route pour Québec par les détroits de Saint-Laurent, et les bricks de Jersey qui arrivent chargés de sel d'Espagne et de Sicile ; passé le banc d'Artimon ils trouvèrent un brave petit vent nord-ouest qui les mena en vue du phare est de Sable Island — point devant lequel Disko ne traîna pas — et qui leur tint compagnie passé Western et Le Have, jusqu'au bord septentrional des Georges. De là ils atteignirent les eaux plus profondes, et la laissèrent filer gaillardement.

« Hattie tire sur la ficelle, dit confidentiellement Dan à Harvey. Hattie et maman. Dimanche prochain tu paieras un mousse pour jeter de l'eau sur les fenêtres afin de pouvoir dormir. J'imagine que tu vas rester avec nous jusqu'à ce que ton monde arrive. Sais-tu ce qui est encore au-dessus du plaisir de rentrer au port ?

— Un bain chaud ? » dit Harvey.

Il avait les sourcils tout blancs d'embruns desséchés.

« Ca, c'est bon aussi, mais une chemise de nuit, c'est encore meilleur. J'ai rêvé de chemises de nuit tout le temps, depuis que nous avons hissé la grand'voile. C'est qu'alors on peut faire jouer ses doigts de pied. Maman en aura une neuve pour moi, lavée à l'eau douce. C'est la maison, Harvey. C'est la maison ! Cela se sent dans l'air. Nous courons au bord d'une brise chaude en ce moment, et je sens d'ici les baies de laurier. Je me demande si nous n'allons pas arriver pour souper. Barre bâbord un tout petit peu. »

Les voiles hésitantes claquèrent et se gonflèrent dans l'air tiède, pendant que l'abîme se calmait, bleu et huileux, autour d'eux. Mais, quand ils sifflaient pour n'avoir que du vent, la pluie vint aussi, en verges drues, bouillonnante et tambourinante, et derrière elle, le tonnerre et les éclairs de la mi-août. Ils restèrent étendus sur le pont, pieds et bras nus, à s'entre-raconter ce qu'ils commanderaient à leur premier repas à terre. Car voici qu'on la voyait maintenant en plein, la terre. Un bateau de Gloucester, qui faisait la pêche à l'espadon, s'approcha d'eux, le petit poste d'observation, sur le beaupré, occupé par un homme, les cheveux tout collés aux tempes, qui brandissait un harpon.

« Et tout va bien ? chanta-t-il gaiement, comme s'il faisait le quart sur quelque grand paquebot. Wouverman vous attend, Disko. Quelles nouvelles de la flottille ? »

Disko les lui cria et passa, tandis que le gros orage d'été pesait là-haut sur les têtes, et que les éclairs vacillaient le long des falaises, de quatre coins différents à la fois. A leur lueur apparut le cirque des montagnes basses qui entourent le port de Gloucester, Ten Pound Island, les hangars à poisson, en même temps que la ligne crénelée des toits des maisons, et jusqu'au moindre espar et à la moindre bouée sur l'eau, en photographies aveuglantes qui revenaient et s'évanouissaient une douzaine de fois à la minute, pendant que le *We're Here* entrait avec précaution à la demi-marée et que la bouée-sirène se lamentait et pleurait derrière lui. Puis l'orage s'éloigna en dagues de flammes bleuâtres, longues, espacées, mauvaises, suivies d'un dernier grondement pareil à celui d'une batterie d'obusiers. Et l'air ébranlé tressaillit sous les étoiles, en rentrant dans le silence.

« Le pavillon, le pavillon, fit soudain Disko, en brandissant le doigt en l'air.

— Qu'est-ce qu'il y a? demanda Long Jack.

— Pour Otto! En berne. On peut voir du rivage maintenant.

— J'avais tout à fait oublié. Il n'a pas de parents à Gloucester, hein?

— La fille qu'il devait épouser cet automne.

— Que Marie la prenne en pitié! » fit Long Jack.

Et il amena le petit pavillon à mi-mât en mémoire d'Otto, balayé du bord par un coup de vent à hauteur du Have, trois mois plus tôt.

Disko s'essuya les yeux et conduisit le *We're Here* au débarcadère de Wouverman, en donnant ses ordres à voix basse, tandis que la goélette faisait en se balançant le tour des remorqueurs amarrés, et que les gardes de nuit la hélaient de l'extrémité des jetées noires comme l'encre. Dominant l'obscurité et le mystère de leur marche, le continent — Harvey le sentait — l'entourait une fois de plus, avec ses milliers et milliers de gens endormis, la senteur de la terre après la pluie, et le bruit familier d'une locomobile de garage encore battante, qui toussotait toute seule dans une cour de décharge. Et toutes ces choses lui faisaient bondir le cœur et lui serraient la gorge, tandis qu'il se tenait debout auprès de l'écoute de misaine. Ils entendirent le veilleur de nuit ronfler sur un phare flottant, et pénétrèrent dans un cul-de-sac de ténèbres qu'une lanterne, de chaque côté, éclairait faiblement; quelqu'un s'éveilla en bougonnant, leur lança une corde, et ils s'amarrèrent à un quai silencieux que flanquaient de grands hangars toiturés de tôle et pleins de vide chaud. Puis ils restèrent là sans plus de bruit.

Alors, Harvey s'assit auprès de la roue, et sanglota, sanglota, comme si son cœur allait se briser. Et une grande femme, qui attendait assise sur une bascule, sauta dans la goélette et embrassa Dan sur la joue; car c'était la mère de Dan, et elle avait vu le *We're Here* à la lueur des éclairs. Elle ne fit attention à Harvey que lorsqu'elle fut un peu remise, et que Disko lui eut raconté son histoire. Alors, on se rendit tous ensemble chez Disko, comme le petit jour commençait à paraître; et jusqu'à ce que le bureau du télégraphe fût ouvert et qu'il pût télégraphier aux siens, Harvey Cheyne se sentit peut-être le garçon le plus abandonné qui fût en Amérique. Mais, chose curieuse, ni Disko, ni Dan ne semblèrent trouver mauvais qu'il pleurât.

Wouverman ne voulut pas accepter les prix de Disko, tant que celui-ci, sûr que le *We're Here* était au moins d'une semaine en avance sur n'importe quel autre bateau, ne lui eut pas donné quelques jours pour les digérer; aussi tout le monde s'en alla-t-il flâner par les rues, et vit-on Long Jack arrêter le tramway de Rocky Neck, par principe, disait-il, jusqu'à ce que le conducteur acceptât de le voiturer pour rien. Pendant ce temps-là, Dan errait, son nez taché de son en l'air, plein de mystère à en craquer, et traitant sa famille du haut de sa grandeur.

« Dan, il faudra que je te corrige si tu continues, dit Troop d'un air pensif. Depuis que nous sommes à terre, cette fois-ci, te voilà devenu beaucoup trop impertinent.

— Je le corrigerais dès maintenant, s'il m'appartenait, » dit aigrement l'oncle Salters.

Lui et Pen prenaient pension chez les Troops.

« Oh, oh! fit Dan en se traînant avec l'accordéon tout autour de la petite cour de derrière, prêt à sauter de l'autre côté du mur si l'ennemi approchait. Papa, vous êtes libre de juger comme il vous plaît, mais rappelez-vous que je vous ai averti. C'est votre propre chair et votre propre sang qui vous ont averti ! Ce ne sera pas ma faute, à moi, si vous vous êtes trompé, mais je serai sur le pont pour voir la tête que vous ferez. Et, quant à vous, l'oncle Salters, le maître d'hôtel de Pharaon ne vous allait pas à la cheville ! Attendez et vous verrez. Vous serez mis plus sens dessus dessous que votre trèfle sous la charrue, mais moi — Dan Troop — *je verdirai comme un jeune laurier parce que je ne m'en suis pas tenu à ma seule opinion.* »

Disko fumait dans toute la dignité d'un capitaine à terre, les pieds chaussés d'une superbe paire de pantoufles en tapisserie.

« Tu deviens aussi détraqué que le pauvre Harvey. Vous ne faites que ricaner, chuchoter et vous donner des coups de pied sous la table, au point qu'il n'y a plus de tranquillité dans la maison, dit-il.

— Il va y en avoir bientôt encore joliment moins pour certaines gens, répliqua Dan. Attendez voir. »

Lui et Harvey se rendirent par le tramway dans East Gloucester, d'où ils gagnèrent à pied le phare par les massifs de lauriers, et ils s'étendirent sur les gros galets rouges, où ils rirent à en avoir mal au ventre. Harvey avait montré à Dan un télégramme, et ils jurèrent de garder le silence jusqu'à ce que la bombe éclatât.

« La famille de Harvey ? dit Dan sans sourciller, après souper. Eh bien ! j'imagine que ce n'est pas grand'chose, sans quoi nous aurions entendu parler d'elle à l'heure qu'il est. Son père tient une espèce de commerce là-bas dans l'Ouest. Il se peut qu'il vous donne la jolie somme de cinq dollars, papa.

— Qu'est-ce que je t'ai dit? repartit Salters. Dan, prends garde de t'étrangler. »

IX

QUELS que puissent être ses chagrins privés, un
multimillionnaire, comme tout autre homme
de travail, doit rester à la hauteur de son affaire.
Harvey Cheyne père s'était, vers la fin de juin,
rendu dans l'Est au-devant d'une femme complètement brisée, à moitié folle, qui nuit et jour
rêvait de son fils en train de se noyer dans les
eaux grises de l'Océan. Il l'avait entourée de
médecins, d'infirmières expertes, de masseuses,
voire même de ces amis fidèles qui guérissent par
la persuasion, mais tout avait échoué. Mrs Cheyne
demeurait dans le même état, et ne cessait de
gémir, ou bien des heures durant parlait de son
garçon à qui voulait l'entendre. D'espoir, elle
n'en avait aucun. Qui eût pu lui en offrir? Tout
ce qu'il lui fallait, c'était l'assurance que ceux qui
se noient ne souffrent pas; et son mari était
obligé de se tenir sur ses gardes, dans la crainte
qu'elle n'en fît l'expérience. De son chagrin, à lui,
il parlait peu, et il ne se fit guère une idée de
sa profondeur que le jour où il se surprit à demander au calendrier placé sur son pupitre :

« À quoi bon continuer ? »

Il avait toujours eu, fort plaisante pour lui, cette idée de derrière la tête, qu'un jour, lorsqu'il aurait tout mis en ordre et que l'enfant aurait quitté le collège, il prendrait son fils sur son cœur et le conduirait dans ses possessions. Alors, suivant son raisonnement, le raisonnement des pères occupés, ce garçon-là deviendrait sur le-champ pour lui un compagnon, un associé, un allié, et il s'ensuivrait de splendides années employées à mener ensemble de grands travaux à bonne fin. Voici maintenant que l'enfant était mort perdu en mer, comme s'il se fût agi d'un de ces simples matelots suédois que Cheyne employait sur ses grands navires chargés de thé ; l'épouse était mourante, ou pire ; lui-même se voyait à la merci de régiments de femmes, de docteurs, de servantes et de dames de compagnie, excédé à n'en pouvoir plus par le déplacement et le changement inquiet de ses pauvres caprices, à elle, sans espoir, sans plus de courage pour tenir tête à ses ennemis.

Il avait conduit sa femme à son nouveau palais de San Diego, tout frais construit, où elle et ses gens occupaient une aile luxueuse, et Cheyne, dans une pièce en verandah, entre un secrétaire et une copiste à la machine, laquelle était aussi télégraphiste, peinait chaque jour à en être harassé. Il existait entre quatre chemins de fer de l'Ouest une guerre de tarifs dans laquelle on le supposait intéressé ; une grève ruineuse avait pris de l'extension dans ses chantiers de bois de l'Orégon, et la législature des Etats de Californie, qui ne témoigne guère d'amour pour ceux qui la créèrent, préparait contre lui une guerre ouverte.

En temps ordinaire il eût accepté la bataille avant même qu'on ne la lui offrit, eût mené campagne joyeuse et sans scrupules. Mais maintenant, il restait assis les membres flasques, son chapeau noir de feutre mou avancé sur le nez, son grand corps ratatiné dans ses vêtements lâches, les yeux sur ses souliers ou sur les jonques chinoises qui se balançaient dans la baie, et répondant un « oui » absent aux questions du secrétaire qui ouvrait le courrier du samedi.

Cheyne était en train de se demander ce qu'il en coûterait de tout lâcher et de se retirer. Il était assuré pour des sommes énormes, il pouvait acheter pour lui-même de royales annuités, et entre une de ses terres du Colorado et une petite société (qui ferait du bien à sa femme), c'est-à-dire Washington et les Carolines du Sud, un homme pourrait oublier des plans réduits à néant. D'un autre côté...

Le « tic tac » de la copiste s'arrêta net ; la jeune fille regardait le secrétaire qui avait pâli.

Il passa à Cheyne un télégramme qu'on faisait suivre de San Francisco :

Repêché par goélette de pêche We're Here *étant tombé bateau ; bien amusé sur Banc de pêche tous bien portants attends Gloucester Massachusetts aux bons soins Disko Troop*

*argent ou mandat télégraphique ; télégraphiez
quoi faire et comment va maman. — Harvey
N. Cheyne.*

Le père laissa choir le papier, pencha la tête
sur le cylindre du bureau fermé, et soupira fortement. Le secrétaire courut chercher le docteur
de Mrs Cheyne, lequel trouva Cheyne en train de
se promener de long en large.

« Qu'est-ce... qu'est-ce que vous en pensez ? Est-
ce possible ? Est-ce que cela signifie quelque chose ?
Je ne peux pas arriver à comprendre, pleura-t-il.

— Je comprends bien, moi, dit le docteur. Je
perds sept mille dollars par an, voilà tout. »

Il pensa à la situation difficile de New York
qu'il avait lâchée sur la demande impérieuse de
Cheyne, et rendit le télégramme avec un soupir.

« Voulez-vous dire que vous l'annonceriez tout
de suite à ma femme ? Il se peut que ce soit une
imposture ?

— Pour quel motif ? répondit le docteur avec
calme. La découverte est trop certaine. C'est très
sûrement l'enfant. »

Entra une femme de chambre parisienne, impé-
tueusement, comme quelqu'un d'indispensable
que retiennent seulement de gros gages.

« Mrs Cheyne demande que Monsieur vienne
tout de suite. Elle croit que Monsieur est malade. »

Le maître de trente millions de dollars courba
la tête avec humilité pour suivre Suzanne ; et une
voix grêle, aiguë, sur le palier supérieur du grand
escalier en bois blanc, cria :

« Qu'est-ce que c'est ? Qu'est-ce qui est arrivé ? »

Nulles portes ne purent arrêter le cri qui se répercuta à travers la maison un moment plus tard lorsque M. Cheyne laissa échapper la nouvelle.

« Et voilà qui va bien, dit avec sérénité le docteur à la copiste. Le seul aphorisme médical qui, dans les romans, ait quelque apparence de vérité, c'est que la joie ne tue pas, Miss Kinzey.

— Je le sais ; mais nous avons, d'abord, des tas de choses à faire. »

Miss Kinzey était de Milwaukee, quelque peu positive en paroles, et comme elle avait du penchant pour le secrétaire, elle devina qu'il y avait du travail en main. Ce secrétaire était en train de regarder avec attention la vaste carte d'Amérique déroulée sur le mur.

« Milsom, nous traversons tout droit. Le car particulier... droit pour... Boston. Fixez les embranchements ! cria Cheyne du haut de l'escalier.

— C'est-ce que je pensais. »

Le secrétaire se tourna vers la copiste, et leurs yeux se rencontrèrent (ce furent les prémisses d'une histoire — qui n'a d'ailleurs rien à voir avec notre récit). Elle jeta un regard interrogateur, car elle doutait de ses ressources. Il lui fit signe de se diriger vers le Morse, comme un général conduit ses brigades à l'action. Puis, à l'instar d'un musicien, il se passa la main dans les cheveux, regarda le plafond, et se mit au travail, pendant que les doigts blancs de miss Kinzey appelaient le continent d'Amérique.

« *K. H. Wade, Los Angeles* — Le *Constance* est à Los Angeles, n'est-ce pas, Miss Kinzey?

— Oui. »

Miss Kinzey fit signe de la tête entre les « tic tac » pendant que le secrétaire regardait à sa montre.

« Vous y êtes? *Envoyez* Constance, *car particulier, ici, et arrangez pour partir d'ici, dimanche, en temps pour vous rattacher à New York Limited [1] à Seizième Rue, Chicago, mardi prochain.* »

Click-click-click !

« Il n'y a pas moyen de faire mieux que cela?

— Pas sur ces pentes. Cela leur donne soixante heures d'ici à Chicago. Ils ne gagneraient rien à faire chauffer spécialement une locomotive à l'est de cette dernière ville. Vous y êtes? *De plus arrangez avec Lake Shore and Michigan Southern [2] pour prendre* Constance *sur New York Central and Hudson River Buffalo [3] à Albany, et B. and A. [4] de même Albany à Boston. Indispensable que je sois à Boston mercredi matin. Assurez-vous que rien ne m'en*

1. *New-York Limited.* Compagnie de chemins de fer.

2. *Lake Shore and Michigan Southern.* Compagnie de chemins de fer.

3. *New-York Central and Hudson River.* Compagnie de chemins de fer.

4. *Buffalo* et *Albany.* Compagnie de chemins de fer.

empêche. Ai télégraphié aussi Canniff, Toucey et Barnes. Signez : Cheyne. »

Miss Kinzey fit un oui de la tête, et le secrétaire continua.

« Et maintenant. Caniff, Toucey et Barnes, cela va sans dire. Vous y êtes? *Caniff, Chicago. Veuillez conduire mon car particulier* Constance *de Santa Fé Seizième rue mardi prochain après midi sur N. Y. C.*[1] *pour Albany...* Jamais été à New York, Miss Kinzey? Nous irons un de ces jours... Vous y êtes? *Menez le car de Buffalo à Albany sur Limited mardi après-midi.* Cela, c'est pour Toucey.

— Sans être jamais allée à New York, je sais cela! dit-elle avec un hochement de tête.

— Pardon. Maintenant, Boston et Albany, Barnes, mêmes instructions d'Albany à Boston. Partons trois heures après-midi (inutile de télégraphier cela); arrivons neuf heures cinq du soir mercredi. Ainsi Wade est à couvert pour tout, mais c'est chose qui se paie, de remuer les directeurs.

— C'est merveilleux, » déclara Miss Kinzey, avec un regard d'admiration.

C'était le genre d'homme qu'elle comprenait et appréciait.

« Ce n'est pas mal, répliqua Milsom modestement. Oui, tout autre que moi aurait perdu trente heures et dépensé une semaine à arranger le tra-

1. *New York Central*. Compagnie de chemins de fer.

jet, au lieu de passer Cheyne au Santa Fé droit pour Chicago.

— Mais, dites, à propos de cette New York Limited, Chauncey Depew lui-même n'a pas pu y accrocher son car, suggéra Miss Kinzey très maîtresse d'elle-même.

— Oui, mais il ne s'agit pas ici de Chauncey. Il s'agit de Cheyne... qui peut lancer la foudre. Cela va.

— Parbleu. Je crois que nous ferions bien de télégraphier au gosse. Vous avez oublié *cela*, en tout cas.

— Je vais demander. »

Quand il revint avec le message du père, priant Harvey de venir à leur rencontre à Boston à telle heure, il trouva Miss Kinzey en train de rire sur ses clefs. Milsom se mit alors à rire aussi, car, à tic tac furieux, Los Angeles disait : « *Nous demandons à savoir pourquoi... pourquoi... pourquoi ? Malaise général s'est manifesté et se répand.* »

Dix minutes plus tard, Chicago appela Miss Kinzey en ces termes : « *Si cataclysme doit survenir prière avertir amis en temps. Nous nous mettons tous ici à l'abri.* »

Mais le plus joli de tout fut un message de Topeka (et en quoi cela regardait-il Topeka, Milsom lui-même n'eût pu le dire) : « *Ne tirez pas, colonel. Nous allons nous rendre*[1]. »

---

1. Allusion à un conte américain.

Cheyne eut un sourire farouche devant la cons-
ternation de ses ennemis quand les télégrammes
furent sous ses yeux.

« Ils croient que nous sommes sur le sentier de
la guerre. Dites-leur, Milsom, que nous ne nous
sentons pas en train de combattre en ce moment,
Dites-leur ce que nous allons faire. Je crois que
vous feriez bien de venir, vous et Miss Kinsey,
quoiqu'il soit peu probable que je m'occupe d'affaires en route. Dites-leur la vérité... pour une
fois. »

C'est ainsi que la vérité fut dite. Miss Kinzey
fit cliqueter le renseignement pendant que le
secrétaire ajoutait cette citation mémorable :
« Faisons la paix. » Et dans des salles de direction, à deux milles de là, les représentants de
soixante-trois millions de dollars en intérêts de
chemins de fer diversement gérés se mirent à
respirer plus librement. Cheyne volait à la rencontre du fils unique, à lui si miraculeusement
rendu. L'ours sentait son ourson, non pas les
taureaux[1]. De rudes hommes, qui avaient déjà
tiré le couteau pour défendre leur existence finan-
cière, mirent bas les armes et lui souhaitèrent
bonne chance, tandis qu'une demi-douzaine de
voies de fer-blanc frappées de panique se rengor-
geaient et parlaient des choses étonnantes qu'elles

---

1. Il y a là un double jeu de mots. Le monde financier anglais
désigne sous le nom de « Bears » (en français « ours ») les baissiers,
et sous le nom de « Bulls » (en français « taureaux ») les haus-
siers.

eussent accomplies si Cheyne n'eût pas fait la paix.

Ce fut une fin de semaine affairée pour les télégraphes; car, maintenant que tout sujet d'anxiété semblait écarté, hommes et cités se hâtèrent d'accorder ce qu'on demandait. Los Angeles fit appel à San Diego et à Barstow pour que les mécaniciens de la *Southern California* reçussent avis et se tinssent prêts dans leurs cabanes isolées; Barstow passa le mot à l'*Atlantic and Pacific*; et Albuquerque le fit voler tout le long de l'*Atchison, Topeka and Santa Fé*, et jusque dans Chicago. Il s'agissait d' « accélérer » sur ces deux mille trois cent cinquante milles une locomotive, un « combination car »[1] avec équipe, et le grand car particulier *Constance* tout doré. Le train prendrait le pas sur cent soixante-dix autres, soit pour les rencontrer, soit pour les dépasser; il fallait avertir les expéditeurs et les équipes de chacun desdits trains. On aurait besoin de seize locomotives, seize mécaniciens et seize chauffeurs, toutes et tous triés sur le volet. Il serait accordé deux minutes et demie pour changer de machines, trois pour faire de l'eau et deux pour faire du charbon. « Prévenez les hommes, et disposez réservoirs et chutes en conséquence; car Harvey Cheyne est pressé, pressé, pressé », chantaient les fils télégraphiques. « On compte sur quarante milles à l'heure, et les

1. Car destiné au personnel et à l'équipe.

surveillants de division accompagneront ce train spécial sur le parcours de leur division respective. De San Diego à la Seizième Rue, Chicago, qu'on étende le tapis magique. Vite! oh, vite! »

« Cela va chauffer, dit Cheyne, comme ils roulaient hors de San Diego, le dimanche dès l'aube. Nous allons nous dépêcher, la maman, aussi vite qu'il nous sera possible; mais je ne pense pas qu'il soit nécessaire que vous mettiez déjà votre chapeau et vos gants. Vous feriez mieux de vous étendre et de prendre votre médecine. Je ferais bien avec vous une partie de dominos, mais c'est dimanche.

— Je serai gentille. Oh! je veux être gentille. Seulement, enlever mon chapeau, cela me fait comme si nous ne devions jamais arriver là-bas.

— Essayez de dormir un peu, la maman, et nous serons arrivés à Chicago avant que vous vous en aperceviez.

— Mais, père, c'est à Boston. Dites-leur de se presser. »

Les coursiers à six pieds se martelaient leur route vers San Bernardino et les terres incultes du Mohave, mais la rampe n'était pas faite pour accélérer la vitesse. Cela viendrait plus tard. La chaleur du désert succéda à la chaleur des montagnes comme ils tournaient à l'est vers les Aiguilles et la rivière Colorado. Le car crépitait dans la sécheressse extrême et le jour éblouissant, pendant qu'on posait de la glace pilée sur le cou de Mrs Cheyne, et franchissait laborieusement

les longues, longues pentes, passé Ash Fork, vers
Flagstaff, où sous des cieux arides et lointains
s'étendent les forêts et les carrières. L'aiguille du
marqueur vacillait et se démenait de droite et de
gauche ; les escarbilles cliquetaient sur le toit, et
un tourbillon de poussière semblait comme pompé
derrière les roues tournoyantes. L'équipe du
« combination car » était assise sur les bancs, hale-
tante et en bras de chemise, et Cheyne s'aperçut
bientôt qu'il était au milieu d'elle en train de lui
crier, par-dessus le rugissement du car, de vieilles,
vieilles histoires de chemin de fer que connaît
tout homme du métier. Il parlait de son fils et
racontait comme quoi la mer avait rendu son
mort, et ces hommes branlaient la tête, crachaient
et partageaient sa joie ; ils s'informaient d' « *elle*,
là-bas derrière », et si elle pourrait supporter que
le mécanicien« laisse le *Constance* marcher un
peu », et Cheyne pensa que oui. En conséquence,
le grand cheval de feu fut « lâché » entre Flagstaff
et Winslow, au point qu'un surveillant de division
crut devoir protester.

Mais, dans le boudoir où la femme de chambre,
pâle de frayeur, se cramponnait à la poignée
d'argent de la porte, Mrs Cheyne se contentait
d'émettre quelques gémissements et demandait à
son mari de les prier d'aller « vite ». Et c'est
ainsi qu'ils laissèrent derrière eux les sables desséchés et les rochers brûlés d'Arizona, et continuèrent de griller jusqu'au moment où le fracas
des chaînes d'attelage et des freins pneumatiques

leur dirent qu'ils étaient à Coolidge, près de la
ligne de partage du continent.

Trois hommes hardis et expérimentés — rassis,
pleins d'assurance et le corps sec au début ; pâles,
tremblants et trempés à la fin de leur tour de force
avec ces roues diaboliques — enlevèrent le *Constance* jusqu'au haut du grand remblai, d'Albuquerque à Glorietta et par de là Springer, plus
haut, plus haut encore jusqu'au tunnel de Raton
sur la ligne de l'État. D'où ils redescendirent, en
se balançant, dans le Junta, pour avoir un aperçu
de l'Arkansas et se frayer un chemin jusqu'au
bas de la longue pente, jusqu'à Dodge City, où
Cheyne reprit une fois de plus courage en mettant
sa montre en avance d'une heure.

On parlait fort peu dans le car. Le secrétaire
et la copiste étaient assis côte à côte sur les coussins de cuir de Cordoue, auprès de la glace du
poste d'observation, tout à la queue du train, à
regarder fuir comme une houle les poteaux télégraphiques qui s'amoncelaient derrière eux, et,
croit-on, à prendre des notes sur le paysage.
Cheyne allait et venait nerveusement entre son
luxe extravagant et le dénuement complet du
« combination car », un cigare non allumé aux
dents, au point que les équipes, prises de com-
passion et oubliant qu'il était leur ennemi né,
finirent par faire de leur mieux pour le distraire.

Le soir venu, les faisceaux de lampes électriques éclairèrent ce palais de douleur tout
regorgeant de luxe, et ils avancèrent somptueu-

sement, lancés à travers le vide de la plus profonde désolation. Tantôt ils entendaient le glou-
glou d'un réservoir et la voix gutturale d'un
Chinois, le cliquetis des marteaux qui éprouvaient
les roues en acier Krupp, et le juron qui chassait
un chemineau de la plate-forme d'arrière ; tantôt
le fracas solide du charbon lancé dans le tender ;
et tantôt un choc en retour de bruits lorsqu'ils
dépassaient au vol quelque train attendant leur
passage. Leurs regards tantôt plongeaient dans
de grands abîmes, un simple pont de tréteaux en
train de frémir sous eux, tantôt s'accrochaient
aux rochers qui barraient la moitié des étoiles.
Tantôt scènes et ravins, changeant d'aspect,
allaient se rouler en montagnes déchiquetées au
bord de l'horizon, et tantôt faisaient place à des
collines qui s'abaissaient de plus en plus jusqu'à
devenir, à la fin, de véritables plaines.

A Dodge City, une main inconnue jeta à l'intérieur du car un exemplaire d'un journal du Kan-
sas contenant une sorte d'interview de Harvey.
Celui-ci était évidemment tombé d'accord avec un
reporter entreprenant, et l'interview avait été
télégraphiée de Boston. La prose flamboyante
déclarait qu'il n'était pas douteux que ce fût leur
enfant, et c'en fut assez pour calmer Mrs Cheyne
un bout de temps. Son unique mot « vite » fut
transmis par les équipes aux mécaniciens à Nic-
kerson, Topeka et Marceline, où les rampes sont
faciles, et ils brûlèrent le continent. Villes et
villages maintenant se multipliaient, et on

pouvait ici sentir qu'on avançait dans des pays peuplés.

« Je ne peux pas voir le cadran, mes yeux me font si mal. Qu'est-ce que nous faisons?

— Le plus que nous pouvons, la maman. Il n'y aurait aucun bon sens à arriver avant le *Limited*. Nous n'aurions qu'à attendre.

— Cela m'est égal. J'ai besoin de sentir que nous marchons. Asseyez-vous, et dites-moi les milles. »

Cheyne s'assit et déchiffra le cadran pour elle (il s'agissait d'un nombre de milles qui sert encore aujourd'hui de record), mais le car de soixante-dix pieds ne varia jamais dans son long glissement de steamer en avançant à travers la chaleur avec le bourdonnement d'une abeille géante. Cependant la vitesse n'était pas encore suffisante pour Mrs Cheyne, et cette chaleur, la chaleur impitoyable d'août, lui donnait le vertige; les aiguilles de l'horloge ne semblaient pas bouger, et quand? oh! quand seraient-ils à Chicago?

Il n'est pas vrai que, lorsqu'ils changèrent de machine à Fort Madison, Cheyne remit à la « Fraternelle Réunie des Mécaniciens de Locomotives » une dotation qui eût suffit à les mettre en état de le combattre pour toujours, lui et ses pairs, sur un terrain égal. Il paya aux mécaniciens et aux chauffeurs les services qu'ils lui avaient rendus selon ce qu'ils méritaient d'après lui, et son banquier seul sait ce qu'il donna aux équipes qui lui avaient témoigné de la sympathie. On rapporte que la dernière équipe prit l'entière responsabilité de faire marcher les opérations à la baguette à la Seizième Rue, parce qu'*elle* (ils voulaient dire Mrs Cheyne) finissait par tomber dans une sorte d'assoupissement et que le ciel devait venir en aide à quiconque *la* secourrait.

Or, le spécialiste de haute paye qui conduit le *Lake Shore and Michigan Southern Limited* de Chicago à Elkhart, a quelque chose d'un autocrate, et il n'autorise personne à lui dire comment on recule sur un car. Il ne s'en prit pas moins avec le *Constance* comme si ç'eût été un chargement de dynamite, et lorsque l'équipe lui fit des reproches, elles les fit à voix basse et en pantomime.

« Bast ! » firent les hommes d'*Atchison, Topeka and Santa Fé*, en discutant plus tard sur les choses de la vie, ce n'était pas un record que nous courions. La femme de Harvey Cheyne était malade derrière nous, et nous ne voulions pas lui causer de l'ennui. Quand j'y pense, nous sommes allés tout de même de San Diego à Chicago en cinquante-sept heures cinquante-quatre minutes. Vous pouvez aller dire cela à ces pauvres trains de petite ligne de l'*Eastern*. Quand nous voudrons faire un record, nous vous en aviserons.

Pour l'homme de l'Ouest (quoiqu'il en puisse déplaire à l'une ou l'autre cité) Chicago et Boston sont côte à côte, et quelques chemins de fer encouragent cette illusion. Le Limited amena en tourbillon le *Constance* dans Buffalo, et dans les bras de la *New York Central and Hudson River* (ici, d'illustres magnats à favoris blancs, avec des amulettes d'or à leurs chaînes de montre, vinrent le long du car causer un peu affaires avec Cheyne) qui le fit glisser avec grâce dans Albany, où la *Boston and Albany* compléta la course d'un océan à l'autre. Temps total : quatre-vingt-sept heures trente-cinq minutes, ou trois jours, quinze heures et demie.

Harvey les attendait.

Après une émotion violente, la plupart des gens et presque tous les jeunes garçons réclament à manger. On fêta le retour de l'enfant prodigue derrière les rideaux tirés, retranchés tous trois dans ce grand bonheur, tandis que les trains rugissaient à l'entour. Harvey mangea, but et s'étendit sur ses aventures, presque sans respirer, et, lorsqu'il avait une main libre, la mère s'en emparait pour la dorloter. La vie au grand air salin lui avait grossi la voix, la paume de ses mains était devenue rude et râpeuse, il avait les poignets marqués de cicatrices de clous, et un bel et bon arome de morue flottait autour de ses bottes de caoutchouc et de son jersey bleu.

Le père, bien accoutumé à juger les hommes, le regardait attentivement. Il est vrai qu'il se prit lui-même à penser qu'il en savait fort peu de son fils; mais il se rappela distinctement un gamin pâle et mécontent, qui prenait plaisir à « faire descendre le vieux » et à mettre sa mère en larmes, un de ces personnages qui ajoutent à

la gaîté des salons de conversation et des galeries
d'hôtels, où les jeunes ingénus du monde riche,
s'ils ne jouent pas avec les garçons, les insultent.
Mais ce jeune pêcheur bien dressé ne se démenait
pas, le regardait d'un œil assuré, clair et ferme,
et parlait sur un ton de respect fort net, sinon
étonnant. Il y avait aussi dans sa voix ce quelque
chose qui semblait promettre que le changement
pourrait être durable, et que le nouveau Harvey
devait rester ce qu'il était.

« Quelqu'un l'a mis au pas, pensa Cheyne. Or,
Constance n'eût jamais permis cela. Je ne vois
pas trop comment l'Europe eût pu faire mieux. »

« Mais comment n'avez-vous pas dit à cet
homme, à ce Troop, qui vous étiez? répéta sa
mère, lorsque Harvey eut déroulé pour la seconde
fois au moins tout le chapitre de son histoire.

— Disko Troop, chère maman? Le meilleur
homme qui ait jamais arpenté un pont de navire.
Je me dema .de s'il a son pareil.

— Pourquoi ne lui avez-vous pas dit de vous
mettre à terre? Vous savez que papa l'aurait
indemnisé dix fois.

— Je le sais; mais il croyait que j'étais détraqué. J'ai bien peur de l'avoir traité de voleur
parce que je ne pus pas retrouver les billets de
banque dans ma poche.

— Un matelot les retrouva auprès du mât de
pavillon cette... nuit-là, sanglota Mrs Cheyne.

— Cela explique tout, alors. Je ne blâme Troop
en rien. Je lui déclarai seulement que je ne tra-

vaillerais pas... surtout sur un Terre-Neuvier,...
et il me donna un coup sur le nez; je vous prie
de croire que j'ai saigné comme un porc qu'on
égorge.

— Mon pauvre chéri ! Ils doivent vous avoir
horriblement maltraité.

— Cela, je n'en suis pas bien sûr. Mais, après,
j'entrevis une lueur. »

Cheyne se tapa sur la cuisse et partit d'un éclat
de rire. Ça allait donc être un fils selon les besoins
de son cœur. Il n'avait jamais auparavant remarqué ce scintillement dans l'œil de Harvey.

« Et le vieux me donna dix dollars et demi par
mois ; il m'en a payé la moitié à l'heure qu'il est ;
et je me fis le camarade de Dan et mis la main à
la pâte. Je ne dis pas que je puisse faire encore le
travail d'un homme, mais je peux manier un
doris tout au moins aussi bien que Dan, et dans
une brume je ne perds pas la tête, pas beaucoup ; je peux faire ma partie quand il n'y a pas
trop de vent, c'est-à-dire gouverner, mère chérie ; je peux presque boëtter tout un « trawl » ;
je connais mes cordages, cela va sans dire ; je
pourrais passer le poisson toute une éternité ; je
suis ferré sur le vieux Josèphe ; je vous montrerai comment je peux clarifier le café avec
un morceau de peau de poisson, et... je vous en
demanderai encore une tasse, s'il vous plaît.
Écoutez, vous n'avez pas idée du tas de travail
que l'on peut faire pour dix dollars et demi par
mois.

— J'ai commencé avec huit et demi, mon fils, dit Cheyne.

— Vrai? Vous ne me l'avez jamais dit?

— Vous ne me l'avez jamais demandé, Harvey. Je vous raconterai cela un de ces jours, si vous tenez à l'entendre. Goûtez donc une olive farcie.

— Troop prétend que ce qu'il y a de plus intéressant au monde, c'est d'arriver à savoir comment le prochain gagne sa vie. C'est joliment chic de retrouver une table bien garnie. Nous n'étions pas mal nourris, cependant. La meilleure marmite du Banc. Disko nous donnait une nourriture de première classe. Ah! c'est un fameux homme. Et Dan, c'est son fils Dan, est mon camarade à moi. Et il y a l'oncle Salters, avec ses engrais, qui lit Josèphe. Il est persuadé que je suis encore détraqué. Il y a aussi le pauvre petit Pen, qui l'est, lui, détraqué. Il ne faudra pas lui parler de Johnstown, parce que... Et,... oh, il faut absolument que vous fassiez la connaissance de Tom Platt, et Long Jack, et Manuel! C'est Manuel qui m'a sauvé la vie. Je regrette qu'il soit Portugais. Il ne peut pas beaucoup causer, mais c'est un musicien épatant. Il m'a trouvé au moment où je m'en allais à la dérive, et m'a repêché.

— Je me demande comment votre système nerveux n'est pas complètement ruiné, dit Mrs Cheyne.

— Comment cela, maman? J'ai travaillé comme

un cheval, mangé comme un ogre, et dormi comme une souche. »

C'en était trop pour Mrs Cheyne, qui se mit à penser aux visions qu'elle avait eues, d'un cadavre ballotté sur les eaux salées. Elle regagna son boudoir, et Harvey se pelotonna aux côtés de son père, expliquant la dette qu'il avait contractée.

« Vous pouvez vous en reposer sur moi, je ferai pour l'équipage, Harvey, tout ce qui est en mon pouvoir. D'après ce que vous en dites, ce doivent être de braves gens.

— Les meilleurs de la flottille. Vous pouvez demander dans Gloucester, dit Harvey. Mais Disko croit encore qu'il m'a guéri d'un dérangement de cervelle. Dan est absolument le seul auquel j'aie dit quelque chose de vous, de nos cars particuliers et tout le reste, et je ne suis pas tout à fait sûr qu'il y croie. Je veux les épater demain. Dites, est-ce qu'on peut conduire le *Constance* jusqu'à Gloucester ? Maman ne semble pas en état de repartir, en tout cas, et nous avons le nettoyage à terminer demain. Wouvermann prend notre poisson. Vous voyez, nous sommes revenus du Banc les premiers cette saison, et c'est quatre dollars vingt-cinq cents par quintal. Nous avons tenu bon jusqu'à ce qu'il les paie. On le demande tout de suite, notre poisson.

— Ce qui signifie, alors, que vous aurez à travailler demain.

— Je l'ai promis à Troop. Je suis sur la bascule. J'ai apporté les tailles avec moi. (Il regarda le carnet graisseux avec un air d'importance qui fit éclater de rire son père.) Il n'y a pas moins de trois... non... de deux cent quatre-vingt-quatorze ou quinze quintaux encore, d'après mon calcul.

— Payez un remplaçant, suggéra Cheyne, pour voir ce que dirait Harvey.

— Je ne peux pas. Je suis le marqueur de taille de la goélette. Troop dit que j'ai meilleure tête que Dan pour les chiffres. Troop est un homme d'une justice étonnante.

— Mais, supposons que je ne puisse pas déplacer le *Constance* ce soir, comment vous arrangerez-vous? »

Harvey jeta un coup d'œil à l'horloge. Elle marquait onze heures vingt.

• Alors, je dormirai ici jusqu'à trois heures et j'attraperai le train de quatre heures, qui amène le fret. C'est une règle de nous laisser, nous autres hommes de la flottille, circuler gratis.

— C'est une idée. Mais je crois que nous pouvons faire arriver le *Constance* presque aussi vite que le fret de vos hommes. Vous ferez bien de vous coucher dès maintenant. »

Harvey s'étendit sur le sofa, secoua ses bottes, et s'endormit avant que son père eût pu tirer les écrans des lampes électriques. Cheyne s'assit pour contempler le jeune visage qui reposait à l'ombre du bras rejeté derrière la tête, et parmi tout ce qui lui passa par l'esprit, se présenta l'idée que, peut-être, il pouvait avoir négligé ses devoirs de père.

« Est-ce qu'on sait quand on court ses plus gros risques ? dit-il. Cela eût pu être pire que la noyade ; mais je ne pense pas que cela le soit... non, je ne le pense pas. Si cela ne l'est pas, je ne suis pas assez riche pour payer Troop, voilà tout ; et je ne pense pas que cela le soit. »

Le matin apporta par les fenêtres la fraîcheur de la brise de mer, le *Constance* fut remorqué sur une voie de côté parmi les wagons de fret jusqu'à Gloucester, et Harvey se trouva rendu à ses affaires.

« Alors, il va falloir qu'il tombe encore par-dessus bord et qu'il se noie, dit la mère avec amertume.

— Nous irons avec lui, prêts en ce cas à lui jeter une corde. Vous ne l'avez jamais vu travailler pour gagner son pain, dit le père.

— Quelle absurdité ! Comme si personne pouvait croire...

— Eh bien ! l'homme qui le paie, a cru, lui. Il a bien aussi quelque peu raison. »

Ils descendirent entre les magasins remplis de cirés pour les pêcheurs, jusqu'à l'entrepôt de Wouvermann, où le *We're Here* se balançait, haut sur sa ligne de flottaison, son pavillon du Banc flottant encore, tout le monde affairé comme des castors, dans la glorieuse lumière du matin. Disko se tenait auprès du grand panneau, en train de surveiller Manuel, Pen et l'oncle Salters au palan. Dan faisait pivoter jusqu'sur le pont les paniers chargés, au fur et à mesure que Long

Jack et Tom Platt les remplissaient, et Harvey, un carnet à la main, représentait les intérêts du patron devant le commis de la bascule au bord du quai saupoudré de sel.

« Vous y êtes ? » criaient les voix au-dessous.

« Hisse ! » criait Disko.

« Hi ! » disait Manuel.

« Voilà ! » disait Dan en balançant le panier.

Puis ils entendirent la voix de Harvey, claire et fraîche, contrôler le poids.

Le dernier poisson venait à peine de claquer dans la manne, que Harvey sauta de la gouttière à six pieds en l'air sur une enfléchure, comme le plus court chemin pour passer la taille à Disko, en criant :

« Deux quatre-vingt-dix-sept, et la cale vide !

— Ce qui fait au total, Harvey ? demanda Disko.

— Huit soixante-cinq. Trois mille six cent soixante-seize dollars et quart. Dommage que je n'aie pas une part avec mes gages.

— Ma foi, je dirais presque que tu l'as méritée, Harvey ! Veux-tu grimper jusqu'au bureau de Wouvermann pour lui porter nos tailles ? »

« Qu'est-ce que c'est que ce garçon-là ? demanda Cheyne à Dan, lequel était habitué à se voir poser des questions de toute sorte par ces imbéciles de propres à rien qu'on appelle les baigneurs de la saison.

— Ma foi, c'est une espèce de subrécargue, répondit-il. Nous l'avons repêché sur le Banc comme il s'en allait à la dérive. Il est tombé par-dessus bord d'un paquebot, à ce qu'il dit. C'était un passager. Le voilà qui devient pêcheur, maintenant.

— Est-ce qu'il en fait pour sa nourriture ?

— Je vous crois... Papa, voilà quelqu'un qui demande si Harvey en fait pour sa nourriture... Dites, voudriez-vous monter à bord ? Nous allons fixer une échelle pour la dame.

— Mais, avec grand plaisir, je crois bien. Cela ne peut pas vous faire de mal, la maman, et vous serez à même de voir de vos propres yeux. »

La même femme, qui ne pouvait pas soulever sa tête huit jours auparavant, descendit tant bien que mal par l'échelle, et resta stupéfaite au milieu du gâchis et du fouillis de l'arrière.

« Est-ce que vous vous intéresseriez par hasard à Harvey ? demanda Disko.

— Mon Dieu, ou-ui.

— C'est un brave enfant, et auquel on n'a pas besoin de répéter deux fois la même chose. Vous avez entendu comment nous l'avons trouvé. Il souffrait, alors, j'imagine, d'une sorte de prostration nerveuse, à moins que sa tête n'eût porté sur quelque chose, quand nous l'avons hissé à bord. Il s'est débarrassé de ça, maintenant. Oui, voici la cabine. Ce n'est guère en ordre, mais ne craignez pas de jeter un coup d'œil. Ce sont ses chiffres que vous voyez là sur le tuyau du poêle, où nous tenons le compte la plupart du temps.

— Est-ce qu'il dormait ici ? demanda Mrs

Cheyne, en s'asseyant sur un coffre jaune, l'œil sur les couchettes en désordre.

— Non. Son port d'attache était à l'avant, madame, et sauf pour ce qui est de chiper les beignets, lui et mon garçon, et de faire du bruit quand ils auraient dû dormir, je crois n'avoir aucune faute à lui reprocher.

— Il n'y avait rien à redire avec Harvey, dit l'oncle Salters, en descendant les marches. Il lui arrivait bien d'aller suspendre mes bottes à la pomme du grand mât, et il n'était pas tout ce qu'il y a de plus respectueux pour ceux qui en savaient plus long que lui, spécialement en ce qui concerne la culture ; mais c'était surtout la faute de Dan. »

Dan, en attendant, faisait son profit des avis mystérieux que Harvey lui avait donnés le matin, et était en train d'exécuter une danse de guerre sur le pont.

« Tom ! Tom ! chuchota-t-il par l'écoutille, son monde est là, et papa ne s'en est pas encore aperçu ; ils sont en train de discourir dans la cabine. Elle, c'est un bijou, et lui, il est tout à fait comme disait Harvey, d'après ce qu'on en peut voir.

— Par la fumée de ma pipe ! dit Long Jack, en apparaissant sur le pont, tout couvert de sel et d'écailles de poisson. Est-ce que tu crois que ses histoires d'enfants gâtés et d'attelage à quatre petits chevaux étaient vraies ?

— Je l'ai cru tout le temps, dit Dan. Venez

voir comme quoi papa peut se tromper parfois. »

Ils vinrent, en se délectant à l'avance, juste
pour entendre Cheyne dire :

« Je suis content qu'il ait un bon caractère,
car... c'est mon fils. »

Disko laissa tomber sa mâchoire — Long Jack
a toujours pris Dieu à témoin qu'il en entendit
le déclenchement — et ouvrit de grands yeux sur
l'homme et la femme alternativement.

« J'ai reçu son télégramme à San Diego, il y a
quatre jours, et nous avons traversé l'Amérique.

— En car particulier ? demanda Dan. Il disait
que vous pouviez.

— En car particulier ? cela va sans dire. »

Dan lança à son père une bordée d'œillades
des plus irrévérencieuses.

« Il y avait une histoire qu'il nous racontait,
d'un attelage à lui, de quatre poneys, qu'il conduisait, dit Long Jack. C'était vrai, alors ?

— Fort probablement, dit Cheyne. Était-ce
vrai, la maman ?

— Il avait, je crois, un petit drag lorsque nous
étions à Toledo », répondit la mère.

Long Jack eut un petit sifflement.

« Ohé, Disko, » fit-il.

Et ce fut tout.

« Je me suis... je me trompe dans mes jugements... pire que les hommes de Marblehead, dit
Disko, comme s'il fallait lui tirer les mots à l'aide

d'un treuil. Je ne crains pas de vous confesser, Mister Cheyne, que j'ai soupçonné l'enfant d'être détraqué. Il parlait argent d'une façon plutôt bizarre.

— C'est ce qu'il m'a dit.

— Est-ce qu'il ne vous a pas dit autre chose ? Car, une fois, je l'ai mal arrangé. »

Cela fut prononcé avec un coup d'œil quelque peu anxieux du côté de Mrs Cheyne.

« Oh ! oui, répliqua Cheyne. J'avouerai que cela lui a fait probablement plus de bien que n'importe quoi au monde.

— J'ai pensé que c'était nécessaire ; autrement, je ne l'eusse point fait. Je ne voudrais pas que vous croyiez que nous maltraitons en quoi que ce soit nos mousses, sur ce petit paquebot-là.

— Je ne le crois pas non plus, Mr Troop. »

Mrs Cheyne venait de scruter tous les visages : celui de Disko, d'un jaune d'ivoire, sans barbe ; celui de l'oncle Salters, avec son collier de barbe d'homme des champs ; l'air de simplicité égarée de Pen ; le tranquille sourire de Manuel ; la grimace de joie de Long Jack ; et la balafre de Tom Platt. Rudes, ils l'étaient certainement selon ses idées ; mais elle avait dans les yeux le bon sens d'une mère, et elle se leva, les mains tendues.

« Oh ! dites-moi, lequel de vous... s'écria-t-elle presque en sanglotant. Je veux vous remercier et vous bénir, vous tous.

— Ma foi ! cela me paie au centuple », déclara Long Jack.

Disko les présenta tous dans les formes. Le capitaine d'un de ces anciens navires qui faisaient le commerce avec la Chine n'eût pu faire mieux, et Mrs Cheyne bégaya quelques mots incohérents. Elle se jeta presque dans les bras du brave Manuel, quand elle comprit que c'était lui le premier qui avait trouvé Harvey.

« Mais comment est-ce que je pouvais le laisser aller à la dérive ? dit le pauvre Manuel. Qu'est-ce que vous auriez fait vous-même si vous l'aviez trouvé comme ça ? Oui-da ? Nous sommes tombés sur un brave enfant, et je suis même enchanté qu'il soit votre fils.

— Et il m'a dit qu'il avait Dan pour camarade ! » pleura-t-elle.

Dan était déjà suffisamment rouge, mais il tourna au beau cramoisi lorsque la mère de son camarade l'embrassa sur les deux joues devant l'assemblée. Alors, on emmena Mrs Cheyne pour lui montrer le poste, ce qui la fit de nouveau pleurer, et il lui fallut absolument descendre pour voir la couchette même de Harvey ; là, elle trouva le cuisinier nègre en train de nettoyer le fourneau, et il eut une légère inclination de tête, comme si c'était quelqu'un dont il eût attendu la rencontre depuis des années. Ils essayèrent, deux à la fois, de lui expliquer ce qu'était la vie de chaque jour du bateau, et elle s'assit auprès de la mèche du cabestan, ses mains gantées sur la table graisseuse, le rire sur ses lèvres tremblantes et les pleurs dans ses yeux qui dansaient.

« Et qui osera jamais se servir du *We're Here* après cela ? dit Long Jack à Tom Platt. Cela me semble comme si elle en avait fait une cathédrale.

— Une cathédrale ! ricana Tom Platt. Oh, si ç'avait été au moins le bateau de la Commission de pêche au lieu de ce sale petit cuveau de malheur. S'il y avait eu seulement de la décence ou de l'ordre à bord, avec des mousses pour faire la haie quand elle va descendre à terre. Il va falloir qu'elle grimpe à cette échelle comme une poule, et nous, nous devrions être en train de garnir les vergues !

— Ainsi, Harvey n'était pas fou, dit lentement Pen à Cheyne.

— Non, par exemple... Dieu merci, » répliqua le grand millionnaire, en se courbant d'un air plein de bonté.

« Cela doit être terrible, d'être fou. Sauf de perdre un enfant, je ne connais rien de plus terrible. Mais votre enfant vous a été rendu ? Remercions-en Dieu.

— Allô ! dit Harvey, en jetant sur eux tous du haut du quai un regard heureux.

— Je me suis trompé, Harvey. Je me suis trompé, dit Disko vivement, en levant une main. Je me suis trompé dans mes jugements. Inutile de me faire des reproches.

— Avec cela que j'observerai la consigne, dit Dan tout bas,

— Tu vas t'en aller, maintenant, n'est-il pas vrai ?

— Oh ! pas sans toucher le solde de mon gage, à moins que vous ne vouliez voir le *We're Here* saisi.

— C'est juste ; j'avais complètement oublié. »
Et il compta le reste des dollars.

« Tu as fait tout ce que tu t'étais engagé à faire, Harvey ; et tu l'as fait à peu près aussi bien que si tu avais été élevé... »

Ici, Disko s'arrêta court. Il ne vit pas bien comment la phrase devait finir.

« Ailleurs que dans un car particulier ? suggéra Dan avec malice.

— Venez, que je vous le montre, » dit Harvey.

Cheyne resta à causer avec Disko, mais les autres s'en allèrent en procession jusqu'au garage, Mrs Cheyne en tête. La femme de chambre poussa les hauts cris devant l'invasion ; et Harvey étala devant eux, sans un mot, les splendeurs du *Constance.* Ils s'en rendirent compte pareillement en silence : cuir estampé, poignées de portes et rampes d'argent ciselé, velours brodé, glaces de cristal, bronze, fer forgé, et bois rares du continent sous forme de marqueteries.

« Je vous l'avais bien dit, répétait Harvey, je vous l'avais bien dit. »

C'était sa revanche finale, et elle était de belle taille.

Mrs Cheyne commanda un repas ; et, afin que rien ne manquât à l'histoire que Long Jack devait raconter ensuite à sa pension, elle les servit elle-même. Les hommes qui sont accoutumés à manger à de toutes petites tables par des tempêtes hurlantes, ont des habitudes de table d'une propreté et d'un raffinement curieux ; mais Mrs Cheyne, qui ignorait ce détail, ne laissa pas d'en être surprise. Elle eût souhaité avoir Manuel comme maître d'hôtel, tant il montrait de douceur et d'aisance à se mouvoir parmi la verrerie frêle et l'argenterie délicate. Tom Platt se rappela les grands jours sur l'*Ohio* et les manières des potentats qui dînaient avec les officiers ; et Long Jack, en bon Irlandais, pourvut aux cancans jusqu'à ce que tout le monde fût à l'aise.

Dans la cabine du *We're Here*, les papas s'inventoriaient l'un l'autre, derrière leurs cigares. Cheyne le savait trop bien, lorsqu'il se trouvait en présence d'un homme à qui il n'y avait pas d'argent à offrir ; de même il savait que ce que Disko avait fait, nul argent n'eût pu le payer. Il fut discret et attendit des ouvertures.

« Je n'ai rien fait à votre garçon ou *pour* votre garçon, sauf de le faire travailler un brin et de lui apprendre comment on se sert du « hogyoke », dit Disko. Il a deux fois plus de tête que le mien pour les chiffres.

— En passant, fit Cheyne comme par hasard, dites-moi, qu'est-ce que vous comptez en faire, du vôtre ? »

Disko ôta son cigare de sa bouche, et désigna, d'un geste large, tout le tour de la cabine.

« Dan est un garçon très carré, et il ne me

permet pas de penser pour lui. Il aura ce petit paquebot-là en bon état quand il me faudra carguer les voiles. Il n'a aucune velléité de quitter le métier, je le sais.

— Hum ! Vous n'êtes jamais allé dans l'Ouest, Mr Troop ?

— J'ai été jusqu'à New York une fois en bateau. Je ne sais pas me servir des voies ferrées ; Dan pas plus que moi. L'eau salée, c'est bien assez bon pour les Troop. J'ai été presque partout... par la voie naturelle, s'entend.

— Je suis en mesure de lui offrir toute l'eau salée qui peut lui être nécessaire jusqu'à ce qu'il devienne patron.

— Comment cela ? Je croyais que vous étiez plutôt un roi des chemins de fer. C'est ce que Harvey m'a dit quand je me trompais dans mes jugements.

— Nous sommes tous sujets à nous tromper. Je pensais que peut-être vous saviez que je possède une ligne de chargeurs de thé... San Francisco à Yokohama. En tout six, construits en fer, environ dix-sept cent quatre-vingts tonneaux chacun.

— Sapristi de gamin ! Il ne me l'a jamais dit. J'aurais prêté l'oreille à *cela*, au lieu de toutes ses machines à propos de chemins de fer et de voitures à poneys.

— Il ne le savait pas.

— C'est une si petite chose que cela a pu lui échapper, j'imagine.

— Non, je n'ai empoign... mis la main sur les chargeurs « Blue M... », la vieille ligne Morgan et Mac Quade... que cet été. »

Disko s'affaisssa sur son siège à côté du poêle.

« Grand Tout-Puissant César ! Je soupçonne que me voilà joué d'un bout à l'autre. Comment, Phil Airheart, lui, est parti de cette ville-ci, il y a six ans... non, sept... et il est, à cette heure, second sur le *San José*, bateau qui ne reste que ving-six jours en route. Sa sœur habite encore ici, et elle lit ses lettres à ma femme. Et c'est vous qui possédez les chargeurs « Blue M. » ? »

Cheyne fit un signe de tête affirmatif.

« Si je l'avais su, j'aurais ramené d'un coup de barre le *We're Here* au port en plantant tout là, rien que sur ce mot.

— Peut-être que cela n'eût pas été aussi bon pour Harvey.

— Si j'avais seulement su ! S'il m'avait seulement dit à propos de la maudite ligne, j'aurais compris. Je ne m'entêterai plus dans mes jugements, plus jamais. Ce sont des paquebots bien entendus. C'est Phil Airheart qui le dit.

— Je suis content de cette recommandation. Airheart est maintenant capitaine du *San José*. Ce que je voulais savoir, c'est si vous me prêteriez Dan pour une année ou deux ; nous verrions si nous pouvons en faire un second. Le confieriez-vous à Airheart ?

— C'est bien chanceux de se charger d'un garçon si novice.

— Je sais un homme qui a fait plus pour moi.

— C'est différent. Examinons l'affaire, si vous voulez. Je n'ai pas à recommander Dan d'une façon spéciale, parce que c'est ma chair et mon sang. Je sais bien que les habitudes du Banc ne sont pas celles des chargeurs de thé, mais il n'a pas trop à apprendre. Il sait gouverner, aucun mousse ne fait mieux, si j'ose dire ; pour le reste, c'est dans le sang, et ça va ; mais je voudrais bien qu'il ne soit pas aussi faible sur la navigation.

— Airheart pourvoira à cela. Il fera un voyage ou deux comme mousse, et puis nous le mettrons à même de faire mieux. En supposant que vous le gardiez encore cet hiver, je l'enverrai chercher dès le commencement du printemps. Je sais que le Pacifique est bien loin d'ici...

— Bah ! Pour cela, nous autres Troop, tant vivants que morts, nous sommes aux quatre coins de la terre et des mers.

— Mais je tiens à vous faire comprendre — et j'insiste sur ce point — que toutes les fois que vous voudrez le voir, vous n'aurez qu'à me le dire, et je m'occuperai de son transport. Cela ne vous coûtera pas un cent.

— Si vous voulez bien faire un bout de chemin avec moi, nous irons jusqu'à la maison pour parler de çà à ma femme. Je me suis si stupidement trompé dans mes jugements que tout ça ne me paraît pas comme si c'était arrivé. »

Ils allèrent jusqu'à la maison de Disko, une maison de dix-huit cents dollars, blanche, décorée de bleu, avec, dans la cour de devant, un doris retraité tout plein de capucines, et un parloir aux volets clos, qui était un musée de choses pillées outre-mer. Là était assise une forte femme, silencieuse et grave, avec les yeux ternis de ceux qui épient longtemps sur la mer le retour de leurs aimés. Cheyne s'adressa directement à elle, et elle donna son consentement d'un air las.

« Nous en perdons un cent par an rien que de Gloucester, Mr Cheyne, dit-elle, des jeunes garçons et des hommes, cent ! Et j'en suis arrivée à haïr la mer comme si c'était un être vivant et qui m'entende. Dieu ne l'a jamais faite pour que les humains aillent y fixer l'ancre. Vos paquebots, à vous, ils vont droit leur chemin, si je ne me trompe, et reviennent tout droit à la maison ?

— Aussi droit que les vents le leur permettent. Et je donne une prime pour les traversées qui tiennent le record. Le thé ne se bonifie pas à rester en mer.

— Quand il était petit, il avait coutume de jouer à tenir boutique, et j'avais l'espoir qu'en grandissant l'idée le suivrait. Mais aussitôt qu'il put faire aller un doris à la godille, je vis bien que cela me serait refusé.

— Ce sont des navires gréés en carré, la mère ; construits en fer et bien compris. Souviens-toi de ce que la sœur de Phil te lit quand elle reçoit ses lettres.

— Je n'ai jamais connu Phil comme un menteur, mais il est trop aventureux, comme presque tous ceux qui vont à la mer. Si Dan voit cela d'un bon œil, Mr Cheyne, il peut s'en aller. Je ne l'en empêcherai pas.

— Elle déteste l'océan, expliqua Disko, et moi... moi, je ne sais pas me tirer de la politesse, sans quoi, je vous remercierais mieux que ça.

— Mon père, mon frère aîné, deux neveux, et, le mari de ma sœur cadette, dit-elle, en laissant tomber sa tête dans sa main. Est-ce que vous aimeriez quelqu'un qui les a tous pris ? »

Cheyne se sentit soulagé lorsque Dan, rentrant, accepta avec plus de plaisir encore qu'il ne pouvait l'exprimer. A vrai dire, l'offre était un acheminement droit et sûr vers tout ce que l'on peut désirer ; mais Dan pensait surtout aux quarts qu'il commanderait sur de larges ponts, et aux ports lointains qu'il visiterait.

Mrs Cheyne avait pris à part l'incompréhensible Manuel pour lui parler du sauvetage de Harvey. Il semblait n'avoir aucun penchant pour l'argent. Pressé ferme, il déclara qu'il accepterait cinq dollars parce qu'il désirait acheter quelque chose pour sa belle.

« Autrement, pourquoi accepterais-je de l'argent, quand je gagne si facilement mon manger et mon tabac ? Vous voulez à toutes forces m'en donner, que je le veuille ou non ? Oui-da ? Alors, vous me donnerez de l'argent, mais pas de cette manière-là. Vous me donnerez tout ce que vous voudrez. »

Il lui présenta un prêtre portugais tout barbouillé de tabac à priser, armé d'une liste de veuves semi-indigentes, aussi longue que sa soutane. En qualité de Socinienne stricte, Mrs Cheyne ne pouvait guère sympathiser avec cette foi, mais elle finissait par respecter le petit homme brun à la langue facile.

Puis il partit à la recherche d'un mouchoir pour sa « belle ».

Salters s'en alla dans l'Ouest pour quelque temps avec Pen, sans laisser d'adresse. Il était effrayé à l'idée que tous ces millionnaires-là, avec leurs cars ruineux, pussent prendre quelque intérêt exagéré à son compagnon. Il valait mieux aller rendre visite aux parents de l'intérieur jusqu'à ce que la côte fut débarrassée.

« Ne te laisse jamais adopter par des gens riches, Pen, dit-il, lorsqu'ils furent en wagon, ou bien, tu vois ce tric-trac, je le prendrai pour te le briser sur la tête. Si tu oublies encore ton nom... qui est Pratt... rappelle-toi que tu appartiens à Salters Troop et assieds-toi sans plus de façon où tu es, jusqu'à ce que j'arrive. Ne t'en va pas ici ou là te mêler à ceux dont les yeux débordent de graisse, comme dit l'Écriture. »

❁

X

MAIS il en fut autrement du silencieux cuisinier du *We're Here*. Il s'en vint, ses hardes dans un mouchoir, et prit pension sur le *Constance*. Ce n'était pas les gages qu'il avait pour objet, et il lui était parfaitement égal de dormir n'importe où. Son affaire en ce monde, comme il en avait reçu en rêve la révélation, était de suivre Harvey pour le reste de ses jours.

On essaya du raisonnement, on finit par employer la persuasion; mais un nègre du cap Breton en vaut deux comme ceux de l'Alabama, de sorte que le cuisinier et le suisse durent en référer à Cheyne. Le millionnaire se contenta de rire. Il présuma que Harvey pourrait un jour ou l'autre avoir besoin d'un domestique attaché à sa personne, et il ne doutait pas qu'un volontaire valût cinq mercenaires. L'homme pouvait donc rester, même s'il s'appelait Mac Donald et jurait en gaélique, lorsque le car retournerait à Boston, d'où, s'il était toujours du même avis, on l'emmènerait dans l'Ouest.

Avec le *Constance*, que tout au fond de son

cœur il détestait, partirent les derniers attributs
de sa souveraineté de millionnaire, et Cheyne
put se livrer tout entier aux charmes d'une active
oisiveté. Ce Gloucester était une nouvelle ville
dans un pays nouveau, et il forma le projet de
« s'en emparer », comme jadis il s'était emparé
de toutes les villes, depuis Snohomish jusqu'à
San Diego, de cette partie du monde d'où il
tombait. On gagnait de l'argent le long de cette
rue tortueuse qui était moitié entrepôt, moitié
centre d'approvisionnement de navires ; en professionnel de marque il voulut apprendre comment se jouait aussi cette noble partie-là. On lui
déclara que sur cinq rissoles de poisson servies
au premier déjeuner de la Nouvelle Angleterre,
quatre venaient de Gloucester, et on l'accabla de
chiffres à l'appui : statistiques de bateaux, équipement, droit d'attache, capital engagé, sel,
emballage, comptoirs, assurances, gages, répara-
tions et profits. Il causa avec les propriétaires de
ces grandes flottilles auprès desquels les « patrons »
n'étaient guère que des hommes à gages, et dont les
équipages étaient presque tous suédois et portugais. Puis il conféra avec Disko, un des rares qui
fussent propriétaires de leur bateau, et fit des
comparaisons de chiffres dans son vaste cerveau.
Il alla s'installer sur des tas de câbles-chaines
chez les revendeurs de la marine, posant cent
questions avec la curiosité enjouée, inlassable
d'un homme de l'Ouest, au point que tous les
gens du quai finirent par se demander « ce que,

mille millions de bombes, pouvait bien vouloir, après tout, ce client-là ». Il alla rôder dans les salles de l'Assurance Mutuelle, et demanda des explications au sujet des signes mystérieux que chaque jour on traçait à la craie sur le tableau noir ; et ce fut cause qu'il vit s'abattre sur lui les secrétaires de chacune des « Sociétés pour venir en aide à la Veuve et à l'Orphelin du Pêcheur » fondées dans la ville. Ils mendièrent impudemment, chacun anxieux de battre le record détenu par l'autre institution ; et Cheyne, tirant sur sa barbe, les passa tous à Mrs Cheyne.

Elle demeurait dans un boarding-house près d'Eastern Point — établissement étrange que dirigeaient, semblait-il, les pensionnaires eux-mêmes — où les nappes étaient à carreaux rouges et blancs, et où les habitants, qui paraissaient se connaître intimement les uns les autres depuis des années, se levaient à minuit pour faire des omelettes au fromage lorsqu'ils se sentaient faim. Le second matin de son séjour, Mrs Cheyne ôta ses « solitaires » avant de descendre pour le petit déjeuner.

« Ce sont des gens on ne peut plus charmants, confia-t-elle à son mari, et, de plus, très bienveillants et très simples, quoiqu'ils soient, pour ainsi dire, tous de Boston.

— Ce n'est pas de la simplicité, maman, dit-il, en regardant les galets derrière les pommiers où les hamacs étaient suspendus. C'est cette autre chose que nous... que je n'ai pu acquérir.

— Cela ne peut être, répondit tranquillement Mrs Cheyne. Il n'y a pas ici une femme qui possède une toilette de cent dollars. Comment, nous...

— Je le sais, ma chère. Nous avons, cela va sans dire que nous avons. Je crois que c'est seulement une affaire de mode, et qu'il s'agit de celle qu'on porte dans l'Est. Prenez-vous du bon temps ?

— Je ne vois pas beaucoup Harvey ; il est toujours avec vous ; mais je suis loin d'être aussi nerveuse que je l'étais.

— Pour moi, je n'ai jamais pris autant de bon temps depuis la mort de Willie. Jamais auparavant je ne m'étais fait une idée précise que j'avais un fils. Harvey est en passe de devenir un garçon étonnant. Faut-il aller vous chercher quelque chose, chère amie ? Un coussin pour mettre sous la tête ? Bien, nous allons descendre encore sur le quai pour y jeter un coup d'œil. »

Harvey fut en ces jours l'ombre de son père, et tous deux flânèrent côte à côte, Cheyne prenant les montées comme excuse pour poser sa main sur l'épaule carrée du jeune homme. Ce fut alors que Harvey s'aperçut avec admiration de ce qui ne l'avait jamais frappé jusque-là, la faculté étonnante que possédait son père de plonger au cœur de toutes nouvelles questions comme s'il les apprenait des passants de la rue.

« Comment leur faites-vous vider leur sac sans rien dire de vos propres affaires ? » demanda le fils, alors qu'ils sortaient du magasin d'un gréeur.

« J'ai eu, en mon temps, affaire à pas mal de gens, Harvey, et on arrive de manière ou d'autre à les jauger, je pense. Je me connais aussi quelque peu moi-même. »

Puis, après une pause, comme ils s'asseyaient au bord du quai :

« Les hommes s'en aperçoivent presque toujours, lorsqu'on on a mis soi-même la main à la pâte, et ils vous traitent comme un des leurs.

— De la même façon qu'ils me traitent là-bas, à l'entrepôt de Wouvermann. Je fais partie de la foule, maintenant. Disko a dit à tout le monde que j'avais bien gagné ma paye. »

Harvey étendit ses mains et en frotta les paumes l'une contre l'autre.

« Voilà qu'elles redeviennent toutes douces, dit-il d'un air triste.

— Laissez-les comme cela quelques années encore, pendant que vous faites votre éducation. Vous aurez le temps ensuite de les durcir.

— Ou-ui, je le suppose, répliqua le jeune homme d'un ton peu enthousiaste.

— Cela dépend de vous, Harvey. Vous pouvez rester sous les jupes de votre mère, cela va sans dire, et lui faire faire des embarras à propos de vos nerfs, de votre sensibilité, et de toutes sortes de fantaisies de ce genre.

— Est-ce que j'ai fait cela ? » demanda Harvey avec inquiétude.

Son père se tourna du côté où il était assis et étendit la main au loin :

« Vous savez aussi bien que moi, n'est-ce pas, que je ne peux rien faire de vous si vous ne vous conformez pas strictement à mes avis. Je peux vous diriger, étant seul, si vous voulez rester seul, mais je n'ai pas la prétention de vous gouverner à deux, vous et... votre maman. La vie, en tout cas, est trop courte pour cela.

— Cela me montre sous un jour peu favorable, n'est-ce pas ?

— Je crois que ce fut en grande partie de ma faute ; mais, si vous voulez la vérité, vous n'avez pas fait grand'chose jusqu'à présent. Est-ce vrai, dites ?

— Hum ! Disko pense... Dites-moi, combien estimez-vous que cela vous a coûté pour m'élever depuis mes premiers pas, en chiffres ronds ? »

Cheyne sourit.

« Je n'ai jamais calculé, mais je pourrais évaluer la chose, en dollars et en cents, plutôt à cinquante mille qu'à quarante mille, peut-être soixante. La jeune génération monte à des prix élevés. Il lui faut un tas de choses, dont elle se fatigue... et... le vieux crache les billets de mille. »

Harvey eut un petit sifflement, mais, au fond du cœur, il éprouvait plutôt quelque plaisir à penser que son éducation avait tant coûté.

« Et tout cela est un capital jeté à l'eau, n'est-ce pas ?

— Placé à intérêts, Harvey, placé, j'espère.

— En ne l'évaluant qu'à trente mille, les trente dollars que j'ai gagnés ne représentent que dix cents pour cent dollars. C'est une prise bien piteuse. »

Harvey branla la tête avec gravité.

Cheyne se mit à rire au point presque d'en choir du haut des piles dans l'eau.

« Disko a tiré joliment plus que ça de Dan depuis qu'il a pris dix ans ; et pourtant Dan va à l'école la moitié de l'année.

— Oh, voilà où vous voulez en venir, n'est-ce pas ?

— Non. Je ne veux en venir à rien. Je ne me sens pas fier de moi à l'heure qu'il est, voilà tout... Je mériterais des coups de pied dans le derrière.

— Je ne peux pas, mon gros, sans quoi je le ferais, je présume, si je me sentais bâti pour cela.

— Alors je m'en serais souvenu jusqu'au dernier jour de ma vie et, *jamais*, vous entendez, je ne vous aurais pardonné, dit Harvey, les deux poings sous le menton.

— Précisément. C'est à peu près ce que je devrais faire. Vous comprenez ?

— Je comprends. C'est à moi qu'incombe la faute, et à personne autre. Tout de même, il faudrait bien prendre un parti. »

Cheyne tira un cigare de la poche de son gilet, en coupa le bout avec ses dents, et se mit à fumer. Le père et le fils se ressemblaient beaucoup ; car si la barbe cachait la bouche de Cheyne, Harvey avait le nez légèrement aquilin de son père, ses yeux noirs un tant soit peu rapprochés, et ses pommettes étroites et saillantes. Une touche de fard brun en eût fait de la façon la plus pittoresque un Peau-Rouge de roman.

« Vous pouvez maintenant, à partir d'aujourd'hui, dit Cheyne lentement, continuer à me coûter entre six et huit mille dollars par an jusqu'au jour où vous serez électeur. Oui, alors nous vous appellerons un homme. Vous pourrez, à partir de ce moment-là, continuer de même à vivre à mes crochets au train de quarante ou cinquante mille dollars, en outre de ce que votre mère vous donnera, avec un valet et un yacht ou bien un « ranch » de fantaisie, dans lequel « ranch » vous pourrez prétendre faire l'élevage de tout un stock de trotteurs, et jouer aux cartes avec votre entourage.

— Comme Lorry Tuck ? lança Harvey.

— Oui ; ou encore les deux petits de Vitré ou le fils du vieux Mac Quade. La Californie en est pleine, et voici, pendant que nous parlons, un échantillon de ceux de l'Est. »

Un étincelant yacht noir à vapeur, avec rouf en acajou, habitacles nickelés, et tente rayée rose et blanc, montait dans le port en se trémoussant sous le pavillon de quelque club de New York. Deux jeunes gens, vêtus de ce qu'ils prenaient pour des costumes de mer, jouaient aux cartes auprès de la claire-voie du salon, et deux femmes, avec des ombrelles rouge et bleu, regardaient et riaient bruyamment.

« Je ne me soucierais pas de me voir emporté là-dedans par une brise quelconque, critiqua Harvey, comme le yacht ralentissait pour prendre son corps-mort.

— Ils s'amusent comme ils peuvent. Je suis en mesure de vous offrir cela, et deux fois autant, Harvey. Cela vous va-t-il?

— Seigneur! Mais ce n'est pas une manière de descendre un canot par-dessus bord, dit Harvey, encore tout entier au yacht. Si je ne pouvais pas faire glisser un palan mieux que cela, je resterais à terre... Et si cela ne m'allait pas?

— De rester à terre, ou quoi?

— Yacht et « ranch » et vivre aux crochets du « vieux », et me mettre derrière maman quand il y a des ennuis, dit Harvey en clignant de l'œil.

— Eh bien, en ce cas, je vous prends sur l'heure avec moi, mon fils.

— A dix dollars par mois? »

Nouveau clin d'œil.

« Pas un cent de plus jusqu'à ce que vous le méritiez, et vous ne commenceriez à les toucher que dans quelques années.

— J'aimerais mieux commencer par balayer le bureau — n'est-ce pas ainsi que commencent les gros bonnets? — et toucher quelque chose dès maintenant que...

— Je le sais; nous avons tous éprouvé cela. Mais je crois que nous pouvons louer tous les balayeurs dont nous avons besoin. J'ai, moi-même, fait cette erreur de commencer trop tôt.

— Trente millions de dollars valaient bien une erreur, n'est-ce pas ? Je la risquerais pour autant.

— J'en ai perdu, j'en ai gagné. Je vais vous conter. »

Cheyne tira sur sa barbe, sourit en laissant son regard franchir la nappe d'eau paisible, et prit la parole, sans s'adresser directement à Harvey, lequel eut soudain conscience que son père était en train de raconter l'histoire de sa vie. Il parlait d'une voix basse, égale, sans gestes et sans nuances, et c'était une histoire qu'auraient payée je ne sais combien de dollars une douzaine de grands journaux, l'histoire de quarante années, qui se trouvait en même temps celle de l'Ouest Nouveau dont l'histoire est encore à écrire.

Elle débutait par un garçon sans famille lâché la bride sur le cou dans le Texas, et continuait, fantastique, par cent changements d'existence, cent vies différentes, sur des scènes qui passaient d'un état de l'Ouest à un autre, de cités qui s'élevaient en un mois, et en une saison dépérissaient pour complètement disparaître, à de sauvages aventures dans des camps plus sauvages encore, lesquels sont maintenant de laborieuses municipalités pavées. Elle englobait la construction de trois lignes de chemin de fer et la destruction réfléchie d'une quatrième. Elle parlait de steamers, de territoires communaux, de forêts, de mines, tout cela peuplé, créé, défriché, creusé par des hommes de toutes les nations du globe. Elle touchait à des chances de richesse gigantesque

passées devant des yeux qui ne pouvaient voir,
ou manquées par le plus simple des retards ou
le plus minime accident de voyage ; et, à travers
ce changement de scènes éperdu, parfois à cheval, le plus souvent à pied, tantôt riche, tantôt
pauvre, dedans, dehors, en arrière, en avant,
simple matelot, homme d'équipe, entrepreneur de
travaux publics, propriétaire de boarding-house,
journaliste, ingénieur, commis voyageur, agent
d'immeubles, homme politique, marchand de
rhum, propriétaire de mines, spéculateur, bouvier ou chemineau, passait Harvey Cheyne, alerte
et dispos, cherchant sa voie et, comme il le disait,
la gloire et l'avancement de son pays.

Il parla de la confiance qui ne l'avait jamais
abandonné, même lorsqu'il se trouvait suspendu
à l'âpre bord du désespoir, la confiance qui vient
de la connaissance qu'on a des hommes et des
choses. Il s'étendit, comme s'il se parlait à lui-
même, sur le courage et la ressource vraiment
extraordinaires qu'en tout temps il avait trouvés
en soi. Le fait était d'une évidence telle dans
l'esprit de l'homme, qu'il ne changeait même pas
d'accent. Il décrivit comment il avait enfoncé ses
ennemis ou leur avait pardonné exactement
comme ils l'avaient enfoncé ou lui avaient pardonné en ces jours d'insouciance ; comment il
avait supplié, cajolé, intimidé villes, compagnies,
syndicats, tout cela pour leur propre bien, s'était
traîné autour, à travers, sous montagnes et ravins,
tirant après lui un chemin de fer de pacotille, et,

pour finir, comment il s'était assis pendant que les communautés les plus diverses s'amusaient à mettre en lambeaux les derniers fragments de son caractère.

L'histoire tint Harvey presque hors d'haleine, la tête un peu relevée de côté, les yeux fixés sur le visage de son père, tandis que le crépuscule s'accentuait et que le bout rouge du cigare éclairait les joues creusées de sillons et les lourds sourcils. Il lui semblait voir une locomotive en train de faire rage à travers la campagne dans l'obscurité, un mille entre chaque lueur dardée par la porte du fourneau qu'on ouvre ; mais cette locomotive avait le don de la parole, et ses mots secouaient et réveillaient l'enfant jusqu'en la racine de l'âme. A la fin, Cheyne lança au loin le bout de cigare, et tous deux restèrent assis dans l'obscurité, au-dessus de l'eau qui, en bas, lapait comme une langue.

« Je n'ai jamais encore raconté cela à personne, » dit le père.

Harvey poussa un soupir.

« C'est certainement la plus grande chose qui fut jamais ! dit-il.

— Voilà ce que j'ai *eu*. J'en arrive maintenant à ce que je n'ai *pas eu*. Cela ne vous dira pas grand'chose, mais je ne veux pourtant pas que vous arriviez à mon âge avant d'avoir compris. Je sais manier les hommes, cela va de soi, et je ne suis pas un imbécile pour tout ce qui concerne mes propres affaires, mais... mais... je ne peux pas rivaliser avec l'homme qui a *appris!* J'ai ramassé par-ci par-là le long de la route, mais j'imagine que cela transpire de toute ma personne.

— Je ne m'en suis jamais aperçu, dit le fils avec indignation.

— Vous vous en apercevrez, Harvey. Vous verrez... à peine serez-vous sorti du collège. Ne le sais-je pas ? Est-ce que je ne le vois pas à leur regard, lorsqu'ils pensent que je suis un... un « mucker¹ », comme on dit ici ? Je peux les réduire en miettes... oui... mais je ne peux les atteindre précisément là où gît le foyer de leur vie. Je ne prétends pas dire qu'ils soient très, très haut, mais je sens que je suis, en quelque sorte, très, très loin. Maintenant, vous, vous avez la chance. Vous n'avez plus qu'à pomper tout le savoir alentour, et vous vivrez au milieu de gens qui font la même chose. Ils le feront avec quelques milliers de dollars de revenu tout au plus ; mais rappelez-vous que vous le ferez, vous, avec des millions. Vous apprendrez la loi suffisamment pour surveiller vos biens lorsque je ne serai plus de ce monde, et il vous faudra nouer des liens solides avec ceux qui sont appelés à devenir les meilleurs sur le marché (ils sont utiles plus tard); et, par-dessus tout, il vous faudra faire ample provision de cette science claire, commune, qu'on apprend les coudes sous le menton. Rien

1. *Mucker.* Ladre qui entasse les écus.

ne vaut cette monnaie-là, Harvey, et elle est appelée à valoir de plus en plus chaque année dans notre pays, en affaires aussi bien qu'en politique. Vous verrez.

— Il n'y a pas beaucoup de sucre pour moi dans tout cela, dit Harvey. Quatre années de collège ! Je crois que j'aurais dû choisir le yacht et le valet !

— Ne vous tourmentez pas, mon fils, insista Cheyne. Vous placez votre capital dans l'affaire qui lui fera rapporter les meilleurs dividendes ; et je crois que vous ne trouverez pas votre avoir en quoi que ce soit diminué quand vous serez prêt à vous en saisir. Réfléchissez, et rendez-moi réponse demain matin. Dépêchons-nous ! Nous allons être en retard pour souper. »

Comme il s'agissait d'une conversation d'affaires, Harvey n'avait pas besoin d'en parler à sa mère, et Cheyne naturellement envisagea la chose au même point de vue. Mais Mrs Cheyne s'aperçut de quelque chose, fut prise de crainte et se sentit un peu jalouse. L'enfant qui sautait sur elle à pieds joints s'en était allé, et à sa place régnait un jeune homme aux traits mordants, étrangement silencieux, qui adressait de préférence sa conversation à son père. Elle comprit qu'il s'agissait d'affaires et, partant, de choses en dehors de ses attributions. Si elle eût pu conserver les moindres doutes, ils se dissipèrent lorsque Cheyne, allant à Boston, lui en rapporta une nouvelle bague marquise en diamants.

❦ 257 ❦

« Qu'est-ce que vous venez de comploter tous les deux, entre hommes ? demanda-t-elle avec un faible petit sourire, comme elle tournait la bague dans la lumière.

— Nous avons causé, rien que causé, la maman ; Harvey est un enfant qui ne prend pas de détours. »

Il n'en prenait pas, en effet. Il avait conclu un traité pour son propre compte. Les chemins de fer, expliqua-t-il gravement, l'intéressaient aussi peu que les coupes de bois, la propriété foncière ou les mines. Si son âme soupirait après quelque chose, c'était après le contrôle sur les navires à voile que son père avait nouvellement achetés. Qu'on lui promît cela dans le laps de temps qu'il considérait comme raisonnable, et, de son côté, il garantissait application et sagesse au collège pour quatre ou cinq années. Aux vacances il lui serait permis de s'initier pleinement à tous les détails se rattachant à la ligne — il n'avait pas posé moins de deux mille questions à son sujet — depuis les papiers les plus confidentiels du coffre-fort de son père jusqu'au remorqueur du port de San-Francisco.

« C'est une affaire conclue, déclara Cheyne pour finir. Vous aurez changé vingt fois d'avis avant de quitter le collège, cela va sans dire, mais si vous vous y tenez dans des bornes raisonnables et n'embrouillez pas trop tout cela d'ici le jour où vous atteindrez vingt-trois ans, je vous passerai la chose. Cela vous va-t-il, Harvey ?

— Non ; cela ne vaut jamais rien de partager une affaire en train. Il y a, à tous égards, trop de concurrence de par le monde, et Disko prétend que « les gens de même sang ont le devoir de ne faire qu'un ». Son monde ne discute jamais avec lui. C'est une des causes, affirme-t-il, de leurs grosses recettes. Dites-moi, le *We're Here* part pour les Georges lundi. Ils ne restent pas longtemps à terre, n'est-ce pas ?

— Ma foi, nous devrions, je crois, nous en aller aussi. J'ai laissé mes affaires sens dessus dessous entre deux océans, et il est temps de rallier. Je le fais à regret, cependant. Je n'avais pas eu de vacances comme celles-ci depuis vingt ans.

— Nous ne pouvons vraiment pas nous en aller sans voir Disko partir, dit Harvey, et lundi, c'est jour de fête. Restons jusqu'à ce que la fête soit passée, en tout cas.

— Qu'est-ce que c'est que cette fête ? On en parlait au boarding-house, » demanda Cheyne, indécis.

Lui non plus n'était pas pressé de gâter ces journées d'or.

« Ma foi, autant que j'en peux juger, c'est une sorte de représentation consistant en chants et en danses, organisée pour les baigneurs. Disko ne s'en soucie pas beaucoup, dit-il, parce qu'on fait une quête pour les veuves et les orphelins. Disko est indépendant. Ne l'avez-vous pas remarqué ?

— Mais... oui. Un peu, par endroits. C'est une fête locale, alors ?

— C'est l'Assemblée d'été. On lit tout haut les noms des marins noyés ou qui se sont égarés depuis la dernière fois, on fait des discours, on récite, et tout le reste. Puis, prétend Disko, les secrétaires des Sociétés d'Assistance s'en vont dans la cour se battre sur ce qu'on a ramassé. La vraie fête, dit-il, a lieu au printemps. Les ministres y mettent alors tous la main, et il n'y a pas de baigneurs par-là.

— Je comprends, dit Cheyne, avec la brillante et parfaite compréhension de quelqu'un qui est né et a été élevé pour l'orgueil de la cité. Nous resterons pour la fête, et partirons le soir.

— Je crois que je vais descendre jusque chez Disko pour l'engager à amener tout son monde avant qu'ils mettent à la voile. Il faudra naturellement que je me tienne avec eux.

— Oui, vraiment, il le faut ? dit Cheyne. Moi, je ne suis qu'un pauvre baigneur ; mais vous, vous êtes...

— Un Terre-Neuvas... un Terre-Neuvas pur sang ! » cria Harvey par-dessus son épaule en sautant dans un tramway électrique.

Et Cheyne poursuivit sa route dans ses délicieux rêves d'avenir.

Disko n'avait rien à voir avec les réunions publiques où l'on fait appel à la charité, mais Harvey déclara que la journée perdrait tout son charme, en ce qui le concernait personnellement, si ceux du *We're Here* en étaient absents. Alors, Disko fit ses conditions. Il avait entendu dire —

c'était étonnant comme le long de la côte on était
au courant de tout ce qui se passait dans le monde
— il avait entendu dire qu'une « femme de théâtre de Philadelphie » devait prendre part à la
représentation ; et il soupçonna qu'elle pourrait
leur servir la chanson « Skipper Ireson's Ride ».
Pour lui, il n'avait pas plus à voir avec les femmes
de théâtre qu'avec les baigneurs ; mais la justice
est la justice, et quoique, à lui-même, le pied lui
eût une fois manqué (ici Dan ricana) en matière
de jugement, il ne fallait pas que cette chose-là
eût lieu. C'est ainsi que Harvey revint à East
Gloucester, et employa une demi-journée à expliquer à une actrice dont la royale réputation
s'étendait sur les deux côtes, et que l'affaire
amusa fort, la profondeur de la bévue qu'elle
allait commettre. Elle reconnut que c'était justice,
comme Disko l'avait dit.

Cheyne savait, grâce à une vieille expérience,
comment les choses se passeraient ; mais tout ce
qui était réunion publique était un véritable ali-
ment pour l'esprit de cet homme. Il vit les tram-
ways électriques se hâter vers l'ouest, dans le
petit brouillard de chaleur matinal, remplis de
femmes en claires toilettes d'été, et d'hommes au
visage pâle, en chapeaux de paille, frais échappés
à leurs pupitres de Boston ; la pile de bicyclettes
à l'extérieur de la poste ; l'allée et venue des
fonctionnaires affairés se congratulant l'un l'autre ;
le coup de fouet et le balaiement lents de l'éta-
mine dans l'air lourd ; et l'homme d'importance

qui, armé d'un tuyau, inonde le trottoir de brique.

« La maman, dit-il soudain, est-ce que vous ne vous rappelez pas... après que Seattle eût été incendiée... et qu'ils la firent remarcher ? »

Mrs Cheyne fit signe que oui, et laissa tomber un regard de critique sur la rue tortueuse. Comme son mari, elle avait l'habitude de ces assemblées, à force de parcourir l'Ouest, et les comparait l'une avec l'autre. Les pêcheurs commençaient à se mêler à la foule autour de l'hôtel de ville : des Portugais aux joues bleues, leurs femmes la tête nue pour la plupart ou enveloppée d'un châle; des gens de la Nouvelle-Écosse, à l'œil clair, et d'autres, des provinces maritimes; des Français, des Italiens, des Suédois et des Danois, avec les équipages étrangers de goélettes faisant le cabotage; et partout des femmes en noir, qui se saluaient d'un air de sombre orgueil, car c'était leur grand jour. Et il y avait des ministres de diverses croyances — pasteurs de congrégations puissantes et dorées sur tranche, venus au bord de la mer pour se reposer, aussi bien que simples bergers du travail régulier — depuis les prêtres de l'église sur la montagne jusqu'aux ex-marins luthériens à la barbe en broussaille, camarades de mer avec les hommes d'un tas de bateaux. Il y avait les propriétaires de services de goélettes, lesquels apportaient aux sociétés une large part de contribution, et de petits personnages dont les quelques pauvres bateaux étaient hypothéqués jusqu'à la pomme des mâts, aussi bien

que des banquiers et des agents d'assurances
maritimes, des capitaines de remorqueurs et de
bateaux-citernes, des gréeurs, des ajusteurs, des
déchargeurs, des saleurs, des constructeurs, et
des tonneliers, et toute la population mêlée des
quais.

Ils passèrent le long de la rangée des sièges
qu'égayaient les toilettes des baigneurs, et l'un
des fonctionnaires de la ville fit la patrouille et
sua sang et eau jusqu'à ce qu'il rayonnât des pieds
à la tête de tout l'orgueil du citoyen. Cheyne lui
avait parlé cinq minutes quelques jours auparavant, et la plus parfaite entente régnait entre eux
deux.

« Eh bien, Mrs Cheyne, que dites-vous de
notre cité?... Oui, madame, vous pouvez vous
asseoir où il vous plaira... Vous avez de ces sortes
de choses-là, je présume, là-bas dans l'Ouest?

— Oui, mais nous ne sommes pas aussi vieux
que vous.

— C'est vrai, cela va sans dire. Il aurait fallu
que vous assistiez à la fête, quand nous avons
célébré notre deux cent cinquantième anniver-
saire d'existence. Je vous assure, Mrs Cheyne,
que la vieille cité se fit honneur.

— Je l'ai entendu dire. Cela rapporte, aussi.
Comment se fait-il toutefois que la ville n'ait pas
un hôtel de premier ordre?

— Juste au-dessus à gauche, Pedro. Autant de
places que vous voudrez pour vous et les vôtres...
Ma foi, c'est ce que je leur dis tout le temps,

Mrs Cheyne. Cela représente beaucoup d'argent, mais je présume que cela ne vous touche guère. Ce que nous demandons, c'est... »

Une lourde main s'appesantit sur le drap fin qui revêtait son épaule, et le patron très allumé d'un caboteur de Portland pour le transport du charbon et de la glace lui fit faire demi-tour sur lui même.

« A quoi, pour Dieu, voulez-vous en venir, mes gaillards, en appliquant de cette façon la loi sur la ville quand tous les honnêtes gens sont à la mer? Hé! La ville est sèche comme un os et pue cent fois plus depuis que je l'ai quittée. Vous auriez bien pu en tout cas nous laisser un débit pour les boissons inoffensives.

— Vous ne me paraissez pas avoir jeûné ce matin, Carsen. Nous discuterons cela plus tard. Asseyez-vous contre la porte et réfléchissez à tout ce que vous avez à me dire là-dessus jusqu'à ce que je revienne.

— Qu'est-ce que vous voulez que je fasse de vos raisonnements? A Miquelon, le champagne est à dix-huit dollars la caisse, et... »

Le patron s'affala sur son siège, tandis que les premiers accords d'un orgue lui imposaient silence.

« Notre nouvel orgue, dit le fonctionnaire à Cheyne avec fierté. Il nous coûte quatre mille dollars, savez-vous. Il nous faudra revenir aux grosses patentes l'an prochain pour le payer. Je n'allais pas laisser les pasteurs prendre toute la religion pour eux dans leur conférence. Voici quelques-uns de nos orphelins qui se lèvent pour chanter. C'est ma femme qui leur a appris. Je compte vous revoir tout à l'heure, Mr Cheyne. On me demande sur l'estrade.

Hautes, claires et franches, les voix des enfants couvrirent les derniers bruits de ceux qui s'installaient pour écouter.

« *O vous tous, Ouvrages du Seigneur, bénissez le Seigneur : louez-Le, et exaltez-Le à jamais !* »

Les femmes, d'un bout à l'autre du hall, se penchèrent en avant pour regarder, tandis que les sons répercutés remplissaient l'air. Mrs Cheyne, en même temps que quelques autres personnes, commença à sentir sa respiration s'entrecouper ; jamais elle ne s'était imaginé qu'il y eût tant de veuves au monde ; et instinctivement elle chercha des yeux Harvey. Il avait retrouvé ceux du *We're Here* au fond de l'auditoire, et se tenait, comme à la place lui revenant de droit, entre Dan et Disko. L'oncle Salters, revenu du détroit de Pamlico, la nuit précédente, avec Pen, lui fit un accueil méfiant.

« Est-ce que votre monde n'est pas encore parti ? grommela-t-il. Qu'est-ce que vous faites ici, jeune homme ? »

« *O vous, Mers et Fleuves, bénissez le Seigneur : louez-Le, exaltez-Le à jamais !* »

« Est-ce qu'il n'est pas dans son droit ? dit Dan. Il a été là-bas comme nous tous.

— Pas dans ces vêtements-là, grogna Salters.

« Veux-tu bien fermer ça, Salters, dit Disko. Voilà que tu as retrouvé ta bile. Reste où tu es, surtout, Harvey. »

Alors, se levant, l'orateur de circonstance, autre pilier de la municipalité, prit la parole. Il souhaita au monde entier la bienvenue dans Gloucester, et fit remarquer incidemment en quoi Gloucester l'emportait sur tout le reste du monde entier. Puis il en vint aux richesses maritimes de la cité, et parla du prix qu'il fallait, hélas, payer la récolte annuelle. On entendrait tout à l'heure les noms de leurs morts, perdus là-bas au nombre de cent dix-sept. (Ici, les veuves relevèrent un peu l'œil et s'entre-regardèrent). Gloucester ne pouvait pas faire parade de manufactures ou de moulins puissants. Ses enfants travaillaient pour tels gages que la mer voulait bien donner ; et tous ils savaient trop bien que ni les Georges ni le Banc n'étaient de paisibles pâturages. Le mieux, pour ceux qui restaient à terre, était de venir en aide aux veuves et aux orphelins ; et, après quelques considérations générales, il prit cette occasion de remercier, au nom de la cité, les personnes qui, dans un si parfait sentiment du bien public, avaient consenti à apporter leur concours aux réjouissances de la fête.

« Je déteste seulement les côtés mendiants de l'affaire, déclara Disko. Cela ne donne guère aux gens une riche opinion de nous.

— Si les gens ne sont pas prévoyants et ne mettent pas de côté quand ils en ont l'occasion, répliqua Salters, c'est tout naturel qu'un jour vienne où ils ont à rougir. Tenez-vous pour averti, jeune homme. Les richesses, ça va bien pour un temps, mais si vous les gaspillez dans le luxe...

— Mais perdre tout ce qu'on a... tout, dit Pen. Qu'est-ce qui vous reste à faire, alors ? Jadis, je... (les yeux d'un bleu limpide s'ouvrirent tout grands en haut, en bas, comme s'ils cherchaient quelque chose où asseoir leur regard) jadis, j'ai lu... dans un livre je crois... l'histoire d'un bateau où tout le monde fut noyé... sauf un... lequel m'a dit...

— Des bêtises ! interrompit Salters. Lis un peu moins et prends plus d'intérêt à ton affaire, tu arriveras peut-être un peu mieux ainsi à payer ton entretien, Pen. »

Harvey, pressé dans la foule des pêcheurs, se sentit parcouru d'un tressaillement qui, se glissant, rampant, et accompagné de picotements, lui commença dans la nuque pour finir dans ses souliers. En outre, il avait froid, quoique la journée fût étouffante.

« C'est ça, l'actrice de Philadelphie ? demanda Disko Troop en fronçant les sourcils dans la direction de l'estrade. Tu l'a renseignée à propos du vieux Ireson, n'est-ce pas Harvey ? Tu sais pourquoi, maintenant. »

Ce ne fut pas « Ireson's Ride » que l'artiste débita, mais une espèce de poème où il était question d'un port de pêche appelé Brixham et d'une flottille de trawlers en train de tirer des bordées la nuit contre la tempête, tandis que les femmes, pour les guider, allument du feu au bout du quai avec tout ce qui leur tombe sous la main.

> *They took the grandam's blanket*
> *Who shivered and bade them go ;*
> *They took the baby's cradle,*
> *Who could not say them no[1].*

« Mazette ! dit Dan, en risquant un œil par-dessus l'épaule de Long Jack. Voilà qui est chic ! Cela toutefois a dû coûter bon.

— En v'là une boîte de terre aux vaches, dit l'homme du Galway, et un port salement éclairé, Danny. »

> . . . .
> *And knew not all the while*
> *If they were lighting a bonfire*
> *Or only a funeral pile[2].*

Tout le monde se sentait pris jusqu'aux fibres par la voix de miracle ; et, lorsque la chanteuse dit comment les équipages furent lancés tout ruisselants au rivage, tant vivants que morts, et

---

1. Elles prirent la couverture de la grand'mère,
Qui, frissonnante, leur dit d'aller :
Elles prirent le berceau du bébé,
Qui ne pouvait leur dire non.

2. . . . .
Elles se demandaient tout le temps
Si ce qu'elles allumaient était un feu de joie,
Ou seulement un bûcher funéraire.

comment les femmes transportèrent les corps à la lueur des feux, demandant : « Petit, est-ce ton père ? » ou « Femme, est-ce ton homme ? » on eût pu entendre les respirations s'activer d'un bout à l'autre des bancs.

> *And when the boats of Brixham*
> *Go out to face the gales,*
> *Think of the love that travels*
> *Like light upon their sails !* [1]

Lorsqu'elle eut fini, on applaudit peu. Les femmes cherchaient leurs mouchoirs, et un grand nombre d'hommes levaient au plafond des yeux remplis de larmes.

« Hum, dit Salters ; cela vous coûterait un dollar à entendre dans n'importe quel théâtre... peut-être deux. Il y a, je présume, des gens qui peuvent se permettre cela. Pour moi, c'est de l'argent franchement gâché... Mais comment, pour l'amour de Dieu, le capitaine Bart Edwardes est-il venu toucher barre par-là ?

— Il n'y a pas moyen de l'en empêcher, déclara par derrière un homme d'Eastport. C'est un poète, et il faut qu'il dise sa pièce. C'est mon *pays*. »

Il ne disait pas que le capitaine B. Edwardes avait fait des pieds et des mains au cours de cinq années consécutives pour être autorisé à réciter

---

1.   Et quand les bateaux de Brixham
      S'en vont affronter les tempêtes,
      Pensez à l'amour qui voyage
      Comme la lumière sur leurs voiles,

un morceau de sa composition le jour de la fête de Gloucester. Un comité amusé et à bout de patience avait fini par accéder à son désir. La candeur du bonhomme et le bonheur dont il débordait, là, debout dans ce qu'il avait de plus beau comme habits du dimanche, lui gagna l'auditoire avant même qu'il eût ouvert la bouche. On supporta, assis, sans murmurer, trente-sept couplets taillés à coups de serpe, où tout au long était décrite la perte de la goélette *Joan Hasken*, passé les Georges, dans le coup de vent de 1867, et, lorsqu'il arriva à la fin, on l'acclama d'une voix sympathique.

Un reporter de Boston, plein de clairvoyance, s'éclipsa pour obtenir copie entière du poème épique et pour prendre une interview de l'auteur; de sorte que la terre n'eut plus rien à offrir au capitaine Bart Edwardes, ex-baleinier, constructeur de navires, patron-pêcheur, et poète, en la soixante-treizième année de son âge.

« Eh bien ! moi, je prétends que c'est plein de bon sens, dit l'homme d'Eastport. Tel que vous me voyez, j'ai tenu son écrit dans ces deux mains-là, tel qu'il l'a lu, et je peux certifier qu'il a mis tout cela dedans.

— Si Dan ici présent n'arrivait pas à mieux employer sa main avant de casser la croûte le matin, il n'y aurait plus qu'à le fouetter, déclara Salters pour soutenir l'honneur de ceux du Massachusetts en matière de principes généraux. Non pas que je ne vous accorde sans réserve que ce soit un homme fameux en fait de littéraire... pour le Maine, s'entend. Pourtant...

— C'est pas possible, l'oncle Salters va mourir à cette tournée-ci ! Le premier compliment qu'il m'ait jamais fait, dit Dan en riant sous cape. Qu'est-ce que tu as, Harvey ? Tu ne dis rien et tu es tout vert. Tu te sens malade ?

— Je ne sais pas ce que j'ai, répondit Harvey. Je sens comme si mon intérieur était trop gros pour mon extérieur. J'ai du plomb dans l'estomac, et il me passe des frissons dans le dos.

— De la dyspepsie ? Bah !... comme c'est embêtant. Nous allons attendre la lecture, et puis nous partirons pour attraper la marée »

Les veuves — elles l'étaient presque toutes de cette saison-là — se raidirent du haut en bas comme des gens qui vont de sang-froid au-devant d'un coup de feu, car elles savaient ce qui allait venir. Les femmes et les filles des baigneurs, en corsages roses et bleus turent soudain leurs rires étouffés à propos de l'étonnant poème du capitaine Edwardes, et tournèrent la tête afin de voir pourquoi tout était silencieux. Les pêcheurs se poussèrent en avant, tandis que le fonctionnaire qui avait causé avec Cheyne montait d'un pas précipité sur l'estrade et se mettait à lire la longue liste des pertes de l'année, en les divisant par mois. Les sinistres du dernier mois de septembre concernaient pour la plupart des célibataires et des étrangers, mais sa voix résonnait tout de même très haut dans le silence du hall :

« *9 septembre.* — Goélette *Florrie Anderson* perdue, corps et biens, passé les Georges.

« Reuben Pitman, patron, 50 ans, célibataire, de la ville, Main Street.

« Émile Olsen, 19 ans, célibataire, de la ville, 329, Hammond Street; Danemark.

« Oscar Stanberg, célibataire, 25 ans; Suède.

« Carl Stanberg, célibataire, 28 ans, de la ville, Main Street.

« Pedro, supposé de Madère, célibataire, de la ville, Keene's boarding-house.

« Joseph Welsh, dit Joseph Wright, 30 ans, de Saint-Jean, Terre-Neuve. »

« Non... d'Augusta, dans le Maine ! cria une voix du milieu de la salle.

— Il s'est embarqué à Saint-Jean, dit le lecteur, en cherchant à voir.

— Je le sais. Il est d'Augusta. Ç'est mon neveu. »

Le lecteur crayonna une correction en marge de la liste, et reprit :

« Même goélette, Charlie Ritchie, Liverpool, Nouvelle-Écosse, 33 ans, célibataire.

« Albert May, de la ville, 267, Rogers Street, 27 ans, célibataire.

« *27 septembre.* — Orvin Dollard, 30 ans, marié, noyé en doris passé Eastern Point. »

Le coup porta, car une des veuves recula sur sa chaise, ne cessant de croiser et décroiser ses mains. Mrs Cheyne, qui avait écouté, les yeux grands ouverts, renversa la tête en arrière, et

étouffa un sanglot. La mère de Dan, à quelques
sièges plus loin à droite, vit, entendit, et accou-
rut près d'elle. Le lecteur poursuivit. En attei-
gnant les naufrages de janvier, les coups portèrent
dru comme grêle, et les veuves ne respirèrent
plus que les dents serrées :

« *14 février.* — Goélette *Harry Randolph*, démâtée en
revenant de Terre-Neuve ; Asa Musie, marié, 32 ans, de la
ville, Main Street, passé par-dessus bord.

« *23 février.* — Goélette *Gilbert Hope ;* s'est égaré en
doris, Robert Beavon, 29 ans, natif de Pubnico, Nouvelle-
Écosse. »

Mais sa femme se trouvait dans le hall. On entendit un cri sourd, comme celui d'un petit animal
qu'on aurait heurté. Il fut aussitôt réprimé, et une
jeune femme quitta le hall en chancelant. Elle
avait, durant des mois, espéré contre toute espé-
rance, parce qu'on en avait vu, qui, partis à la
dérive en doris, s'étaient trouvés miraculeusement
recueillis par des voiliers de haute mer. Maintenant elle avait la certitude, et Harvey put voir
le policeman héler du trottoir une voiture pour
elle.

« C'est cinquante cents pour aller à la gare, »
commença le cocher.

Le policeman leva la main.

« Mais ça ne fait rien, je vais par-là. Sautez
dedans. Dites donc, Alfred, vous tâcherez de ne
pas me pincer la prochaine fois que mes lanternes
ne seront pas allumées. Hein ? »

La porte de côté se referma sur la tache d'éclatant soleil, et les yeux de Harvey revinrent au lecteur et à son interminable liste.

« *19 avril.* — Goélette *Mamie Douglas* perdue sur le Banc avec tout son monde.

« Edward Canton. 43 ans. patron, marié, de la ville.

« D. Hawkins, dit Williams, 34 ans, marié, Shelbourne, Nouvelle-Écosse.

« G. W. Clay, homme de couleur, 28 ans, marié, de la ville. »

Et toujours, et toujours, Harvey se sentait la gorge bouchée, et son estomac lui rappelait le jour où il était tombé du paquebot.

« *10 mai.* — Goélette *We're Here* (le sang lui picota par tout le corps'. Otto Svendson, 20 ans, célibataire, de la ville, tombé par-dessus bord.

Encore un cri sourd, déchirant, de quelque part au fond du hall.

« Elle n'aurait pas dû venir. Elle n'aurait pas dû venir, » dit Long Jack, avec une petite toux de pitié.

« Ne pousse pas, Harvey, » grommela Dan.

Harvey entendit bien la voix, mais le reste n'était plus pour lui que ténèbres marbrées de disques de feu. Disko se pencha en avant pour parler à sa femme, laquelle était assise, un bras passé autour de Mrs Cheyne, et l'autre maintenant les mains couvertes de bagues qui cherchaient à retenir, à agripper.

« Penchez la tête en avant... bien en avant ! murmura-t-elle. Cela va se passer dans une minute.

— Je ne pe-eux pas ! Non, je ne pe-eux pas ! Oh, laissez-moi. »

Mrs Cheyne ne savait pas du tout ce qu'elle disait.

« Il le faut, répéta Mrs Troop. Votre garçon vient de tomber en faiblesse. Cela leur arrive quelquefois quand il font leur croissance. Vous voulez prendre soin de lui, hein ? Nous pouvons sortir de ce côté. Soyez calme. Venez avec moi. Bah, ma chère dame, nous sommes femmes l'une et l'autre, n'est-ce-pas ? Notre devoir est de prendre soin de nos hommes. Venez ! »

Ceux du *We're Here* traversèrent promptement la foule comme une garde du corps, et le Harvey qu'ils tâchèrent d'affermir sur un banc dans une antichambre était un Harvey bien blanc et bien secoué.

« Il ressemble à sa maman, » fut la seule observation de Mrs Troop, comme la mère se penchait sur son fils.

« Comment avez-vous pu supposer qu'il supporterait cela ? s'écria-t-elle avec indignation en s'adressant à Cheyne, lequel n'avait rien dit du tout. C'était horrible... horrible ! Nous n'aurions pas dû venir. C'est faux et stupide ! Ce n'est... ce n'est pas vrai ! Pourquoi... pourquoi ne pas se contenter de mettre ces choses dans les journaux, à qui elles appartiennent? Êtes-vous mieux, mon amour ? »

A vrai dire, tout cela ne faisait qu'emplir Harvey de honte.

« Oh, je crois que je vais tout à fait bien, dit-il, en faisant des efforts pour se mettre sur les pieds et avec un ricanement vite éteint. Ce doit être quelque chose que j'aurai mangé à déjeuner.

— Le café, peut-être, dit Cheyne dont le visage était tout en traits inflexibles, comme taillé à même le bronze. Nous n'allons pas rentrer.

— Je pense qu'on ferait aussi bien de descendre au quai, dit Disko. On étouffe au milieu de tous ces étrangers, et l'air frais remettra Mrs Cheyne. »

Harvey déclara qu'il ne s'était jamais de sa vie senti mieux ; mais ce ne fut guère que lorsqu'il vit le *We're Here* frais sorti des mains des chargeurs, au débarcadère de Wouverman, que son malaise se dissipa dans un étrange mélange d'orgueil et de chagrin. Il y avait par là des gens — baigneurs et autres de même sorte — qui jouaient dans des yoles ou contemplaient la mer, du bout de la jetée ; mais c'est du cœur maintenant qu'il touchait les choses — plus de choses que sa pensée ne pouvait encore en embrasser. En tous cas, il eût pu tout aussi bien s'asseoir pour hurler de douleur, car la petite goélette allait partir. Mrs Cheyne se contentait de pleurer, de pleurer à chaque pas de la route, et de dire les choses les plus extraordinaires à Mrs Troop, qui la dorlotait comme un enfant.

C'est ainsi que le vieil équipage — Harvey se

sentait le plus ancien des marins — sauta dans la vieille goélette, parmi les doris décrépits, tandis que Harvey dégageait l'amarre d'arrière du bout de la jetée ; puis ils la firent glisser en appuyant les mains le long de la paroi du quai. Chacun avait tant de choses à dire que personne ne dit rien d'extraordinaire. Harvey chargea Dan de veiller aux bottes de mer de l'oncle Salters et à l'ancre de doris de Pen, et Long Jack supplia Harvey de se rappeler ses leçons en fait de choses maritimes ; mais les plaisanteries tombaient à plat en présence des deux femmes, et on est malaisément drôle lorsque l'eau verte du port s'élargit entre de bons amis.

« Hisse le foc ! cria Disko, en se mettant à la barre, comme la goélette prenait le vent. Nous nous reverrons, Harvey. Je ne sais pas, mais j'en arrive à penser beaucoup à toi et aux tiens. »

Puis elle glissa hors de portée de voix, et ils s'assirent pour la regarder sortir du port, pendant que Mrs Cheyne ne cessait de pleurer.

« Bah, ma chère dame, dit Mrs Troop, nous sommes femmes l'une et l'autre, j'imagine. Bien sûr que cela ne vous soulagera guère le cœur de pleurer comme cela. Dieu sait que ça ne m'a jamais fait pour un liard de bien ; et pourtant, il sait que j'en ai eu, des raisons de pleurer ! »

Or, c'était quelques années plus tard, et sur l'autre rive de l'Amérique. Un jeune homme remontait à travers l'épaisse brume de mer une

rue où s'engouffrait le vent et que flanquent les
plus somptueuses maisons, lesquelles sont cons-
truites en bois imitant la pierre. En face de lui,
comme ils s'arrêtait auprès d'une grille en fer
forgé, rentrait à cheval — à mille dollars le cheval eût été donné pour rien — un autre jeune
homme. Et voici ce qu'ils dirent :

« Hé, Dan !

— Hé, Harvey !

— Que m'apprendras-tu de bon ?

— Eh bien, je crois que me voilà sur le point
de devenir, à ce voyage-ci, cette espèce d'animal
qu'on appelle un second. Et toi, en as-tu bientôt
fini avec ce collège de malheur ?

— Ça se tire. Je l'avoue, le Leland Stanford
Junior[1] n'est pas à comparer avec le vieux
We're Here ; mais je vais rentrer dans l'affaire
pour tout de bon avec l'automne.

— Ce qui veut dire nos paquebots.

— Rien autre. Attends un peu que je te mette
le grappin dessus, Dan. Je vais faire plier la
vieille ligne jusqu'à ce qu'elle demande grâce,
quand je vais la prendre en main.

— J'en accepte le risque, dit Dan, avec un bon
sourire fraternel, comme Harvey descendait de
cheval et lui demandait s'il entrait.

— Bien sûr, c'est pour cela que j'ai pris le
tramway ; mais, dis donc, est-ce que le docteur
est quelque part par là ? Il faut que je noie cet

1. Nom de collège.

idiot de nègre un de ces jours, ses mauvaises plaisanteries et le reste. »

On entendit rire tout bas, mais d'un accent de triomphe, et l'ex-cuisinier du *We're Here* émergea du brouillard pour prendre la bride du cheval. Il ne tolérait pas que personne autre que lui-même veillât aux besoins de Harvey.

« De la brume comme sur le Banc, n'est-ce pas, docteur ? » dit Dan d'un ton conciliant.

Mais le Celte couleur de suie, doué de seconde vue, ne crut pas devoir répondre, jusqu'au moment où, ayant donné à Dan une tape sur l'épaule, il lui croassa à l'oreille pour la vingtième fois la vieille, vieille prophétie :

« Maître... serviteur. Serviteur... maître. Vous vous souvenez, Dan Troop, de ce que je vous ai dit sur le *We're Here ?*

— Eh bien ! quoi, je n'irai pas jusqu'à nier que cela m'en a tout l'air, de la façon dont les choses se présentent, repartit Dan. Ah ! c'était un solide petit paquebot, et de façon ou d'autre je lui dois beaucoup... à lui et à papa.

— Moi aussi, » ajouta Harvey Cheyne.

FIN

ÉVREUX, IMPRIMERIE DE CH. HÉRISSEY ET FILS

www.ingramcontent.com/pod-product-compliance
Lightning Source LLC
Chambersburg PA
CBHW071803020726
47502CB00004B/991